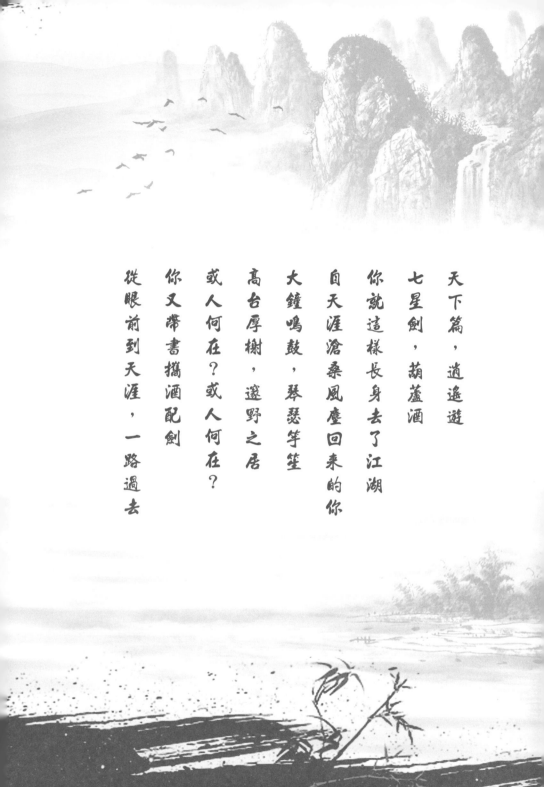

天下篇，逍遙遊
七星劍，葫蘆酒
你就這樣長身去了江湖
自天涯滄桑風塵回來的你
大鐘鳴鼓，琴瑟竽笙
高台厚榭，邃野之居
或人何在？或人何在？
你又滯書攜酒配劍
從眼前到天涯，一路過去

落花也有溫柔的遠志
像人走向水涯
而裘褐為衣，棺桐三寸
張目奸逼切如大火逼你躍牆
身臨絕澗如閉目飛躍
而這一躍往何處去呢
流水也有悲壯的柔情

——摘自溫瑞安《山河錄》之華年

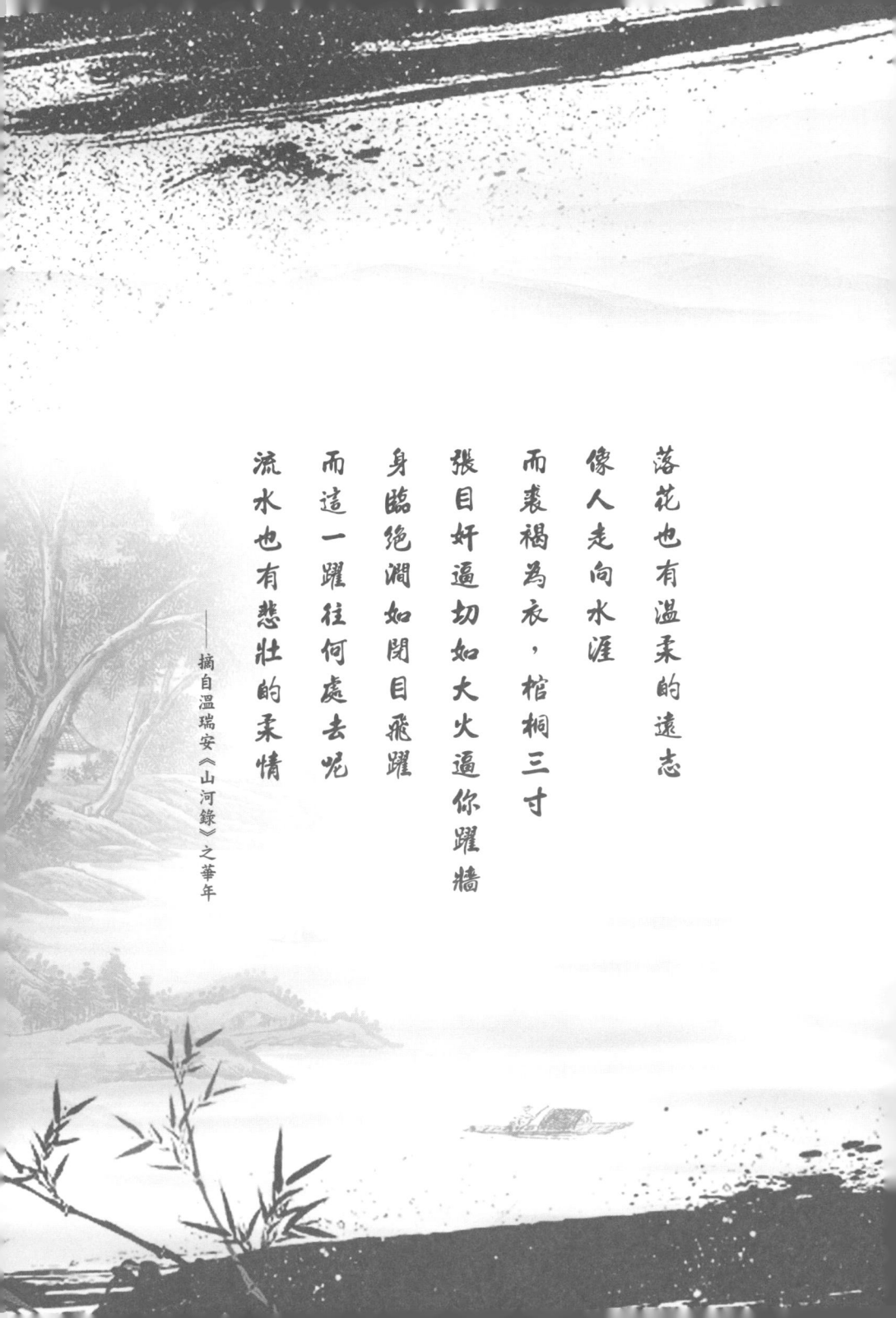

武俠經典新版
神州奇俠
卷一
劍氣長江
溫瑞安 著

神州奇俠系列總序

失敗，只是因為快要成功

「神州奇俠」始寫於一九七七年，那時我正辦神州詩社，心情義氣，因人常熱。那一段結交朋友、重視兄弟的時光歲月，不僅令我嚮往回味，連現在失散的兄弟朋友，就算他們嘴裡說的是詛咒反話，心裡也確知那一段日子確曾真誠相待、相知相守，只惜稍縱即逝，人生難再。奇怪的是，執筆的當時何等熱鬧輝煌，但行文裡卻早已洞悉日後的變化無常，似已萬階行盡，滄桑遍歷。有時候人生夢幻難以逆料，彷似真有命運在，只是人總是不服氣，要跟他作方寸之爭罷了。

特別好玩的統計是：除了我命中注定的江湖歲月，任俠生涯亙常變易，簡直是不讓一天無驚喜之外，我的寫作生命中，連發表、出版的集中地，或可戲稱爲「熱點」，也近乎（最慢）七年一易。如以我在一九六七年唸初中一時即全面執編「綠洲期刊」及「華中月刊」和在大馬文藝刊物正式且密集的發表作品爲開始，至一九七四我同時辦成「天狼星詩社」和十大分社，並執編多種刊物，主辦多次全國性文藝會

溫瑞安

聚，直至一九七四年底我和一班元老幹部赴台爲暫結，我的「文藝活動範圍」，多在新馬。一九七四——一九八〇的七年則在台辦「神州詩社」，進而「神州文社」，最後「神州社」，出版「神州文集」，成立「神州出版社」，編著詩社史及「青年中國雜誌」。一九八〇年「出事」後，一九八一——一九八七年這七年我多在香港，照樣在那兒成立「朋友工作室」，並在那兒大量創作、發表、連載、出書，兼涉影視圈。一九八七至一九九〇年我重返台灣，曾大量地在報章發表、連載、出版各種作品、各類小說，這三、四年間「活躍」範圍也比較廣泛，新馬也有多個連載，且有密度甚高的專欄和專題作品，同時在韓國也有連載小說，在中國大陸更有極爲可觀的出版成績，在香江的事業也並無中輟，並成立「自成一派合作社」。從一九九一年始的七年內，我的書在中國大陸得到大量讀者擁戴，相當風行，我自一九八三年起在那兒各地也逗留了比較久長的時間。

往後該怎麼去？我不知道。大江依然東去，且看時間之流拿我作品怎麼辦？生命之旅把我送到什麼地方去？隨遇而安，最重要心安，我是溫瑞安。

如此匆匆又過二十載，「神州詩社」遠矣，但大好「神州」，依然活在我心中、筆下、江湖傳說裡。正好台灣風雲時代擬要推出「神州奇俠」新版，而「神州奇俠」故事系列近年來在中國大陸和香港等地都受到「熱烈程度」的歡迎和接受，使我更加強「修正」了我一貫的想法。我先前的想法是：失敗，只是尚未成功。現在的看法是：失敗，只是因爲快要成功。

稿於一九九八年三月十四日
與靜飛相見後此天涯海角喜怒
哀樂攜手不離不棄／何要求靜著
「殺死人」／孫首次入珠相會／
儀首入卜卜齋過宿／溫何葉念儀
孫彩觀賞靜之一舞
校於一九九八年三月十四日
在「雙天」酬酢劉華林、龐開
祥、林雪婷、周晏燕、葉鴻圖
等，因與小飛有小妒，憋氣，談
過往為氣功師所傷及當年在台搬
傢俬事，十分戲劇性／簽名大送
書／轉道水灣，靜之第一滴淚，
惜之／念為小靜首次看斗數，與
我緣份深／首次送劉書：「絕對
不要惹我」／劉靜已看完我詩集
／大家同返卜卜齋，青兒睇讀者

溫瑞安

信／送Sun蓮花水晶座／八方緣禮帶領唱「四大名捕」、「布衣神相」／楓林齊午飯取消遊玩／常安書店發現雲南新評點版「會京師」／葉浩發現「中友」新版「溫瑞安作品全集」／靜兒首次購我書：「刀叢」／阿旦與爭兒大談「逆水寒」／海灣飲茶遇趙，小劉胃痛甚／自此日起劉靜每日均至樂此間，有影皆雙不忍離棄

⋯⋯⋯⋯⋯⋯
溫瑞安

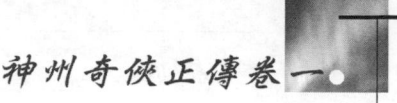

神州奇俠正傳新版總序

她本身就是一個傳奇

溫瑞安

差不多過了二十五年之後，又一次（第十六次）爲全新版的「神州奇俠」系列修改總序，還是這樣的問自己（讀者、朋友也一再的問過我同樣的話）：

還能不能再寫一系列像「神州奇俠」這樣的小說來？

答案仍是：

不能。——除了「不能」之外，前面還可以加兩個字：

「絕對」。

——是「絕對不能」。

因爲心情不一樣了，信念也不一樣了。爲一首詩而往來三千里，爲一句話而生死兩無悔，爲一次抱不平而對抗一統武林的權力幫，爲一個信念而決戰稱霸江湖的朱大天王，那畢竟是少年時橫刀立馬、青年時橫槊長歌的事。不過，我仍是我，溫瑞安仍是溫瑞安，有些情，有些事，有些意義和風格，歲月對我幾乎不產生任何影響。

新派武俠小說寫到我這一代，已逾甲子。古龍是第一位把現代筆法引入武俠小說創作世界的宗師，尤其在「神州奇俠」系列裡，我受他的精神、文風影響頗深。我在修改這系列作品時，非常有意的把這些受前輩影響的部份全予以保留下來，作為一個寫作人成長過程中非常信實的紀念。我非但一再公開承認我受過他人的影響和啓發，也再三的對這些啓蒙我的前輩表示致敬和感恩。我向來對某些同道中人以模倣、偽造乃至抄襲的方式盜用了他人作品卻巴不得殺人滅口、毀屍滅跡，並以種種不長進、不合法、也不合理（諸如：「天下文章本就一大抄襲嘛」、「哪部叫座的電影是不抄人橋的！」、「他的作品不合時代口味了，改頭換面不就可以了嗎！」……）的諸般藉口來「自欺欺人」，我是非常深惡痛絕的。

剽竊就是剽竊，抄襲就是抄襲，無創意（更重要的是創功，一味天馬行空的「創」新，而全無紮實的「功」力，那種「創新」只是一種「破壞」，並非「建設」）不成宗師。

對「神州奇俠」系列而言，可能是中國武俠小說裡第一部完全以現代敘事觀點、現代人心態和寫作人本身的心路歷程（武俠小說以主角人物成長過程為主線的作品，在所多有，不過，不見得就是作者本身的「成長過程」，但「神州奇俠」的主人翁蕭秋水和他的結義弟兄們顯然如是）寫成的作品。至於成功與否，當然不該由我來評定，但對一個二十出頭、在海外根本未有太多良機能專心盡意掌握中文及中國文化傳統的我而言雖然瑕疵錯漏難免，但這仍是一部很有紀念性、很好玩有趣、很敢作敢為的作品。

我喜歡「神州奇俠」，因爲她本身就是一個傳奇。

你呢？

稿於一九九三年五月廿七日：向三姑璇、七婆何、肥仔麒、鋼琴怡、牛咩屎公佈新稿「朝天一棍」；倩之「重創」離後「自成一派」首次會聚：中國大陸匯款方式探究／廿八日：大馬批赴大陸行事

校於五月廿九日：上海新民晚報約武俠連載稿；「說英雄」系列加「四大名捕」超新派系列銷量報捷並加印，曹通知「今之俠者」版稅將匯至：「七大寇」已出書；接函洽談「金梅瓶」等書版權事／卅日：依然為情傷情；

溫瑞安

黑色WH／卅一日：首次呈遞赴中國大陸之簽證申請

修正於一九九八年一月廿八日：初上尊又邂逅靜飛，喜甚／二月廿四日，因華林而致何梁結識小靜／二月廿六、廿七日終初識劉靜於水灣，第一次相約相見

修訂於一九九八年二月廿六、廿七日珠海初識劉靜飛，會於水灣，一見鍾情，桃花疏影，閑庭送靜，共渡此生無厭倦

溫瑞安

《劍氣長江》自序

那些鮮衣怒馬的歲月

如果問我還能不能寫出像「神州奇俠」故事這樣的小說，答案是：不能。

我的武俠小說系列，除了「俠少」、「殺人者唐斬」、「今之俠者」、「殺了你好嗎」、「戰僧與何平」、「絕對不要惹我」、「雪在燒」、「請你動手晚一點」、「傲慢雨偏劍」、「請借夫人一用」、「彈指相思」、「吞火情懷」、「山字經」……等獨立故事及其他中短篇不計外，其他的故事，主要是十一個系列構成：

一、白衣方振眉故事：如龍虎風雲、落日大旗、試劍山莊、長安一戰、小雪初晴等。

二、四大名捕故事：諸如兇手、毒手、血手、玉手、會京師、亡命、追殺、縱橫、風流、快活、戰山西、震關東、妖紅、慘綠、豔雪、惡花、碎夢刀、大陣仗、開謝花、談亭會、骷髏畫、逆水寒、少年冷血、少年追命、少年鐵手、少年無情、捕老鼠、打老虎、猿猴月、走龍蛇、猛鬼廟、白骨精、鬼關門、鐵布衫、杜小月、金鐘罩、四大名捕重出江湖、四大名捕捕四大名捕等。

三、神州奇俠故事：包括「正傳」之劍氣長江、躍馬烏江、兩廣豪傑、江山如畫、英雄好漢、闖蕩江湖、神州無敵、寂寞高手、天下有雪，和「外傳」之「大宗師」系列中的血河車、逍遙遊、養生主、人間世，及「後傳」之大俠傳奇系列中的剛極柔至盟、公子襄、傳奇中的大俠，還有「別傳」之唐方一戰，加上「續傳」蜀中唐門。

四、布衣神相故事：例如殺人的心跳、葉夢色、天威、賴藥兒、風雪廟（取暖）、刀巴記、死人手指、翠羽眉、神相神醫等。

五、七大寇故事：例如悽慘的刀口、祭劍、將軍劍、黑白道等。

六、說英雄、誰是英雄系列：計有溫柔的刀、一怒拔劍、驚豔一槍、傷心小箭、朝天一棍、群龍之首、天下有敵、天下無敵、天敵等部。

七、殺楚（即〈方邪真〉）：共有殺楚、破陣、傲骨、靜飛、驚夢等篇。

八、遊俠納蘭系列，古之傷心人、納蘭一敵、此情可待成追擊等等。

九、六人幫故事：黑火、金血、紅電、藍牙、綠髮、青月、白眼、黃龍各本。

十、女神捕故事：銷魂等小說。

十一、古之俠者系列：辛棄疾、霍去病、李太白、陸放翁、蘇東坡等篇。

這十一個系列中，要以「神州奇俠」最完整，因正傳八部，早已出版，外傳四部，亦已印行，後傳也早就推出，只剩下續傳的「蜀中唐門」，尚未出書。這是我的武俠創作中，算得上是較完全的一部。

我寫「神州奇俠」故事的第一部「劍氣長江」，是在居台第三年（一九七七）開始的，那時間初創「神州詩社」，意興風發，豪情萬丈，自覺相交滿天下，知音可刎頸，我的原旨也是要把這段怒馬鮮衣、睥睨風雲的江湖歲月，明知不可爲而爲，有所爲有所不爲的社會歷練，構成這一部「神州奇俠」。所以，從第一部「劍氣長江」到最後一部「天下有雪」，的確記錄著我從小學時候的「剛擊道」結義、初中時代創「綠洲文社」、高中時辦「天狼星詩社」、大學時建立「神州社」的種種衝突與掙扎，激越與傷情。那段歲月我一直活在一群朋友兄弟之中，相依相守，肝膽相照。最後一部「天下有雪」是在一九八〇年八月廿五日寫成，一個月後，結局一如蕭秋水寂寞的無形消失風雪之中，也一如原版封面我在飛雪中的悽涼背影，我也因一場劫難，消失在天地茫茫的江湖上。（外傳的「大宗師」故事也在同年三月寫完，結局大致相近，同樣是繁華後的孤寂。到我開始寫後傳「大俠傳奇」的時候，已身在囹圄之中，最後是在天涯流落中完稿。）

所以，神州奇俠的激越、神州奇俠的情懷、神州奇俠的快意恩仇可歌可泣，我想，我不能也無法再重頭活一次，故此不一定能再寫得出來。雖然，我以後的小說可能更臻成熟，結構更加周密，筆法更爲洗煉，但永遠不是神州奇俠式的大氣大概、大悲大喜、大起大落、大情大義。過去，這一系列的書，曾七度新版（在一九八四年計全新編排設計過的版本，再版、重印的不計）推出，都引起很多熱誠讀者對蕭秋水的關注與關愛，也許，那是因為筆者和蕭秋水，都是性情中人，那時正活在任意揮霍的性情之中。

稿於一九八四年五月廿六日
與威特公司簽妥七部書的錄影版權
修於一九九三年五月廿六日：達明王匯來「群龍之首」版稅；恢復單身傷心快活人；新昌印刷廠廠長丁懷新來FAX重提合作事，感人；榮德俠兄以我捐獻為基金，欲辦「中華武俠小說創作大獎」；倩造成之情傷漸復元。
再校於一九九七年十一月廿三日台林先生專誠飛來香江，與何包旦、葉浩會晤過後，蒞臨金屋相

溫瑞安

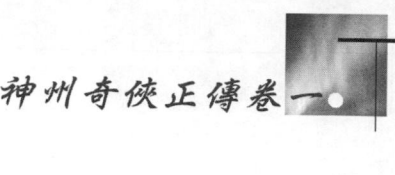

見甚契，相交甚歡，極有誠意，甚可信託，故訂下合作大計

溫瑞安

神州奇俠 劍氣長江 正傳卷一

目錄

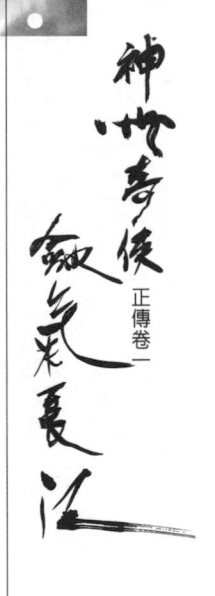

第一部 劍氣長江

楔子

在成都西郊，自百花潭溯流而上，至杜甫草堂，沿途景色十分蒼翠旖旎，環繞成都的錦江，這一段叫做浣花溪。

千百年來，錦江浣花溪以它秀麗的景色招來了許多詩人的棲止和吟詠，唐代著名的女詩人薛濤曾住在百花潭，並用浣花溪淨潔的江水製造出各種美麗顏色的詩箋，稱爲「薛濤箋」；至今在錦江右岸還有薛濤的故居崇麗閣和吟詩樓，都已成爲成都有名的勝景，此外，南郊的諸葛武侯祠和劉備墓，也是遊人憑弔的勝地，杜甫詠諸葛武侯祠云：

丞相祠堂何處尋？錦官城外柏森森。
映階碧草自春色，隔葉黃鸝空好音。
三顧頻煩天下計，兩朝開濟老臣心。
出師未捷身先死，長使英雄淚滿襟。

這首詩，杜甫泛舟浣花溪而作，諸葛亮未出隆中前，曾在襄陽城西二十里地方的臥龍崗築「草廬」隱居，後世的人爲了要景仰他，於是在隆中坊以杜甫詩二句：「三顧頻煩天下計，兩朝開濟老臣心」高沕其下。

別人也許不會覺得什麼，但是四川成都、浣花劍派掌門人蕭西樓的第三個兒子蕭秋水，卻因爲這兩句詩，寫於錦江，刻在隆中，所以特別帶了三位好朋友，從四川趕到了湖北，就爲了看那麼一看，那驚才羨艷大詩人的詩，以及那名動八表的諸葛武侯故居！

浣花劍派掌門人蕭西樓有三個兒子，一個女兒。大兒子蕭易人，名震江湖，武林年輕一代裡恐怕沒有比蕭易人更有智略權謀了；二兒子蕭開雁，沉著練達，被譽爲是浣花劍派的護法金剛；三兒子蕭秋水，在江湖，未成名，在武林，無權勢，但爲了看兩句詩而奔馳數百里者，蕭家卻只有他一個人。

沒料到蕭秋水這一看，卻看出了叱吒風雲，武林色變的一段悲歌慷慨激昂的故事。

一　錦江四兄弟

蕭秋水的祖父是蕭棲梧，乃浣花劍派開山祖師。

浣花劍派的歷史絕不比天山劍派、華山劍派、青城劍派、南海劍派、終南劍派悠久，但蕭棲梧是當代劍術大師，以他個人劍術上的修爲，確不在上述任何一派掌門之下，放眼天下，只有鐵衣劍派、滄浪劍派才能使蕭棲梧懼之三分。

鐵衣劍派、滄浪劍派的後台，卻是「權力幫」。「權力幫」是天下第一大幫。

浣花劍派，卻沒有任何後台。

蕭棲梧名震天下，到了晚年，就只有一個兒子，便是蕭西樓。

蕭西樓十九歲時，便已擊敗當時著名劍客「長空劍」卓長天。

蕭棲梧很愛這個獨生子，但是，蕭西樓因無法接受他父親要他捨棄其愛人、另娶一位尚未謀面但門當戶對的女子爲妻，最後離家出走，到了桂林，組成了外浣花劍派。故當時有內、外浣花劍派之分。

可是沒過幾年，蕭棲梧與人比武慘敗受傷，憂患成疾，終於撒手塵寰，敵人趁機入侵，整個內浣花劍派，幾乎在三幾個月之內，給人瓦解了。

蕭西樓得聞噩耗，率眾趕回川中，單劍闖蕩，終於重組浣花劍門內、外二支浣花劍派，故此又合成一脈。

浣花蕭家在川中名氣之大，聲望之隆，財產之豐，足可要風得風，要雨得雨，蕭西樓晚年更勤修劍法，大有進境。

有人說，浣花劍門下不止是一個世家，而是一個幫派。

又有人說，浣花劍門之所以盛起，當然是因蕭西樓慎細老練，也因爲有兩個好兒子和一個好女兒。

蕭易人的劍術傳說已不在其父之下，而且在川中又有人望。

蕭開雁忠心踏實，任勞任怨，是名忠厚樸實的好青年。

蕭雪魚是個美麗而聰明的女孩子，喜歡唱歌，據說她十三歲時，在溪邊一面歌唱一面繡靈魚戲水，結果真有一條活魚跳上岸來，落在她的繡畫上，也不知是因爲歌聲太好，還是繡得太像。

那時蕭秋水還沒有長大。

蕭秋水從小就是在這種關照寵護下長大的。

蕭秋水自小就聰敏過人，讀書過目不忘，能詩善畫，他的武技得自蕭易人而非蕭西樓，但十七歲時居然已自成一家。

蕭西樓暗地當然很喜歡他，但是很不喜歡蕭秋水的愛胡鬧，愛抱打不平，愛閒蕩遨遊，愛廣交朋友，愛怒易喜、幹了再說的脾性。

蕭西樓認爲名門世家子弟，不應該那樣，應該莊重點，儉約點，就像大哥蕭易人、二哥蕭開雁。

偏偏蕭秋水就是蕭秋水。

蕭秋水要到臥龍崗去，卻自長江西陵峽逆流而上，到了秭歸，秭歸是大詩人屈原出生之地，其時又正好是五月初五，中國的詩人節。

蕭秋水的三個朋友，都是最愛冒險的青年。

長江三峽謂瞿塘峽、巫峽、西陵峽，位於長江上游，介乎四川、湖北兩地，互相遞接，長七百里，爲行舟險地。

秭歸背依高山，面臨長江，景色壯麗，這是屈原故里，所以每年五月初五，更是熱鬧，龍舟塞滿江上。

這是一個風和日麗的清晨，蕭秋水到了秭歸，就和他的幾位朋友上了岸，心想：反正並不趕忙，於是決定看了這次空前未有的賽龍舟才催舟到隆中去。

蕭秋水每次出門的時候，蕭西樓就一定會吩咐他幾件事：

不要胡亂結交朋友。

不得與陌生女子牽涉。

千萬千萬，不得不得，招惹「權力幫」的人。

第一點蕭秋水懂得，因爲成都浣花蕭家乃名門世家，自然有人來攀親結交，但蕭家清譽，交了損友，自受影響，得罪了朋友，也等於是自掘墳墓。江湖上是非，有時要比手上的刀還利。

第二點蕭秋水明白，因爲他自己入世未深，而他的爸爸，就是因爲女人，幾乎被逐出成都蕭家。蕭秋水雖然懂得和明白，不見得就是同意，其一因蕭秋水素好廣遊交友，其二是因爲蕭秋水風流倜儻。

但是第三點蕭秋水就不明白，也不懂得了。

他已問過無數次，問過不少人：「權力幫究竟是什麼東西？」

那些人雖然答法都不同，說法卻都是一樣。

——權力幫就是權力幫，開幫立派，就是爲了權力，所以直接命名權力幫，這是一個實事求是的名字，起這名字的當然是權力幫幫主李沉舟。

——李沉舟的外號叫「君臨天下」，武功多高不知道，他有一個好妻子叫做趙師容，有一個好智囊，叫做柳隨風，至少到現在爲止，還沒有聽說過有人能鬥得過趙師容、柳隨風的。

——權力之獲得，必須要有三件東西：金錢，地位，擁護者。

——這三樣東西，李沉舟都有。

——但是真正實行「權力幫」的霸權者，卻是十九個執行人，江湖上聞名色變的「九天十地，十九人魔」。

——這十九人魔，武功不單高絕，而且其黨羽遍佈天下，不乏高手名家。此外據說還有八個可怕人物，身分武功比這十九神魔還高！

——他們殺人與整人的手段，可以叫你痛恨媽媽為什麼要把你給生出來。

——所以招惹了權力幫，不如去自殺更好！

——權力幫是招惹不得的。

以上所說的，蕭秋水都明白。

他不明白的，只有一件事，那就是結論！

在他的心目中，這才是最好、最該招惹的對象，為什麼，為什麼招惹不得？

「千萬不得招惹權力幫，否則打斷你的腿。」

蕭秋水不知聽過多少遍了，這次臨出門時，又被吩咐了一遍。

但是後面那一句，卻不是蕭西樓說的，而是蕭秋水的母親孫氏慧珊附加的。

孫慧珊早年在江湖上也大大有名，是「十字慧劍」掌門人孫天庭的獨生女兒。

可是如果後面的那句話若是蕭西樓說的，那在蕭秋水心目中就不同分量了，因為蕭西樓言出必行。

孫慧珊是最疼蕭秋水的好母親。好母親往往也就是不嚴厲的母親。

所以蕭秋水也聽過就算了。

湖北秭歸乃峽中古城，背依雄偉的山嶺，面臨浩蕩的長江，景色壯麗。

蕭秋水清晨抵達秭歸，看見岸上停泊著大大小小的船，張花結綵的龍舟十數艘，這兒是屈原的出生地，每逢五月初五，自然更是熱鬧，算是對這位愛國大詩人的追懷。

因爲還是清晨，舟子都停泊在岸上，大部分是龍舟，還有些張羅體面的漁船，其中還夾雜著幾艘商船，還有一艘看來極是講究華麗的畫舫。

敢情是什麼富貴人家，老遠趕來看賽龍舟的。

蕭秋水自幼在浣花溪畔長成，這種畫舫，蕭家也有一二艘，不過在這個地方也有這種畫舫，蕭秋水不禁多留意了一眼。

本來他留意了一眼便知道是富人來湊熱鬧的，只是這一眼，卻讓他看到了不尋常的事兒！

於是他馬上停了腳步！

他的朋友也跟著停步。

因爲是清晨，岸上的人並不太擁擠。

要是換作平時，這岸堤根本不會有什麼人。

這時畫舫裡有一名家丁在船頭伸懶腰打呵欠，一名婢女正在倒痰桶裡的穢物入江中。

而在岸上，走來了十一、二個人。

精壯的大漢。

這並沒有什麼稀奇，而令人觸目的是，這十一、二大漢，腰間或背上，都佩有刀劍兵器。

在大白天這批人這麼明目張膽地佩刀帶劍，走在一起，未免有點不尋常。不尋常的卻是，這十二人都忽然拔出了兵器，一躍上船。

爲首的人使的一雙金斧，一躍上船頭，嚇壞了那名家丁，正想叫：「救——」已被那雙斧大漢用金斧架住脖子，推入船艙。

那婢女一聲尖叫，一名使長槍的大漢立時一腳把她踢入江中，婢女呼救掙扎在江中。

其他的人立即隨而進入船艙，只剩下兩名使單刀壯漢把守船之兩側。

這一下也驚動了人，十幾個人圍上去觀看，那兩名使單刀的大漢立即「虎」地舞了幾個刀花，粗聲喝道：「咱是『長江水道天王』朱大天王的人，現在來做筆生意，請各位不要插手，否則格殺勿論。」

衆人一陣騷動，卻無人敢上前去。

蕭秋水三名朋友互覷一眼，心中意識到同一件事，那是：

搶劫！

這還得了？

這種事除非蕭秋水不知道，一旦知道，則是管定了。

這蕭秋水身形一動，他身旁的長個子朋友立即拉住他，蕭秋水不耐煩地道：「有話快說。」

長個子朋友道：「你知道『朱大天王』是誰嗎？」

蕭秋水道：「豬八戒？」

長個子朋友一臉凝肅道：「長江三峽十二連環塢水道上的大盟主，朱順水朱老太爺。」

蕭秋水道：「哦，這倒有聽說過。」

長個子朋友搖搖頭歎道：「你知道使雙斧和使長槍的是誰嗎？」

蕭秋水不禁頓足道：「你少賣關子好不好？」

長個子朋友道：「使雙斧的叫『紫金斧』薛金英，使長槍的叫『槍到人亡』戰其力，這兩人，武功不錯，是朱大天王的得力手下。」

隨而歎道：「你要去對付他們，要不要再考慮考慮？」

蕭秋水轉頭笑問其他二人：「你們呢？」

那兩名朋友笑著答：「要考慮。」

蕭秋水道：「哦？」

那白面書生朋友道：「本來是要教訓他們的！」

另一個女子口音的朋友接著道：「現在卻考慮殺掉他們。」

蕭秋水笑著回首向長個子朋友問：「你呢？」

長個子朋友歎息了一聲，道：「我就是要你們去殺人，不是去教訓人而已。」

蕭秋水笑道：「你們？」

長個子朋友一笑道：「不，我們。」

這就是蕭秋水的朋友，他其中三位朋友。

就在這時，畫舫中傳來一聲慘叫，一名公子模樣的人自畫舫窗簾伸頭大叫救命，才叫了半聲，忽然頓住，伏在窗檽，背後的窗簾都染紅了。

蕭秋水等人一見，哪裡還得了。

那兩名持刀大漢，只見眼前一花，船上竟已多了四個公子書生打扮的人。

那兩名大漢哪裡把他們放在眼裡，指著蕭秋水喝道：「滾下去！」

他們之所以指著蕭秋水，乃是因爲在任何場合，蕭秋水跟任何人出現，別人總是會先注意蕭秋水，甚至眼中只有蕭秋水的。

這是蕭秋水與生俱有的。

但是等到那大漢喝出了那句話，船頭上的四個人，忽然不見了三個人，只剩下那俏生生的白面書生，而船艙的布簾一陣急搖。

那兩名大漢不禁呆了一呆，只聽那白面書生低道：「你們是朱老太爺手下，一定殺過很多人了？」

其中一名大漢本能反應地答道：「沒一百，也有五十對了。」

另一名大漢吼道：「加上你一個也不嫌多！」

白面書生低聲笑了一笑，模糊的說一聲：「好。」

就在這剎那間，白面書生忽然就到了這兩名大漢的面前。

跟著下來，白面書生已在兩名大漢的背後，緩步走進船艙。

然後是岸上的民眾一陣驚呼，婦女們忍不住尖叫，因爲那兩名大漢，刀嗆然落地，目中充滿著驚疑與不信，而他們的喉管裡，都同時有一股血箭，激射出來，噴得老遠，灑在船板上。

白面書生掀開船艙布簾，跨入船裡，一面陰聲細氣地附加了一句：「好，就多加兩個。」

那兩名大漢聽完了這句話，就倒了下去，岸上的人又是一陣驚呼：「出了人命了！」

「出了人命了！」

蕭秋水和他兩個朋友跨入船艙的時候，裡面有一大堆站著的人，只有兩個是坐著的。

坐著的人是拿雙斧和拿長槍的。

其他站著的人，有些是船裡的人，家丁打扮，侍女打扮或者員外、夫人、公子、小姐打扮，但有八個人，黑水靠緊身勁裝，右手是刀，左手在活動。

活動是：有些在翻衣箱，有些是搶髮髻上的金飾，有些是揪著嚇到臉色又青又白的人的頭髮，有的扼住別人咽喉，有的在一位小姐下巴上托著。

這些自然是強盜。

長江朱順水朱大天王的手下。

蕭秋水等人忽然進了來，大家的手，也就停止了活動。

拿長槍的震了震，繫雙斧的雙眼直勾勾地向前看，連眨也未眨一眼。

蕭秋水就笑著向不眨眼的人一拱手：「早。」

有人居然在這時候進來，跟你請安，實在是一件啼笑皆非的事，拿長槍的人已變了臉色，使雙斧的人卻仍是連眼睛也不眨一下。

拿長槍的大漢沉聲道：「你知道我是誰？」

蕭秋水向使雙斧的道：「我知道你是薛金英。」

拿著長槍的大漢怒道：「我是在跟你說話。」

蕭秋水向使雙斧的笑道：「我開始還以爲你是個女孩子，好端端的一個粗老漢怎麼又是金又是英的呢？」

使長槍的吼道：「臭小子，你嘴裡放乾淨點！」

蕭秋水繼續向薛金英笑道：「我知道你還有一個朋友叫做戰其力的。」

「槍到人亡」戰其力搶步欺近，怒嘶道：「你再說！」

蕭秋水依然向薛金英道：「可惜那人很短命，就死在長江水道，秭歸鎮的一座畫舫上。」

戰其力發出一聲震得船盪的大吼，薛金英這時才抬頭，慢慢地向戰其力說了一句話。「他們是來送死的。」

戰其力的臉上立即浮起了一個奇怪的笑容，其他的人也跟著恢復了左手的活動，就當蕭秋水他們是已死了的人一般。

可是突然一切又停頓了。

有些人在翻衣箱時停頓了下來，有些是正搶到髮髻上的金飾之際停了下來，有的是扯著別人頭髮的手忽然脫了力，有的是正扼住別人的咽喉忽然鬆了手，有的是在摸一位小姐的下巴時人却僵住了，因爲他們在忽然之間看見了自己的手，插了十數根細如牛毛的銀針。

他們有的發出尖叫，有的發出怒吼，有的不敢置信地丟掉大刀，用右手抓住自己的左手。

那女子口音的朋友的衣袖不過動了一動。

戰其力的臉色變了。

薛金英也眨了眼，不止眨一次，而且眨無數次，因爲連他也看不清，那年輕人是怎樣出手的。

蕭秋水笑道：「我這位朋友，姓唐名柔，是蜀中唐門的外系嫡親，『四川蜀中唐家』，你們總聽說過吧？」

蕭秋水一說完，那些船上的八名中針的大漢，紛紛驚叫，拚命把手上的銀針拔出來。

蜀中唐門，江湖上暗器之一大家，而且也是使毒的翹楚。

蕭秋水卻笑道：「各位不必驚慌，這位唐兄是唐門中少數的暗器不淬毒的子弟之一。」

那八名大漢聞言停了手，紛紛我望你，你望我，說不出話來。

戰其力忽然脖子粗了，大喝一聲，一槍刺出！

他的槍本來斜掛在桌邊，不知怎麼突然已到了他手上，別人看到他手上有槍時，他的槍已到了別人的咽喉！

唐柔的咽喉！

唐家子弟都不是好惹的，所以戰其力立刻準備先殺唐柔。

眼看槍尖就要刺進唐柔的咽喉，唐柔卻連眼睛都不眨一下。

就在這時，一雙手忽然前後刁住了槍桿，戰其力一掙，一滾，沈肘反刺！

那人雙手一剪一拖，仍刁住長槍。

戰其力心中一凜，力抽長槍，不料連抽也抽不回來，抬頭一望，只見一個長個子懶洋洋地對著自己微笑。

只聽蕭秋水笑道：「他是我的朋友，姓左丘，名超然，爲人卻一點也不超然，只是有點懶。他是無所不知，胸懷可以裝九州十八省進去的人，精通擒拿手、三十六手擒拿、大鷹爪擒拿、小擒拿門，奇門擒拿，進步擒拿……什麼擒拿他都會。」

蕭秋水的話講完時左丘超然的雙手已「喀登」一聲，夾斷了槍桿，再迫步埋身，與戰其力雙手對拆起來，三招一過，戰其力前馬被制，後馬不能退，肩、胛、腰、臀四個部分，已被左丘超然閃電般拿住，只聽左丘超然笑道：「這是小天山的纏絲擒拿手，你記住了。」

蕭秋水笑道：「我還有一位朋友，在外面還沒進來，他是南海劍派的高足，姓鄧，名玉函，你知道，武林中人都說，不到必要，絕不與南海劍派的人交手，因爲他們不出手則已，一出手就是殺手。」

只聽一人自背後道：「背後說人閒話，不是好人。」

蕭秋水大笑道：「鄧玉函，難道你是好人了？」

鄧玉函扳著臉孔道：「我是好人。」

薛金英忽然道：「可惜好人都不會長命。」

他的話一說完，雙斧掄劈鄧玉函！

他似已看定，這幾人當中，以鄧玉函最難應付！

可是斧到中途，左右疾分，迴斬蕭秋水！

這一下轉變之急，全場人皆未料及，薛金英其實一上來就看出來：這四個人的領袖必是蕭秋水，要制住唐柔、左丘超然以及鄧玉函的話，首先必要拿下蕭秋水！

蕭秋水的笑意忽然不見了，手上忽然漾起了一陣秋水波光，瀑布一般地奔瀉過去！

瀑布瀉至半途，忽然分成兩道激流，「叮叮」撞開雙斧，又復合成一泓秋水，秋水一凝，轉而成劍。蕭秋水手上的劍。

薛金英雙斧被震開之後，猛吼一聲，半空全身一擰，躍船而出。

他自然看出蕭秋水的劍法。

浣花劍法！

浣花劍派的實力，浣花劍派的武功，不是他薛金英獨力就可以應付得了的。

所以他立即決定：

三十六計，走爲上計。

他身形一動，左丘超然便已動手，霎眼間已封了戰其力身上的十二處穴道。

唐柔的右手一動，不動的左手卻打出七點寒星！

薛金英全身卻化成斧頭金芒，「叮叮叮叮叮叮叮」砸開七道寒芒！

寒芒折射四處，蕭秋水飛撲過去，及時按下了一名老員外的頭，才不致被寒芒釘中！

另一名劫匪卻正好被一點寒芒打入額中，慘呼而倒。另一名大漢格得較快，但也被寒芒射入臂中。

鄧玉函卻在此時飛起，劍光一閃，又斜斜落在丈外。

薛金英半空一聲大叫，左腿已多了道血口子！

但他仍有餘力全力撲向船外。

可是這時左丘超然已拿住他的腳，薛金英落了下來，立刻用右腿蹬，左丘超然立刻拿住他的右腿，薛金英用雙斧砍下去，左丘超然立時拿住他雙手。

薛金英用力掙，左丘超然卻把他全身也拿住了，薛金英張口欲呼，左丘超然一雙手已箝住他雙頰，薛金英不由張大了口，卻叫不出聲，左丘超然道：「我們還未向你問話，不准你吵。」

「你們的頭兒，朱大天王在哪裡？」

薛金英睜著雙目，沒有答話。

戰其力喘息著，閉起了雙眼。

餘下的七名劫匪，早已嚇得不知逃到哪裡去了。

蕭秋水等讓他們逃走，一方面也希望他們能把朱順水引過來，一併了結。

岸上的人還紛紛在比手劃腳，在傳說著：「嘩，這四個小英雄真厲害，一出手就把這些大塊頭們打垮了。」

「有個人還會放暗器呢。」

「哎呀，他們怎麼也隨便殺人呢。」有人憂愁地說。

「他們惹了朱大天王，只怕討不了好喎。」有人更是難過地說。

船艙內金元銀飾撒了一地，一名公子模樣的人背上著了一刀，血流紅了衣衫，船內的員外已年近花甲，喘氣呼呼地走到蕭秋水等人面前，一頭就要叩跪下去，蕭秋水連忙扶住，道：「老丈你是幹什麼呀！」

員外帶淚要掙著往下拜：「老身要叩謝救命之恩。」一面指著地上的金銀珠寶，道：「我辛辛苦苦賺來的半輩子的銀子，眼看都被他們劫去了，幸虧你們……」

蕭秋水望望那些銀元，見元寶上都刻著「那」字，蕭秋水心中暗笑忖道：這人敢情是個守財奴，要他的錢可不容易，連銀兩上也做了記號，當下笑道：「老丈可是姓那？」

員外愕了一愕，道：「是是是，我是姓那，叫做那錦亮，是杭州人，路經此地……壯士是怎樣知道的。」

蕭秋水笑道：「沒什麼。這姓倒是少得很啊。」

那員外道：「是是是，壯士等仗義相救，老身爲表謝意，特贈……」

蕭秋水聽得不耐煩，轉向薛金英道：「你們頭兒座落在哪裡，你說出來，我們也不一定殺得了他，說不定反而給他殺了，這樣你們也等於報了仇，你們又何苦不說呢！」

薛金英仍是咬緊了下唇。左丘超然道：「有道是朱大天王是長江黑水道的總瓢把子，手下猛將有『三英四棍、五劍六掌、雙神君』，你和戰其力是三英之二，你不說出朱大天王在哪裡，只要說出你們的老大『雙刀客』符永祥在哪裡便行了。」

原來「長江三英」在武林人士心中，其實是「長江三惡」，大惡「雙刀客」符永祥，武功最高，二惡「紫金斧」薛金英，武功次之，三惡「槍到人亡」戰其力，武功最弱。

蕭秋水道：「你們三惡是素來行事焦孟不離的，而今符老大在哪裡，我想你們也心知肚明吧！」

薛金英忽然開目，就在此時，長空傳來一陣胡哨之聲，薛金英冷笑道：「他來了，你們的死期也就到了！」

一說完這句話，船身就忽然劇烈地動起來！

片刻間，船身的移動更劇烈了十倍！

蕭秋水，左丘超然，唐柔，鄧玉函四人相互一望，立即分四個方向飛出船艙！

四人身形極快，但第一個足尖點及船梢的是蕭秋水。等到他腳尖也觸及船板時，鄧玉函也點落在船頭。

他們四人一望，只見繫住畫舫的八根大繩，已俱被砍斷，此時春水激流，江流浩蕩，水流之急，無法想像，繫錨一斷，再被人一推，即捲入洪流，飛馳而去！

岸上一人，手持雙刀，縱聲長笑。

就在這片刻間，船已離岸數丈！

也在這剎那間，蕭秋水已飛身掠出！

蕭秋水一動，鄧玉函也就動了！

蕭秋水猶如大鵬，飛掠長空，險險落在灘頭渡橋之端！

這一下，岸上的人都張口結舌，好一會才叫好；連岸上的「雙刀客」符永祥，一時也忘了出手。

可是鄧玉函因比蕭秋水遲霎眼間的功夫掠起，距離便已拉遠了五六尺，鄧玉函雪衣飛動，離灘頭尚有十餘尺，強自提氣，只差三尺，但已往下沈去！

眾人自是一聲驚呼。

就在這時，「雙刀客」符永祥便已發動了。

符永祥左手飛瀑千重，直蓋蕭秋水。

他要在蕭秋水尚未落定蓄勢便要毀了他。

蕭秋水右手拔劍，左手「呼」地扯開了腰帶，「颼」地拋上了半空。

鄧玉函半空撈住了腰帶一抽，鄧玉函像一隻燕子一般已落到灘上！

這時符永祥的左手刀忽然不見，只剩下右手一刀，直刺蕭秋水！

右手刀才是殺著！

但是蕭秋水的劍就剛剛橫架在這一刀的刀鋒上！

符永祥大怒，迴刀再斬，忽然側面一道寒風，嚇得連忙閃身回架，只聽蕭秋水對鄧玉函疾道：「這廝交給你了。」

鄧玉函點頭，符永祥揮刀再上，鄧玉函的劍寒立時把他迫退下來。

這片刻光景，船已離岸數十丈。

蕭秋水耽心的是，仍留在船上的兩個朋友，不會應付不了薛金英與戰其力，但卻應付不了這長江水。

因爲他已瞥見畫舫兩側的船槳，全已折斷。

他真後悔爲什麼要輕易地放走那七條大漢。

長江水裡，顯然還會有朱大天王的人。

船一旦翻，唐柔的暗器在水裡就沒了分量，左丘超然也不熟水性，而自己呢？連水都沒有沾過。

何況還有一船不會武功的人。

蕭秋水飛身到了艘扁細的龍舟上，呼叫一聲道：「借用！」

「刷刷」兩劍，削斷了轡繩，左右雙槳，飛快地划去！

這葉龍舟，衝刺力本就極大，加上風向急流，和蕭秋水的雙槳，簡直像飛舟般前航！

但是這時畫舫已遇上一個險境。

原來秭歸有一個地方，江中有巨石橫臥，造成險灘，行舟的人，最怕遇到這地方。

傳說屈原沉汨羅江後，其姐一天在此洗衣，見神魚負屈原屍體溯江而至，乃葬之。故秭歸亦有屈原墓。是爲秭歸八景之一，名「九龍奔江」。

畫舫卻正向險灘巨石撞去！

岸上的人縱聲高呼，給蕭秋水助威打氣！

蕭秋水此驚非同小可，雙臂一加力，槳如雙翼，他的腰帶因救鄧玉函而失去，長袍鬆開，江中風大，白衣翻飛，吹成一葉白衫，真如飛行一般！

龍船眼看就要追上畫舫，而畫舫也眼看就要撞上巨石！

這只不過是轉眼間的事，蕭秋水的龍舟已與畫舫緊貼而進，前面已是一處峭壁了！

這裡的江水奇急而窄，如果貼舟而行，隨時會遭撞毀，如果蕭秋水一緩，則畫舫必撞上險灘，欲救不及了！

好個蕭秋水，卻突然再加速！

蕭秋水的龍舟閃電一般已越過畫舫，千險萬驚中幾乎撞中了峭壁，但蕭秋水猛用左手抓住岩石，猛止住船勢，右手持槳，竟向撞來的畫舫一攔！

這一攔，蕭秋水也沒多大把握，江流如此之急，畫舫如此之疾，蕭秋水眼看它距巨石不過十數尺，只求攔得一攔，再謀他策！

就在這時，他注意到，那橫灘奇石上，竟有一人！

一名鐵衣老翁，竟在該處垂釣！

只見那老翁猛抬目，精光四射，穩馬立樁，把手中魚竿一送，頂住畫舫，魚竿竟是鐵鑄的，雖已彎曲，但老者步樁紋風未動。

那船居然給老者頂堵住了。

再加上蕭秋水這及時一攔，畫舫是頓住了。

就在此時，畫舫上疾飛出兩個人！

一人飛撲入蕭秋水的龍舟上，正是唐柔。

唐柔一到，他的雙袖暗器便發出！

水裡立刻冒起了幾股妖紅。

朱大天王的人正在水裡想蹺翻蕭秋水的船與畫舫。

但唐柔的暗器雖在水裡威力大減，可是從船上打到水裡去卻還是強勁如箭。

一人飛撲向巨岩，手中持了一柄斷杖，也頂向船身，以助老者一臂之力。

這人正是左丘超然。

左丘超然一頂住畫舫，便知壓力，忍不住脫口向老者道：「好腕力！」

老者淡淡一笑，也不打話。

左丘超然自幼師承「擒拿第一手」項釋儒以及「鷹爪王」雷鋒，腕力之強，只怕也沒多少人能比得上他，而今卻自歎弗如。

老者、蕭秋水、左丘超然互望了一眼，發力一拖一帶，同時大喝一聲，一拔一捺，蕭、左丘二人木槳折斷，只有老者還能抽回鐵竿，畫舫已被他們三人借力帶撞向沙灘——且險險避過了巨石，擱淺在碎石灘之上。

蕭秋水立時拾起另一支槳，全力穩住差點又被激流催走的龍舟，航向沙灘，唐柔不斷發出暗器，水裡不斷地冒出豔紅。

忽然胡哨一聲，唐柔也不再發暗器了，水裡再也沒有活人了。

龍舟停在灘上，老者一手就把它扯上岸來，蕭秋水，唐柔跳下舟來，看著左丘超然，一時生死乍逢，呆了一陣，說不出話來。

這時那員外等，才敢從畫舫中探出頭來，還弄不清楚自己是在生地還是鬼域。

岸上民眾，淳樸情急，忍不住喝采如雷動。

因爲發生事件，岸上的人已愈聚愈多，恐怕已有數千人了，蕭秋水一下龍舟，他們的心也吊在半空，現在見他雖屢遇奇險，卻仍救下畫舫，不禁欣喜無窮。

蕭秋水正想向老者道謝，老者卻鐵青著臉，颼地挺直上了畫舫。

蕭秋水一怔，左丘超然即道：「他倆已給我封住了穴道。」

不料船上傳來兩聲慘呼。蕭秋水及唐柔、左丘超然立時掠上了船，只見老叟臉色鐵青地持杖而立，薛金英、戰其力目眥盡裂，天靈蓋各已被一棍擊碎！

蕭秋水一怔道：「老丈，您這……」

船上婦孺，各發出了一聲尖叫，因從未見過如此血淋淋的場面。

老叟氣呼呼地道：「這種人，還留他在世上幹什麼？多留一個人渣，多害一群孺子！」

忽然轉向三人道：「敢情你們是初入江湖，是不是？」

蕭秋水心中敬佩老叟力挽狂瀾的功力氣魄，當下俯首道：「正是，尙請老前輩多多指點。」

老叟撫髯而道：「這批人是朱大大王的手下『三惡四棍、五劍六掌、雙神君』中的『三惡』，三惡不除，永無寧日，就算你們慈悲爲懷，也得爲長江兩岸的人民想想啊……就算三惡不除，四棍五劍六掌雙神君，也不會放過你們的。」

左丘超然道：「前輩說得有理。前輩是——」

老叟忽然道：「你們之中不是還有一人留在那岸上與符大惡作戰嗎？我們快趕去瞧瞧！」

蕭秋水展動身形，一面笑道：「是是。不過以鄧玉函的武功，符永祥的雙刀定奈不了他的何。」

老叟也展動身形，向前趕去，一面道：「你們四人是朋友？」

蕭秋水笑著，眼睛發著亮。

「我們是朋友，也是兄弟，錦江一帶，都知道我們。」

老叟奇道：「知道你們什麼？」

左丘超然接道：「知道我們是『四兄弟』。」

唐柔也笑道：「尙未結拜的『四兄弟』。」

在錦江一帶，「四兄弟」是每個人聽了都會微笑的。

四個志同道合、濟世救民的世家子弟在一起，沒有結拜，卻有著比拜把兄弟更深濃的情感。

「四兄弟」彷彿就是這四位年輕、瀟灑、才氣縱橫的少年英俠的總稱。

這四人的家世都很有名。

浣花蕭家自不必說，蜀中唐門更是名門，鷹爪王、項釋儒的名氣自是不小，南海劍派也非同小可。

這四人中，以蕭秋水爲老大。

這就是錦江四兄弟。

二　秤千金與管八方

蕭秋水等在眾人的歡呼中上了岸，已見到鄧玉函笑望著他。鄧玉函的肩上也掛了彩，雪衣一片紅，但神色間若無其事。

「我本不想殺他，可是他想殺我，我只有殺他。」

「我把他交給你，也是想要你殺他，因為他斬繩毀船，手段太毒，實留不得，你也不必難過。」

「死了。」

蕭秋水向鄧玉函一下子把話交代清楚，放聲道：「請問，適才我在此地借用一龍舟，現在擱淺在『九龍奔江』那兒，煩船主把它起出來，多少費用，在下願意賠償。」

只見一枯瘦的中年人走出來道：「少俠哪裡話。諸少俠冒險犯難，仗義除害，本鎮的人尚未叩謝大恩，區區破船，又算得了什麼？」

蕭秋水一笑，身旁的那員外倒也知機，接道：「喂，老鄉，你的船我買一艘新的給你，就當是這幾位少俠贈送的。」

蕭秋水笑笑，看看那員外，也不想再纏下去，左丘超然道：「大哥，我們還得看看熱鬧哩。」

旁邊一位貧家少年討好地接道：「諸位若要看熱鬧，今日午時本鎮賽龍舟，噓噓，十多條龍舟，嗚嗚哇哇咚咚的，很好很好看的唷，諸位一定要去看……」

蕭秋水笑道：「謝謝。」那員外怕蕭秋水等走後，又有事變，急道：「壯士……」蕭秋水心裡好生爲難，生來便愛自由自在，而今救了這船人，又不得不照顧下去，不知如何是好。

這時老叟卻道：「蕭少俠若有事務，可以先自離去，護送那員外的安危，老朽擔了便是。」

蕭秋水畢竟年輕，愛玩喜樂，忍不住謝過老叟。老叟呵呵而笑。那員外有些遲疑，囁嚅道：「這，這……」

蕭秋水拍拍那員外的肩膀，笑道：「這位老前輩，武功比我們加起來都好，你不要耽心。」

於是別過眾人，一行四人，心情暢快地趕到「五里墟」去。

秭歸賽龍舟，是百里以內的第一件大事。

午時一至，旗炮一響，萬眾矚目以待的龍舟大賽，即將進行了。

民眾紛紛在岸上搖著不同顏色的彩劵，指指點點。

原來比賽龍舟，本爲紀念屈原投江。可是數百年來，因龍舟大賽吸引了不少人下賭注，所以興起了一種行業，賭十色龍舟。

每年龍舟出賽前都要經過嚴格甄選，幾經淘汰過後，剩下的只有十艘，出賽的十艘各塗上不同的顏色，打著顏色的旗號，哪一艘獲勝，也等於那一種顏色中獎。

大家所下的賭注，通常也會很鉅，以一賠十，有人以此一夜暴富，但卻有無數人因而傾家蕩產。他們要下賭注，只要先到「金錢銀莊」去買十色彩券，中了以彩券去兌現贏款便可。

這一帶地方，民風純樸，但賭風甚盛。多少人弄得傾家蕩產，妻離子散，愈來愈富有的只有「金錢銀莊」，還有縣大爺，和一些公差捕頭。

蕭秋水等初來此地，自然不知道這裡的情形，但見人手一疊彩券，心中納悶，又見人山人海，甚爲熱鬧，也不以爲然，一齊擠在人堆裡看熱鬧去。

龍舟每十二個人乘一艘，共分兩排，主右槳五人，主左槳五人，另外在船梢擂鼓掌舵者各一人，合共一十二人。

一般來說，划船不比其他競賽，長江水急，不是氣力很大的就可以勝任的，要熟悉水性、富有經驗、精明幹練的船夫，才能乘舟如飛。

所以練過武功的人，也不一定能派上用場。

大家都非常看好紫、綠二色，因爲這兩艘船的人，無不是有數十年舟船生活，而且精勇有勁，尤其是綠色這艘。

未開賽前，總是有一番酬神戲，八仙過海，鳴放鞭炮，舞獅舞龍等，然後一聲禮鼓，繼響不斷，岸上的人也把粽子拋到水裡，密如雨下。

最後在河角那端，豎起一顆特大的粽子，裹著彩旗，迎風搖晃不已。岸上的人一陣歡呼吶喊，知道壓軸戲要到了。

河角的那顆粽子，便如採青的搶炮一般，誰先抵達那邊，揮旗的人一手搶過，便是優勝者。

人們鼓掌的鼓掌，吶喊的吶喊，終於一聲炮響，十艘張弦待發的龍舟，一齊衝出！

十艘龍舟如十支急箭，破浪而去！

開始的時候，十艘龍舟幾乎是平行的，水流急又猛，到大粽子那兒，是相當驚險的。

可是不消片刻，十艘龍舟便有了個先後，有五艘落在後面，而前五艘幾乎是平行的。

不久之後，綠、紫二色已搶在前頭，尾隨的是藍、白二色。另一艘又被拋在後面。

岸上的人躍動吶喊不已！

「綠舟！綠舟！」

「紫舟！紫舟！」

也有人在喊：「白舟！白舟！划！划！」

但沒有人喊「藍舟」。因爲藍舟上的人，都是虛應事故，但卻又偏偏一副不可一世的樣子，所以根本沒幾個人購他們的彩券。

上萬個人在岸上大呼大叫，這場面實在熱鬧；蕭秋水等雖沒有買什麼彩券，但也握拳捏掌，瞧得十分興奮。唐柔更像小孩子一般，叫破了嗓子，哪裡像平日江湖上聞之生畏唐家子弟的氣派？

這時灘險流急，四舟離目標不過數丈，就在這時，綠舟與紫舟忽然地，奇蹟地，幾乎是同時地慢了下來。

這一慢下來，白舟與藍舟就立即越過了它們。

可是離目標尚有丈餘遠時，白舟的人忽都停手不划了，藍舟便輕而易舉地，奪下了粽子，搖晃晃的，擺舟駛回這岸上，其他數舟，也無精打采地划回來。

這一下，不單蕭秋水等大爲納悶，岸上上萬民眾，紛紛跺腳怒罵吶喝，把沒中的彩券丟進江中。

蕭秋水與唐柔對望了一眼，心裡好生奇怪。

鄧玉函瞧著沒癮，左丘超然說要走了，這時那群藍衣大漢趾高氣揚地上了岸，蕭秋水忍不住瞥了一眼，這一眼瞥過後，便決定不走了。

原來其他顏色衣服的船伕上了岸，都垂頭喪氣，藍舟船伕上了岸，卻給一班藍衣人圍著，喁喁細語，神情十分崖岸自高，但沒有任何民眾上前。

有些人輸了錢，還放聲大哭了起來。

蕭秋水瞥見的是：剛好從停泊的綠舟上來的一名中年船伕，他黝黑滄桑的臉孔上，竟禁不住掛下兩行淚來。

這一看，蕭秋水哪裡還忍得住？便非要去問個究竟不可了。

蕭秋水和唐柔馬上就走了過去。

這名著名心狠手辣的唐門子弟，竟也是菩薩心腸。

蕭秋水如行雲流水，滑過眾人，到了中年人面前，中年人猛見眼前出現一白衣少年，背後還有一華衣少年，不禁一怔，正欲低頭行過，蕭秋水卻長揖道：「敢問這位大叔——」

這中年人，彷彿心事重重，但對這溫文有禮、清俊儒秀的青年人，卻仍忍不住生了好感，當下止步道：「有什麼事？」

蕭秋水道：「大叔剛才是綠舟上的好手。偌百餘丈的江，大叔只換過三次臂膊。歇過一次槳，實在了不起……」

中年大漢倒是一驚，隨後一陣迷茫，別的不說，單止同舟便有十二人，動作快，穿插亂，氣氛狂，怎麼這年輕人卻對自己換過多少次手都瞧得一清二楚？那是好遠的距離呵。

蕭秋水頓了頓，忽然正色道：「敢問大叔，為何到了最後終點時，忽然放棄呢？」

那中年大漢一怔，這時隨後跟上來了一位也是綠舟裡出來的黑老漢，看見中年大漢與兩個神俊少年對話，不禁大奇，拍了拍中年大漢肩膀道：「阿旺，什麼事？他們是誰？」

阿旺一聽蕭秋水的問話，臉色已沈了下來，小聲道：「我不知道。」這句話像是答那黑老漢的，也像是回答蕭秋水的。

蕭秋水小心翼翼地道：「我們沒有歹意，大叔你放心，只是心中不解，爲何讓藍舟獨佔鰲頭，請大叔們指點迷津而已。」

阿旺仍不作聲，黑老漢卻注視在蕭秋水幾人的臉上。蕭秋水等見他們行動古怪，更是好奇。

阿旺道：「這不關你們的事，你們少惹麻煩。」說著轉步要迴避蕭秋水他們而過。

左丘超然大感奇怪，道：「麻煩？有什麼麻煩？」

黑老漢卻觀察地道：「你們是他們派來試探我們是否服氣的？」

蕭秋水道：「他們？他們是誰，什麼服氣不服氣？」

黑老漢終於恍然道：「你們是外省來的公子少爺吧？」

蕭秋水：「我們確是外省來的。」

黑老漢搖頭道：「各位小哥有所不知，這種事情你們還是少沾爲妙，否則，只怕活不出秭歸哩。」

阿旺卻道：「黑哥，不要多說了，禍從口出，唏，還是走吧。」

蕭秋水等猶自丈二金剛，摸不著頭腦。這時只聽一陣吆喝，五六名藍衣大漢排開人群，走了過來，爲首的一名粗聲粗氣地喝道：「王八烏龜，划了船不回家，在這兒剪舌頭，嘀咕些什麼？」

阿旺偷偷地拭了眼淚，低頭道：「沒說什麼，沒說什麼。」黑老漢卻扳著臉孔，不出一聲。

藍衣大漢卻用手推阿旺和黑老漢，一面道：「咄，咄個什麼，你們兩個老鄉巴還不趕快滾回家去，在這兒蘑菇些什麼！」

這一推，阿旺是逆來順受，黑老漢可火大了，手一扳開對手的掌，氣沖沖道：「要走我自己會走，不用你推！」

藍衣大漢抽回了手，「嘿」地一聲，道：「哇呵呵，你這是不見棺材不流淚啦，窮發瘋囉？」

阿旺嚇得連忙擋在兩人中心，扯住黑老漢的衣袖哀求道：「大爺，大爺莫動氣，我揪他回家便是。」

沒料藍衣大漢一拳沖來，阿旺被打個正中，鼻血長流，藍衣大漢「嘿嘿」怪笑道：「要你來多事！看我今天不收拾這黑煤炭，叫他娘生錯這粒蛋──」

黑老漢本是火爆脾氣，見阿旺爲自己捱了揍，怒從心起，不管一切，一聲大吼便出拳打了過去。

藍衣大漢卻是會家子。一刁手就封住了，進身一連三拳，「噔噔噔」打在黑老漢身上，不料黑老漢身子極爲硬朗，捱了三拳，居然沒事，反而一拳捶過去，搥得這藍衣大漢金星直冒。藍衣大漢雖學過功夫，但平日仗勢欺人，哪有人敢與之動手？所以甚少鍛鍊，繡花枕頭，捱了一拳，嗚嗚呀呀地叫了一陣，雙手一揮，向身旁的那六七名大漢呼道：「給我宰了他！」

那五六名藍衣人居然都「霍」地從靴裡抽出牛耳尖刀，迫向黑老漢，阿旺嘶叫道：「別，別——」

看熱鬧的人雖多，個個咬牙切齒，一副義憤填膺的樣子，但誰也不敢助黑老漢一把。

這時忽然走出一個人，正是蕭秋水，擋在黑老漢面前，冷冷地道：「你們是誰？爲何可以隨便殺人！」

藍衣人只見眼前一閃，忽然多了這樣一個白衣少年，不禁大奇，一聽他開口，才知道是外鄉人，那藍衣大漢獰笑道：「你問閻王老子去吧。」

一說完，五六道刀光，有些刺向蕭秋水，有些刺向黑老漢，有些刺向阿旺。

這時忽然見一人大步走了過來，抓到一個人的手，一拎，刀就掉了，再一扳，執刀的人手臂就給「格勒」地折了。他一面擰一面行，看來慢，但霎眼間七名藍衣大漢，沒有一個關節是完好的。

那藍衣大漢痛得大汗如雨，嗄聲道：「你是誰？爲何要折斷我們的手？」

左丘超然道：「回家問你媽媽去吧。」順手一拑一扯，這藍衣大漢的下巴臼齒也給扯垮，下顎掛在臉上，張開口，卻說不出一個字。

蕭秋水淡淡笑道：「你們走。要是激怒了我們南海鄧公子，或者蜀中唐少爺，你們還有得瞧呢！」

藍衣大漢一聽，臉色登時如同死灰，互覷一眼，沒命地奔竄而逃，一哄而散，全場頓時連一個藍衣人也不剩。

這時只聽一人喝道：「什麼事？打架嗎？不准鬧事！」只見一人排開人群，走了過來，身穿差服，頭戴羽翎，只是二級捕快的裝扮。

鄉民一見此捕快到來，竟也有些尊敬，打躬作揖，紛紛叫道：「何大爺好！」

何捕頭一一回禮，走到黑老漢等人面前，打量了蕭秋水諸人一眼，問道：「怎麼了？有什麼事？」

黑老漢到現在還呆住了，他實在想不出這懶洋洋的長個子竟能隨隨便便地就能使七個人的手臂脫了臼。

阿旺卻道：「何大爺，我們又遭『金錢銀莊』的人欺負了。」

何捕頭頓足道：「唉呀，你們怎能跟他們作對呢，好漢不喫眼前虧啊——」

蕭秋水一聽，便知道事情大有文章，於是道：「現在事情已鬧到這樣，旺叔，黑叔，不如把事情詳告我們，也許我們可以替你們解決，否則，他們也不會放過你們的。」

何捕頭翻了翻眼，沒好氣地道：「你們外鄉人，哪裡知道厲害，強龍不鬥地頭蛇，你們還是快快回鄉去吧。」

蕭秋水微笑了一下，他知道像何捕頭這種人，是需要唬一唬的。誰知道唐柔也有此意，這個靜靜不作響的白衣少年，忽然一揚手，三支小箭就不偏不倚，齊齊釘在何捕頭的翎帽上，何捕頭嚇得目瞪口呆，唐柔細聲笑道：「我是四川蜀中，唐家的人。」

「唐家的人」四個字一出，何捕頭的口更是闔不起來。三百年來，又有誰敢惹上蜀中唐家？

忽然一道白芒一閃，劍已回鞘，何捕頭三綹長髯，卻落下尖梢的一截，白面書生淡淡地道：「南海鄧玉平的弟弟，鄧玉函，便是我。」

何捕頭畢竟也是在外面見過大風大浪的人，聽到南海劍派鄧玉平，大風大浪也變成風平浪靜了。

左丘超然隨手奪過黑老漢本來拿著的一根要用來對付藍衣大漢的船槳，雙手一拗，「劈啪」一聲，臂腕粗的堅硬木槳，全部折斷為二。左丘超然懶懶地道：「『殭屍擒拿手』的劈棺折棍法，你要看哪一種擒拿手，我都可以演給你看。」

何捕頭忙搖手道：「不，不必了。」

蕭秋水也笑道：「我姓蕭，何大人要不要驗明我的身分？」

何捕頭尷尬地笑道：「哦，哦，無須，無須，小的姓何，單名昆字，不知蕭公子等少俠駕到，真是……」

阿旺這時悄聲道：「若蕭公子等真要知道此事真相，不如先到舍下一趟，定當詳告，但願蕭公子能爲我們除此禍害，此處談話，只怕不便。」

蕭秋水等人互望一眼，道：「好。」

鄧玉函忽然道：「何捕頭。」

何昆忙陪笑道：「有何指教？」

鄧玉函道：「如果你沒事，請隨我們走一趟，這些地痞生的事，有官府的人插手，比較好辦。」

何昆忙俯首笑道：「我沒事。我沒事！」

鄧玉函道：「那就去一趟。」說罷轉身隨阿旺等行去，何昆只有俯首跟著。

一行七人到了茅舍，阿旺的老婆很是驚訝，阿旺支開了她，要她到外面天井洗衣，黑老漢卻是常客，所以端茶出來，眾人謝過，然後開始談入正題。

——原來秭歸這一帶，數百里內，最有勢力的要算是「金錢銀莊」。

——「金錢銀莊」不單止是金錢銀莊，還開有賭場、妓院，還有一些更加見不得人的行業：諸如販賣奴僕、豢養殺手之類的組織。

——沒有人敢惹「金錢銀莊」的人，因爲他們的後台便是名震天下、威揚九州的「權力幫」湖北分舵。

——聽說「九天十地，十九人魔」之一也在此駐紮，因爲這地盤使他們賺了不少錢，他們用錢，買到了連官府也不敢惹的地位，這地位可以招攬到不少能人異士，終於使他們獲得了「權力」。

——金錢、地位，加上人手，合起來就是權力。

——這裡的人都只有敢怒不敢言。像這次賽龍舟，「金錢銀莊」的人要爆冷門，賺大錢，於是其他各舟的人都事先被警告：讓藍舟奪魁，否則性命會難保。

——而且一有張揚，當誅全家。鎮裡的人哪敢不乖乖聽命？所以金錢銀莊的人愈來愈富有，附近數鄉窮人和死人也愈來愈多。

——待龍舟賽後，阿旺、黑老漢等信用全失，也不會再有人願意雇用他們，這些後果，金錢銀莊才不管。

——聽說在賭場若贏了大錢，當天晚上自然就會在回家的路上失了蹤，可是，被人連哄帶騙上賭場的人，也愈來愈多。

——自從金錢銀莊多開了家妓院後，附近的少女失蹤案件，也多了起來。

「這些，唉，官府的人不理，報到衙裡先抽二十大板，久了也沒人報案。官家拿的是權力幫的錢，也就是我們替『權力幫』熬的血汗，才不管我們的事哩。只有少數幾個官爺們，像何大爺、張大爺等，還敢爲我們說幾句話，抓幾個人，別的就不用說了。」阿旺搖頭歎息道。

「說來慚愧，我們也是受夠了壓力，抓到的，也只好抓幾個嘍囉而已。有次我抓了個『金錢銀莊』的小頭目，當天晚上就被三個人伏擊，腰上捱了一刀，從今之後我也是少惹這些麻煩了。」何昆也垂頭歎息道。

左丘超然臉色凝重，道：「你們可知主持這兒事務的『金錢銀莊』莊主姓什麼？樣子如何？」

何昆想了一陣道：「誰能見過他？我家青天大老爺也只不過見他一、二次，而且是黃金白銀送去好幾次，才得一見哩。至於姓什麼……好像是，哦，對了，好像是姓溥的……」

蕭秋水、左丘超然較爲見識廣博，互望一眼，失聲道：「鐵腕神魔溥天義？」

鄧玉函、唐柔初闖江湖，傲慢不群，不知就裡，於是問：「溥天義是誰？」

左丘超然向何昆問道：「在『金錢銀莊』內，溥天義的手下中，可有一位姓程的？」

何昆道：「對呀。這人是掌管『金錢銀莊』的財務，據說向來只賺不虧，故人人喚之『秤千金』，什麼生意只要經過他一秤，錢財就會滾滾而來。」

左丘超然道：「對。『秤千金』的名字，別人早已忘了，但『秤千金』卻是溥天義手下四名要將之一，另一人姓管……」

何昆拍腿道：「溥天義在『金錢銀莊』的管理人就是姓『管』的，人人都叫他做『管八方』。」

左丘超然道：「這『秤千金』和『管八方』都是溥天義手下兩大功臣，但更難應付的是其他人，一名叫『兇手』，一名叫『無形』，這兩人才是真正厲害角色。」

——凡是幹溥天義這種事業的，除了要有像「秤千金」那樣善於管財的人，以及像「管八方」那麼善於管理的人才外，當然還要有兩種人。

——殺手和走狗。

——殺手就是「兇手」。什麼人不聽話，或者與之作對，「兇手」的任務便是：殺！

——走狗卻是「無形」的。他不會讓你看出他是走狗。可是他比「兇手」更陰險，更毒辣，更防不勝防，因爲走狗是「無形」的。當你發現他時，他已把你賣掉了。

——「秤千金」姓程，「管八方」姓管，可是「兇手」和「無形」，卻連知道他們的姓氏和名字也沒有。

——這才是真正可怕的敵人。

蕭秋水的臉色沉了下來。

他不是怕難。

對手愈強，他愈喜歡與他對抗。

他對這些鄉民，只有敬愛和尊重，就算他們顯示那一下子武功，也是針對會武的何昆捕頭，而不是不會武功的民眾。

——正如知識也是一樣。就算是學識淵博，但應該用在濟世扶弱，就算要表現，也只是對那些有知識、自傲自炫的人面前炫耀，而不是拿來愚弄民眾自高身價。

——否則的話，受知識的人豈不是比沒受知識的人更卑下？

——所以蕭秋水等很尊重阿旺、黑老漢等，他們也有權說話，有權划船，有權掉淚，如果他們的權利被剝奪，他們自會傾力替他們爭取。

——也許做這些事，看來很傻，不過他們是專做傻事的。

——包括以前替一位焦急的母親找回她遺失的孩子，他們翻山越嶺、披荊斬棘地找了整整七天七夜，差點連自己也迷失掉。

——包括爲了讀到一篇志節高昂，浩氣長存的好詩文，忍不住要在三天以內，遍訪好友，也要他們能在適時同賞。

——對於這件事，也是一樣。

只是，只是他們所面對的，卻是最大的困難。

對手是權力幫。

天下第一大幫。

無論是蕭秋水、鄧玉函、左丘超然，或唐柔，未出門之前，都被吩咐過類似的話。

「千萬不可惹上權力幫。」

「萬萬不能與權力幫爲敵！」

蕭秋水暗地裡咬了咬牙，他不明白爲什麼大家都那末怕「權力幫」。

他心中在想，反正這一趟出門，吩咐的是媽媽，爸爸沒有說過，一切幹了再說。

因爲如果是蕭西樓說的話，他說打斷你一雙腿，絕不會打斷一雙手臂的。

可是孫慧珊則不同了。

母親都是疼愛兒子的，有時候是近乎溺愛。

何昆畢竟是喫了幾十年公門飯的，看見他們都沉靜了下來，也看出他們的爲難，當下安慰道：「『權力幫』有多強我不知道，但我知道連少林、武當都要忌之三分的，諸位少俠武藝過人，但又何苦招惹他們？不如想個辦法託人去說個情，憑諸位的家世，『權力幫』也不致多生是非，說不定與諸位一筆勾銷，而且放過阿旺叔等，唉，這也是委曲求全之法吧？」

蕭秋水沒有作聲，可是心裡面有一千個不願意，一萬個不願意。

他現在最樂意的事莫過於從這裡開步走，直走到「鐵腕人魔」的跟前，把他的雙手打斷——其他的結果，他才不管。

可是他又確有所顧忌。

就在這時，後面忽然傳來一聲女人的慘呼！

阿旺的臉色立時變了，他認出這個聲音。

他老婆的聲音。

唐柔平時文靜靜的，現在卻忽然動了。

一動如脫弦之矢，飛射而出。

他快，鄧玉函更快。

他的人已和劍合成一體，衝出茅屋！

還有那懶懶散散的左丘超然，此刻變得何等精悍矯捷，只聽一陣衣袂破空之聲，左丘超然已越頂而過，落在天井。

但是有一個人已到了那裡。

正是蕭秋水。

他比誰都快捷，因爲他最直截！

他是破窗而出的。

這「四兄弟」幾乎是同時出現在天井中。

他們站在一起，彷彿世上已沒有什麼東西能將他們擊垮。

天井的院子裡伏倒著一個婦人，頭顱浸在洗衣的木盤裡，木盤的水已染紅，木盤裡的衣服都變成了殷紅。

他們只來得及看見人影一閃。

他們立刻追過去，但人影已隱滅在竹林裡。

竹林密集錯綜，也不知道多深多遠，四兄弟一呆，就在這時，茅屋裡傳來阿旺的第一聲慘呼！

蕭秋水猛止步，叫道：「糟了！」

繼而茅屋裡又傳來黑老漢的第二聲慘呼！

四人的身形也立時展動，才出得竹林，茅屋裡已傳來第三聲慘叫，那是捕頭何昆的。

蕭秋水入到屋裡，屋裡已沒有站著的人了。

蕭秋水一直由腳底冷到手心裡去。

阿旺死了，眉心穴中了一下鳳眼拳，震斷腦脈而死的。

黑老漢也死了，心口中了一下重擊。

何昆倒在地上，蕭秋水眼睛一亮，衝過去，扶起了他，只見何昆在呻吟著，按著腹部，十分疼痛的樣子。

蕭秋水大喜道：「他還有救……」

只見何昆緩緩睜開了眼睛，艱難地道：「藍……衣……人……是……金……錢……銀……莊……的人下的……手……幸虧我擋……擋了一下……而……你們就……就……就來了……」

蕭秋水的臉色變了，天下再厚的牆，也阻擋不了他掃平「權力幫」的鬥志，他大聲叫道：「我要去金錢銀莊，你們誰要先回？」

唐柔第一個大聲道：「我要去！」

鄧玉函聲音冷得像劍：「去！」

三人同時望向左丘超然，左丘超然懶洋洋地道：「喫屎狗才不去！」

「金錢銀莊」。

「金錢銀莊」本來是個熱鬧的地方，可是今天並不怎麼熱鬧！

今天本來是極其熱鬧的日子，因爲今天「金錢銀莊」剛剛在龍舟賽上刮了一大筆。

一大筆！

可是自從上午十幾個膀子垂著不能動的藍衣大漢回來後，櫃枱裡的「秤千金」就放下了金秤。

他放下金秤，拿起了鐵秤。

人人都知道，當「程掌櫃」也放下金秤的時候，就是不做生意的時候，但另做一件東西：

做的是買賣，殺人的買賣！

下午的時候，四位公子，走進「金錢銀莊」來。

偌大的一所錢莊，就只有七八位顧客正在交易。

這四個人走進後，就一直走到櫃枱前。

這四個人把手伸出來，蕭秋水，鄧玉函交上去的是佩劍，唐柔交上去的是三顆鐵蒺藜，左丘超然交上的是一雙手。

左丘超然一身邋裡邋遢，一雙手卻洗得很乾淨。

練擒拿手的人，無不愛惜自己的一雙手的。

唐柔的鐵蒺藜和一般無異，只不過上面多了一個小小小小的字，小小小小小小的一個「唐」字。

這一個字，便足可叫人嚇破了膽，這顆鐵蒺藜，立刻和其他的鐵蒺藜不同了。別的鐵蒺藜也許打不死人，但這粒有「唐」字的鐵蒺藜，卻是連沾著了也會死人的。

唐門畢竟是江湖中暗器之霸！

蕭秋水交上去的劍，也沒有什麼特別，只不過劍鞘上，多刻了一個「蕭」字。

自從蕭家練劍後，別的姓蕭的劍手，誰都不敢似蕭西樓一般，把姓氏刻在劍鞘上。

鄧玉函的劍也不特別，只是多了一塊看來什麼顏色都像的佩玉！

這塊佩王，是當代最負盛名的南海劍客鄧玉平的信物。

僅此而已。

這已夠令人膽喪了。

這四樣東西一交上去，那四個櫃枱上的人立時頓住了，臉上立時綳緊，連笑也笑不出來。

幾乎是同時的，這四人推動座椅，立即就要起來！

他們的反應已夠快了，但是四兄弟更快。

但聞「嗆」的一聲，兩柄劍已同時出鞘，因爲同時，所以聽來只有一聲劍鳴。

蕭秋水的長劍，馬上抵住兩名掌櫃的頭，劍身鋒銳，冰一般的貼在皮膚上，那兩名掌櫃的脖子不禁起了一粒粒雞皮。

左丘超然的右手，已扣在另一名掌櫃的脖子上，這掌櫃連絲毫都不敢動。

唐柔卻連動都沒動，只是把三顆毒蒺藜拿起了其中一顆，抬頭望著這掌櫃，這掌櫃已是魂飛魄散，不敢再移動一步。

四名掌櫃都怔在那裡。

金錢銀莊中四五名兌碎銀的婦女與男子，不禁大喫一驚，慌得不知如何是好，又想走過來看熱鬧；場子裡的八九名藍衣大漢，一見這等情形，紛紛拔刀，怒叱暴喝，卻投鼠忌器，不敢走上前來！

蕭秋水笑道：「四位想必是『權力幫』中的『金錢銀莊』分舵裡有頭有面的人物，但我們找的不是你，冤有頭，債有主，叫你們的當家出來。」

四人自是顫抖，說不出話來。

只聽一人哈哈笑道：「我就是當家的，不知欠你們什麼債！」笑聲震動了整個錢莊，連櫃枱的鐵柵也震得嗡嗡作響起來。

蕭秋水道：「可是程大老闆？」

只見一人自櫃枱內側大步而出，大笑道：「區區人稱『秤千金』便是。」

蕭秋水道：「我想請你秤樣東西：」

「秤千金」笑道：「什麼東西？」

蕭秋水道：「人頭！」

「秤千金」道：「什麼人頭！」

蕭秋水道：「你的人頭。」

「秤千金」「哦」了一聲，「哈哈」大笑起來，笑聲一歇，然後道：「少年人，你知道這是什麼地方？」

蕭秋水道：「『金錢銀莊』。」

「秤千金」道：「你可知道『金錢銀莊』的主人是誰？」

「『鐵腕人魔』溥天義！」

「秤千金」道：「很好。那你又知道溥爺是誰？」

蕭秋水道：「『九天十地，十九人魔』其中之一地魔。」

「秤千金」道：「你又知道『九天十地，十九人魔』是些什麼人組織的？」

蕭秋水道：「權力幫！」

「秤千金」道：「你又知道不知道『權力幫』的地位名聲實力？」

蕭秋水道：「天下第一大幫！」

「秤千金」道：「那你還想怎樣？」

蕭秋水大聲道：「除此禍患！」

「秤千金」忽然仰天大笑，道：「你既然已知道這些還敢與『權力幫』作對，我殺了你也好向蕭老頭交代。」話一說完，雙手一揮。

蕭秋水，唐柔，左丘超然，鄧玉函忽覺背上被利刃所抵住，他們手都在櫃枱上，反應已遲，只好不動，那四名掌櫃繞道而退！

原來用尖刀抵住他們，是那四名看來只像典當東西的婦人。

蕭秋水等人本就沒料到這些人是喬裝的。

「秤千金」大笑走近，搖著鐵秤，道：「憑你們的道行，要跟大爺我作對還差遠呢，還說什麼打垮『權力幫』！」

蕭秋水沒有作聲。

「秤千金」笑道：「你們四人，誰最不想死的，只要說出來，我可以最後殺他。」

誰知道「四兄弟」還是沒有作聲。

「秤千金」笑道：「那我要先殺一個人試試了。」

就在這時，蕭秋水背後的婦人，額上忽然多了一樣東西！

一顆鐵蒺藜。

她立即便倒了下去。

蕭秋水的劍馬上抽回，刺穿劍抵鄧玉函背後那婦人的咽喉。

鄧玉函在蕭秋水出劍的同時出劍，絲毫不理會後面的刀刃，一劍貫穿了刀抵左丘超然背後婦人的前胸。

而唐柔背後的婦人，也忽然間倒了下去。

她的雙眉間，也多了一樣東西。

一顆鐵蒺藜。

「秤千金」撲近時，那四名掌櫃抽出刀來之際，那四名婦人已成了死人。

這只不過剎那間的事！

這四名兄弟的配合如此無間、迅速、天衣無縫。

唐柔放在櫃枱上的三粒鐵蒺藜，只剩下一粒了。

「秤千金」望了一眼，好不容易才說得出聲：「看來以後抓到唐家的人，還是殺了再說。」

唐柔溫柔地笑道：「可惜唐家的人是抓不到的。」指指桌上又笑道：「這一顆是留給你的。」

剛才刀抵四人背後時，誰都不能動。

可是唐家的暗器卻只要手指一動就可以發出，有時候甚至連不必動也能發出。

而且想要折射、迴射、反射、直射都可以。

唐柔發出了兩顆鐵蒺藜，先解了自己和蕭秋水之危。

蕭秋水立即解了鄧玉函，鄧玉函也立刻救了左丘超然。

四人一氣呵成，等「秤千金」要出手時，他們四人八眼已盯住「秤千金」。

「秤千金」苦笑道：「四位要不要談生意？」

左丘超然道：「剛才大老闆教四位男扮女妝的婦人用刀抵住我們背後時，又爲何不談生意？」

「秤千金」強笑道：「甚麼時候？」

左丘超然悠然道：「我們被刀抵著背門的時候。」

「秤千金」苦笑道：「那是個誤會，那實在是個誤會。」他在那一刻看出這四位少年的身手，除了這左丘超然尙未動手，也不知是何派之外，縱然以一敵一，他也無必勝的把握。

沒有把握的事，他是從來不會輕易做的。

蕭秋水忽道：「大老闆要談生意？」

「秤幹金」道：「我是生意人，當然要談生意。」

蕭秋水道：「好，那麼我們就來談生意。」

「秤千金」道：「不知蕭少俠要談的是甚麼生意？」

蕭秋水道：「剛才那樁。」

「秤千金」呆了一呆，道：「是哪一樁？」

蕭秋水道：「人頭那一樁。」

「秤千金」小心翼翼地道：「蕭少俠說的是……？」

蕭秋水道：「你的人頭！」

「秤千金」苦笑道：「在下的人頭不賣。」

蕭秋水冷冷道：「那我就割下你的狗頭。」

「秤千金」臉色一變，忽聽一人朗聲道：「我也要買人頭，你們四隻小狗的人頭。」

只見一人金衣金面，碩大無朋，大步行來，手裡拿著根金剛杵，頓地砉然巨響，左丘超然道：「管大總管。」

那巨人大笑道：「正是我管八方。」

三 兇手與無形

左丘超然道：「你可記得一個人？」

「管八方」大笑道：「我老管一生只有人記得我，我不記得人。」

左丘超然接道：「那人複姓左丘，叫道亭。」

「管八方」的臉色一沈，厲聲道：「是你甚麼人？」

左丘超然：「正是家父。」

「管八方」吼道：「他在哪裡？」

左丘超然道：「他老人家告訴過我，十年前他放了一個不該放的人，現在這個人若仍作惡多端的話，就順便把這個人的人頭摘下來，看來，這點已不必勞動他老人家了。」

「管八方」狂笑道：「好小子，你有種就來摘吧！」

丈二金剛杵在半空舞得「虎虎」作響，左丘超然忽然撲過去，每一招，每一式，都攻向金剛杵，反而不攻「管八方」。

相反的，「管八方」卻十分狼狽，左閃右避，居然怕左丘超然的一雙手會纏上金剛杵。

十年前，他之所以敗於左丘道亭手上，乃是因為左丘道亭用「纏絲擒拿手」扣住了金剛杵，用「六陽金剛手」震斷「金剛杵」，「管八方」就一敗塗地。

這一來，「管八方」先勢頓失，變成了處處受左丘超然所制。

「秤千金」「嘻嘻」一笑，忽然道：「溥爺，你來了。」眼睛直直望向蕭秋水後面。

蕭秋水一回身，忽然背後風聲大作。

「秤千金」的鐵秤閃電般打到。

蕭秋水不回身，反手一刺。

「秤千金」的鐵秤，及不著劍長，所以他一個觔斗翻了出去；

鄧玉函大叫道：「別溜。」

正待出劍，忽然四名掌櫃，四張快刀，向他砍到。

鄧玉函居然連眼也不眨，衝了過去。

他一劍刺入一人的小腹，那人的身體彎了下來，他用手一扯，那人的屍身就替他捱了三刀。

他錯步反身，連劍也來不及抽出，劍尖自那人背脊露了尺餘長，再刺入另一人的胸膛。

然後一個反肘，撞飛了一人。

這時另一人一刀斬來，鄧玉函拔劍，回身猛刺。

劍後發而先至。

那人的刀砍中鄧玉函右肩才兩分，鄧玉函的劍尖已入那人咽喉七分，「突」地自後頭露出一截劍尖來。

南海劍派使的都是拚命招式。

剩下的被撞飛的一人，簡直已被嚇瘋了。

這種劍術之辛辣，與浣花劍派恰巧相反。

蕭秋水若返回身子，就追不上「秤千金」了。

可是他退後得極快，已到了「秤千金」身前，並未回身，便已發劍。

一劍又一劍，猶如長江大河，雨打荷塘。

「秤千金」接下了十二劍，簡直以為蕭秋水背後長了眼睛。

接下二十四劍時，便知道這樣打下去實在不是辦法，何況鄧玉函那邊已殺了那三名掌櫃，剩下的一名早已嚇得不敢動手了。

「秤千金」一揚手，秤鉈就飛打而出。

蕭秋水一回身，左手接下了鐵杵。

「秤千金」趁此掠起，飛過櫃枱，眼看就要進入簾內，唐柔忽然一掌拍在桌上，桌上忽地一樣東西飛起，閃電般嵌入「秤千金」的眉心「印堂穴」上。

於是「秤千金」就落下來，扶住櫃枱喘息。

桌上的那僅存的一顆鐵蒺藜，已經不見了。

唐柔平靜地道：「我說過，這一顆，是留給你的。」

「秤千金」聽完了這句話之後，發出一聲驚天動地的嘶吼，才撲倒下去的。

「秤千金」一死，「管八方」方寸便已亂了。

左丘超然已經從「先天擒拿手法」改用「泰山碎石擒拿手」再轉成用「小天山擒拿手」來對付「管八方」的金剛杵。

「管八方」左絀右支，難於應付，忽然左丘超然招式一變，用的是「武當分筋錯穴擒拿手」一躍而上，竟摟住「管八方」的脖子。

「管八方」大驚，回手一記金剛杵橫掃。

左丘超然忽然平平飛出。

「砰！」地一聲，「管八方」收勢不住，一杵擊在自己的胸膛上，鮮血直噴。

另一方面，他的脖子已被左丘超然扭反了頭筋，所以臉向後，耳在前，十分痛苦，狂吼掙扎。

蕭秋水長歎一聲道：「此人雖作惡多端，但還是讓他去吧。」

說完一劍平平刺出，刺入了「管八方」的胸口，「管八方」方才靜了下來。

左丘超然緩緩道：「此人最喜姦淫少女，試想，他碩大無朋的身段，施於女孩子的身上，是何等痛苦。」

蕭秋水默默。

這時銀莊內的大漢，一見勢敗，早已走避一空，只剩下那名被撞傷的掌櫃，唐柔問：「是誰殺死阿旺叔他們的？」

那掌櫃立時答了：「是『兇手』。」

「兇手」在「權力幫」的「金錢銀莊」分舵裡是：

專門負責殺不聽話的人。

當然也有殺他們的對抗者。

「無形」棘手在難防，但是這四人中武功最高的，要算是「兇手」。

「兇手」才是他們的敵手。

「兇手」在哪裡呢？

那掌櫃搖首說不知道。

看他的神情，無論是誰都知道他說的是真話。

因爲他簡直怕死了鄧玉函。

尤其是鄧玉函腰間的劍。

看到了這柄劍，不讓他不說實話。

鄧玉函再問：「『鐵腕人魔』在甚麼地方？」

那掌櫃搖了搖頭舐了舐乾澀的嘴唇道：「我不知道，連程老闆、管大爺也不知道，每次都是溥老爺遣『無形』來通知他們：何地相見，何時相見。」

鄧玉函道：「那『無形』是誰？」

掌櫃頭搖得像浪鼓一般：「我不知道，每次他來的形貌都不同，時男時女，時老時少……」

走出「金錢銀莊」時，他們的心情卻不見得輕鬆。

「金錢銀莊」是砸了，可是銀莊的幕後主持鐵腕神魔，卻仍不知在哪裡。還有那隨時殺人的「兇手」，隨時都會伏伺在左右。以及那時隱時現，令人防不勝防的「無形」。

左丘超然道：「我們可以去找一個人。」

蕭秋水道：「誰？」

左丘超然道：「何昆。」

蕭秋水的眼睛立刻亮了。

何昆是本地人，而且喫六扇門的飯已喫了十幾年了，要查起人來，自然比較方便，至少資料也會比別人多一些，說不定能找出「兇手」或「無形」來。

鄧玉函忽然道：「要找何昆，也得先辦一件事。」

蕭秋水奇道：「甚麼事？」

鄧玉函說道：「醫肚子，我肚子餓壞了。」

唐柔像蚊子那麼細的聲音：「我也是。」

英雄俠士也是要喫飯的，不單要喫飯，而且要賺錢，會拉肚子，一樣有失戀的可能。

可是一般人看傳奇小說多了，以爲英雄俠士，江湖上的那批草莽龍蛇，既不會餓，就算餓了只喝酒就夠。並且不會生病，銀子花不完，時常有美女投懷送抱——要真是到了這個地步，這些人就不再是人了，而是遙不可及的神。

我們是人，要看有人性的故事，不是要聽沒有人情的神話。

蕭秋水等可能比一般的江湖人都會好一些，因爲他們原出身於世家。

所以他們可以懷著銀子，問問路人，路人就一直引他們上了「謫仙樓」。

「謫仙樓」據說是李太白醉酒的地方，但李謫仙有沒有來過秭歸鎮，就沒有人知道了。

秭歸鎮的人都說，因爲屈大夫是誕生在這裡，所以詩仙李白也理所當然的在這兒逗留過，喝過酒才是。

不管是與不是，這「謫仙樓」的確非常古樸，也的確很淡雅，而且座位寬敞，可以望到全鎮，以及鎮後環山抱水，長江奔流，真有一股清爽的古風。

蕭秋水等便就上了樓，選了一張臨窗的位子坐下，點了幾道菜，就顧盼閒聊起來。

他們沒有叫酒，傳奇故事裡英雄喝起酒來都像喝水一樣，可是我們這幾位，卻最怕喝酒，他們覺得酒又苦又辣，甚麼東西不好喝，何苦去喝酒？

樓上位子很多，但因近下午，黃昏未至，所以客人很少，多數是幾個過路打尖的，在這裡喝喝悶酒。

這裡有三桌客人，有一桌有三條大漢，另一桌是一個老人，還有一桌是一個青年，他們桌上都有酒。

但那青年喝的酒，卻比那兩張桌子四個人加起來的都要多。

唐柔於是悄悄聲就說話了：「酒好喝嗎？」

蕭秋水本想充充英雄，這裡四個人，以他最睿智，終於還是搖了搖頭。

唐柔喃喃道：「奇怪，阿剛就喜歡喝酒，阿朋也是。」

蕭秋水聽了也不禁眉毛揚了揚。

唐剛是飲譽天下的唐門高手。

唐朋是義結武林的唐門才俊。

他們可一點都不像唐柔那麼柔！

蕭秋水一面與唐柔談著，一面望出窗外、街上。

車輛、行人，都漸漸多了起來。

已近黃昏！

已近黃昏！

蕭秋水忽然皺了皺眉。

樓下街上，顯然有些紛爭。

樓上這時又很吵鬧，蕭秋水一時無法聽清楚！

而唐柔又在喃喃自語，左丘超然和鄧玉函正在高談闊論。

蕭秋水憑窗望下，只見街上有一賣唱老頭，走過一宅府第，一頭大黑狗跑出來要咬他，這老頭就唬得趴倒在地，身上的東西也散落四處。

那大狗就跳過來要咬他，他蹣跚地拾起石頭扔了一下，那頭狗噢了一記，「汪」的一聲，往後就退，仍齜齒吠個不已，卻也不敢再上前去。

那老頭蹣跚的爬起，但府第的大門，「咿呀」地開了，一個公子少爺打扮的人，和兩個家丁跑了出來，一面好像在吆喝，「是誰打我的狗？他媽的，要死是嗎？」

那老頭想解釋，一個家丁卻上前來把老頭推倒在地，那公子還催動那頭狗去咬地上那老人。

這時街上正圍著一大群人，個個咬牙切齒，但都不敢挺身而出，好像畏懼那公子的身份！

蕭秋水心中忖道：「這些高官權貴，怎麼都拿餉不辦事，只會欺壓良民，如此下去，輕則家毀，重則國亡，唉！」

這時那狗得主人撐腰，大吼著張牙舞爪撲上去，蕭秋水歎息一聲，雙手拎了一根筷子，對準那頭狗，左手拇食二指拎著筷子身，右掌一拍，就要射出去——

這時唐柔正喃喃說道：「這幾天我心緒都很不寧。萬一有什麼事，你代我轉告朋哥，叫他不要再練『子母離魂鏢』了，會很傷身的——」

而左丘超然與鄧玉函雙雙長身而起，因爲那老者和那三名大漢都已喝到七分酩酊，竟相罵起來，下面那三名大漢就越座而出，要揍那老頭——

這種事，左丘超然與鄧玉函自然不能不管——

就在這時候，當蕭秋水的注意力集中在樓下，正要射出筷子的時候；唐柔沉緬在他的故事的時候；樓上正吵得不可開交的時候；左丘超然與鄧玉函正要去勸架的時候——

黃昏已至。

那喝酒少年突然扔杯抽劍，越桌而起，劍若靈蛇，直刺蕭秋水背心！

這一劍，竟比劍風先至！

但是這時候，卻正是蕭秋水揚手要發筷子之際。

少年猛見蕭秋水手一揚，一驚之下不禁略一側身，劍勢也略略一滯，劍風已比劍尖先至！

蕭秋水突然感覺到劍風，他立時向前撲去。

他這一下是全力撲出，飛出窗外！

可是劍鋒已在他的背上劃了一道四寸長的血口！

蕭秋水飛出窗外，雙手已抓住窗欞。

少年一招失手，挺劍再刺！

蕭秋水卻一揚手，射出筷子！

少年再一劍削出，削斷筷子，衝近出劍！

可是這時唐柔已出手了！

唐柔一揚手，少年立時就飛起！

只聽「奪」地一聲，柱子上釘了一柄飛刀！

這少年竟避過了唐柔的暗器！

少年見已無法得手，飛起之際，已向對面另一扇窗口掠出。

可是「呼」地一聲，一人越他頭頂而過，落在窗前。

少年定睛一看，原來是蕭秋水。

蕭秋水雙手攀住窗欞，用一掄之力，飛掠而出，截住少年的去路。

少年目光閃動，但這時左丘超然已截住了樓梯口，唐柔已在他後面。

少年深深吸了一口氣，身子放鬆下來，反而不動了。

那邊的鄧玉函，已緩緩解下長劍，面對著那三條大漢，一名老頭。

這四人也慢慢拔出兵器。

蕭秋水撫著背後的劍傷，苦笑道：「你是『兇手』？」

那少年點點頭。

蕭秋水：「你好快的劍。」

少年淡淡道：「你好快的身手！」

蕭秋水道：「要不是我手上剛好一動，你劍勢一氣呵成，我就死定了。」

少年道：「你運氣好。」

蕭秋水道：「你既然在四人中選中我，那我就跟你生死一決吧。」

少年淡淡地道：「四對一也可以，不必客氣！」

少年的臉色剎那變青，一雙手也青筋畢露。

蕭秋水向左丘超然道：「左丘，下面有人欺負一個老頭子，你去解決一下。」

左丘超然應了一聲，已飛身下樓。

蕭秋水迄今仍然關心樓下那老賣唱者的安危，如不關心蕭秋水剛才就不會出手，如果他不出手，適才只怕就死定了。

蕭秋水請左丘超然去施援手，卻沒請鄧玉函或唐柔。

鄧玉函的劍，殺氣太大，唐柔的暗器，一旦發出去，生死是連他也不能肯定的事了。

料理這種事，最好的人選當然還是左丘超然以及他的大小擒拿手。

鄧玉函緩緩拔出了劍，用力握住劍柄，忽然大聲道：「你們的戲演完了，還不快走！」

那四人互覷一眼，呆坐當堂。

鄧玉函怒道：「我不想殺你們，還不快滾！」

那四人緊握兵刃，不知如何是好。

那少年突然道：「你們走吧！你們不是他對手。」

那四人低語了一陣，終於向少年一躬身，飛快地走下樓去，消失在人叢裡。

少年冷冷地看他們消失了之後，才道：「可以開始了。」

蕭秋水緩緩拔出長劍，宛若一泓秋水，笑道：「是的。」

那少年忽然把長劍往地上一扔，一個虎撲向前，一出手就是「少林虎爪」。

蕭秋水把劍往地上一插，雙指如鐵，反戳過去！

眾人沒料到這兩大劍手，一動起手來，卻先用拳腳而不用劍！

那少年的「虎爪功」，沉猛威實，和他的身段年齡，恰好相反，攻守之間，步步爲營，卻又有碎石裂碑之威勢！

蕭秋水的「仙人指」，是嵩山派的奇技，嵩山的古深禪師，素來不服少林僧人，所以創「仙人指」，自稱「一指破七十二技」；言下之意是只要學會「仙人指」，少林的「七十二絕技」都可以不怕。

古深禪師正如其名，行事孤僻，但和蕭西樓卻是十分交好。古深禪師曾把「仙人指」七十二招傳了三招給蕭西樓，蕭西樓費了七年才能精通，再傳予三個兒子，蕭秋水自幼天生聰明，學了一年，已學會了一指半招。

這一指半招，施用起來，已千變萬化，防不勝防，轉眼間兩人已對拆了廿七招，蕭秋水每招一指，那少年竟討不了半分便宜。

三十招一過，蕭秋水漸漸覺得自己的指法受制，招式施展不開來，而少年的「虎爪功」卻愈戰愈沉猛；蕭秋水一聲清嘯，翻掌起腳，猛若飛花葉落，竟是蕭家掌劍二絕的「飛絮掌」！

只見滿樓人影倏閃，只聽衣袂掠起之聲，少年蕭煞，威猛沉潛，但蕭秋水倏起倏落，衣影繽紛，雙掌始終不離少年全身七十二道要穴！

又一盞茶的時光過去了，蕭秋水的身法隨著黃昏的腳步而慢了下來，漸漸漸漸地，那少年的虎爪破空之聲，愈來愈響，愈來愈壓人。

這時窗外人影一閃，左丘超然已飄然落定。

鄧玉函忽然道：「老大累了。」

唐柔道：「這少年幾歲？」

左丘超然端詳了一會，道：「十七、八歲。」

唐柔了然地點頭道：「那他至少就練了十七、八年的『虎爪功』。」

左丘超然道：「少林的『虎爪功』給他使成那麼肅殺，只怕非佛門正宗。」

鄧玉函忽然道：「我聽說『權力幫』裡，『九天十地，十九人魔』中有一『天魔』，是少林高僧中的叛逆。」

唐柔道，「你是說？——」

鄧玉函道：「『魔僧』血影大師。」

唐柔道：「那麼這少年——」

左丘超然道：「只怕正是血影大師的傳人。」

三人幾句對話中，忽然蕭秋水再度振起，出掌急緩倏忽，不帶絲毫風聲，左丘超然失聲道：「老大的『陰柔綿掌』進步得好快！」

蕭秋水的母親孫慧珊，正是當今十大名劍之一「十字慧劍」孫天庭的獨生女，孫天庭的「陰柔綿掌」，是華山一絕，也是當今正宗柔門掌功之冠。

這一套「陰柔綿掌」一施出來，剛好剋住那少年的「虎爪功」。蕭秋水連換三種奇技，但那少年始終用「虎爪功」，絲毫不爲所動。

要知道「少林虎爪」，雖然並不是什麼奇術，但一種武功，之所以能流布天下如此之廣，其中必有取掘不盡的奧祕，層出不窮的變化，以及武學的精華，這少年別種武功並不通曉，卻專心致力於一類，苦心浸淫，只以「虎爪功」力敵蕭秋水，一百招剛過，「陰柔綿掌」又在「虎爪」的籠罩之下，漸漸只見漫天爪影，飛爪破空之聲，卻不見蕭秋水的還擊，彷彿樓裡只有那少年一人在動武。

看的人只覺得壓力如同暮色，愈來愈重，呼吸也愈來愈急促，都爲蕭秋水捏了一把汗。

唐柔忍不住道：「老大要敗了。」

左丘超然道：「未必。」

鄧玉函道：「老大應該用劍的。」

正在這時，戰局忽然一變。

少年的虎爪凌空之聲，漸漸沒有那麼凌厲了。

而且攻守的進度，漸漸沒有那麼嚴密，那麼肅殺了！

甚至連呼吸也反而沉重急促了起來。

顯然地，這少年內力不足。

這少年雖致力苦練「虎爪功」，但「虎爪功」源出少林，若缺少了少林僧人的氣功內力，以及數十年的苦行修練，又怎能持久地施用「虎爪功」？

相反地，蕭秋水的「仙人指」、「飛絮掌」、「陰柔綿掌」，一在功奇，二在力輕，三在借力打力，卻是耗費體力極少的武功，反而能持久。

少年的內力一旦不足，虎爪便漸漸滯堵，攻不下蕭秋水，蕭秋水漸漸反守爲攻，忽然招式一變，竟是至剛至急的「鐵線拳法」！

「鐵線拳」是蕭家老大蕭易人自創一格的拳功，與蕭家的柔勁快力截然不同，一招比一招快，未出拳先發力，力未至勁已生，乃至剛至烈的拳法！

蕭秋水等到這時候才使用「鐵線拳」，那少年的「虎爪功」已是強弩之末，漸漸只有招架之能，無反攻之力了。

四十招一過，蕭秋水如箭雨的雙手忽然又是一變，一招「猛虎下山」打下去，那少年連忙一招「雙虎霸門」守住，蕭秋水一轉身便是「餓虎擒羊」，那少年一連飛退七步，「嘶」的一聲，衣襟被撕去一片，肩肉留下五道虎痕。

蕭秋水這兩招，是正宗少林「虎爪」，並未得名師指點，只是蕭秋水天生好奇，又自幼穎悟，所以使得似模似樣，後來蕭西樓五十大壽，客人來拜壽中有顧君山者，乃少林俗家子弟，於後院習武，被蕭秋水窺見這一套「虎爪」，便被他學得有門有路，有板有眼，兩下在少年力竭技窮之際施出，當堂令他掛了彩。

只聽蕭秋水笑道：「我這兩下『虎爪』怎樣？」

那少年冷笑道：「很好。」

兩個字一說完，猛拔地上劍，急刺過去！

蕭秋水一驚，滾地躲過一劍，猛自地上抽劍，回劍一刺，「叮」地一聲，兩劍交擊。

兩人各自一聲冷哼，手中劍加快，這時天色漸黑，兩人劍芒耀動，反而映得樓上一片肅殺的亮。

兩人一攻一守，一進一退，愈打愈快，劍來劍往，煞是好看。唐柔看得眉飛色舞，左丘超然瞧得暗自耽心，獨有鄧玉函，一面看一面叫「可惜」連連，彷彿可惜搏劍的不是自己而是別人一般。

少年出劍辛辣迅急，蕭秋水劍法倏忽有度，兩人交手一百零三劍，竟不分上下。

少年忽然「咄」地一聲大喝道：「看我絕招！」

忽然擲劍而出，劍射之快，無可匹比，眾人忍不住失聲一叫，蕭秋水忽然用劍鞘，恰好接下一劍，劍飛插入鞘內。

原來少年使劍，手中已無鞘，蕭秋水的劍鞘，卻一直仍在腰間。

只聽蕭秋水大喝道：「回敬你絕招！」忽然劍身碎裂，猶如花雨，劍片飛射出來，那少年始料不及，撥落一半，另一半劍雨射在身上、臉上，那少年退了七八步，倚著柱子滑落於地。

左丘超然失聲叫道：「好個『浣花劍派』的『漫天花雨』！」

那少年一倒下，蕭秋水連忙什麼都不顧，衝上去扶起了那少年，喘氣呼呼。

原來兩人搏鬥了良久，從掌到劍，實已十分之累，剛才是劍風遮掩了喘息之聲，所以大家都沒有覺察出來。

蕭秋水一扶起那少年，那少年一身都是血，卻仍喘息道：「好……好劍法！」

蕭秋水痛恨地道：「我害了你。我害了你。」

那少年反展出一絲微笑，道：「沒關係。我死得……心服。」

蕭秋水還是重複道：「我害了你！」

那少年道：「你這樣的絕招，一共有幾……招？」

蕭秋水長歎道：「三招。可是一旦使出來，死活我都不能控制。」

那少年疑惑地道：「剛才……只是……其中之……一招？」

蕭秋水點頭道：「我打急了，就忍不住了。」

那少年慘笑道：「我也用了，不過只有一招。」

蕭秋水安慰道：「你那一招，我差些閃避不過去！」

那少年倔強地道：「對……你的運氣好。」

忽然身子一挺，大汗涔涔而下咬牙忍了好一會兒，道：「我死在你手上，不會有什麼怨言。你有什麼要問我的？」

蕭秋水恨聲道：「不，不，你不必告訴我，你不必告訴我。」

那少年慘笑道：「不，是我自己願意告訴你的。我當了一輩子『兇手』，都是不得不聽人之命殺人，殺得自己也……也麻木了。不知……不知有多少人……喔……也像我一樣，唉……」

蕭秋水連聲道：「只要你有決心改變過來，一定可以改過來的。」

那少年搖首道：「『權力幫』哪有……哪有這麼容易……呃……我不行了……我告訴你……鐵腕神魔……現在正在『巨石橫灘』……等我……等我殺人消……息……」

忽然一陣急喘，左丘超然踏前一步，大聲問道：「誰是『無形』？」

那少年雙眼一翻，卻已嚥了氣。

蕭秋水呆視了良久，好一會兒才慢慢放開了手，把那少年平放在地上，他和「兇手」連番比試，因而惺惺相借，英雄互重。

蕭秋水緩緩站立起來，才知道暮色已全然降臨了，蕭秋水握拳道：「我盡今生之力，瓦解『權力幫』！」

長天劃過一道金蛇，猛地一聲霹靂，是個……

狂風暴雨夜！

四 巨石橫灘的鐵腕神魔

「什麼地方是『巨石橫灘』？」

「找個人來問問。」

「不，以免打草驚蛇，我們叫個熟人帶我們去。」

「誰？」

「捕頭何昆。」

烏雲密集，雖然天色是一片濃鬱，但仍可以感覺得到，天上風雲，迅速變易，偶而有一道金蛇閃電，映照出整個動亂的天空。

蕭秋水等在風湧雲動之際，敲響了何昆的門。

門「咿呀」地開了，何昆紮著紗布，傷口顯然未好全，但不愧爲練家子，精神卻頗爲硬朗。

「諸俠風雨來訪，不知是……」

「你知道何處是『巨石橫灘』？」

「知道。」

「鐵腕神魔現刻就在那兒！」

何昆怔了怔，終於側身進門提了把油紙傘。

「好，我帶你們去。」

「轟隆」一聲，又是一道閃電，風四處亂吹，有窒息的壓迫感，然後雨就疾打下來了，開始是「嘀，達」的一二下，然後是又急又快又有力的密集的雨，亂棍一般地向無情大地打落下來——

雨中。

狂風。

巨石橫江。

亂石橫灘。

這裡赫然就是「九龍奔江」。

白天飛舟救人，生死天險的地方。

在巨石上，赫然有一風雨中垂釣的老人。

這老人赫然就是日間裡獨撐激舟的鐵衣老叟。

那老叟白眉白鬚，玄衣如鐵，坐在江水飛浪，奔流怒潮的巨石臨江，紋風不動，連眼也不抬一下，道：「你們來了？」

鄧玉函道：「我們來了。」

鐵腕神魔淡淡地道：「我手邊死了三個人，你們可以塡補上。」

左丘超然搖頭道：「假如我們不願意呢？」

飛雨愈猛，這懶洋洋的人，卻似根勁草地釘在地下，任風雨而不拔。

鐵腕神魔說道：「你們不會不願意的吧？」

唐柔平平靜靜地道：「我們不是不願意，而是不肯。」

鐵腕神魔仰天大笑，如怒濤江水，鬼泣神號：「你們豈是我敵手？」

白天，長江激流，一雙鐵手，獨撐畫舫，好強的內力，好深的功夫，蕭秋水忽然道：「以一敵一，我們不是你的對手，但若以四戰一，你絕對佔不了便宜。」

鐵腕神魔臉色一沉：「你以為你有四個人？」

蕭秋水昂然道：「不是以為，而是事實。」

鐵腕神魔又在巨石上，仰天怒笑：「如果我叫你們少一人呢？」

蕭秋水淡淡地道：「不會少的。」

他們四人併立在一起，在風雨中，在怒濤中，在行雷閃電裡，他們是那麼英勇，那麼無畏，那麼生死同心……

鐵腕神魔目光也閃了閃，竟閃過一絲孤寂，但隨即又變得猙獰狂暴：「好！自古唐家暗器最難防，先毀了他！」

「霹靂」一聲，雷光一耀，唐柔心中忽然掠過一絲不祥，才側了側身，一道刀尖，已穿右胸而出。

唐柔看了看胸前的刀尖，臉上忽然出現一種很奇怪的表情，同時間，他的袖子雙雙揮出。

刀光忽然不見了。

刀已拔了出來，刀變成了傘。

油紙傘。

油傘一張，不斷旋轉，人也疾退！

暗器卻被撥落，人也退得快。

可是漫天風聲，加上月黑風高，還是有一枚透骨釘，釘中了這人的小腿。

唐門的暗器還是防不勝防的。

但這更令人防不勝防的人，竟然是何昆。

鄧玉函「刷」地拔出了玉劍，嘶聲叫道：「你，你就是『無形』？」

何昆很和藹，甚至很瑟縮地笑道：「對，我就是『無形』。」

然後拿著傘，遮擋著風雨，彷彿是一個很卑微，很希望找個庇護來遮擋風雨的人一般。

可是誰都不會忘掉，他手裡的傘，是一柄曾刺穿唐柔胸膛的利刃！

唐柔身子開始發軟，他慢慢地曲倒下去，一面似笑非笑地說：「沒料到我死在你手上。」

「無形」趕緊道：「我也沒料到。」

唐柔已快蹲到地上了，還道：「我不想死啊。」

「無形」很同情地道：「你還是安息吧。」

唐柔已經趴在地上了，不過他柔弱的話還是勉強可聽得到：「不過……唐家的暗器卻是有毒的，你……你也跟我一齊去吧！」

這次「無形」笑不出了，垂下了傘，道：「我知道你是例外。」

唐柔說完了這句話，就閉了眼睛：「我對你，也是例外。」

「無形」站了好一會兒，臉色終於變了。

他甚至感到，他的腿部開始發癢，甚至開始痲木了。

「無形」嘶聲道：「我的解藥呢？」

他這才發現，那少年已經是再也沒有聲音了。

他一個箭步衝上前去，丟了雨傘，就找解藥。

鄧玉函，左丘超然，蕭秋水立時想衝過去，但鐵腕神魔飛掠長空，驀然落在他們身前。

就在這時，忽聽一聲慘呼！

「無形」臉上被打了一蓬針。

至少有三百口銀針。

「無形」的臉龐剎那間成了針窩。

「無形」猛地從蹲而躍起，捂住了臉，一面慘呼，一面要找油紙傘，最後卻滑下了巨石，落入滾滾怒江之中，剎那不見！

鐵腕神魔一怔，蕭秋水立時趁機掠了過去，扶起了唐柔，只見這溫文的孩子居然笑道：「他……他搜我的身，沒有人……沒有人敢碰未死的唐家人……」

蕭秋水見他衣衫盡紅，嘴角掛了一道血絲，心痛如焚地道：「是的，是……」

唐柔無力地望向蕭秋水，艱難地笑：「我……我真的要死了嗎？」

蕭秋水沒有答話，風雨卻更猛烈了。

唐柔閉上了眼睛，平靜地道：「我知道……我知道我真的要死了……」

忽然又笑得像個孩子，道：「他……他還以爲我的暗器真的有毒……我唐柔，唐柔的暗器從來都沒有毒……真正驕傲的暗器高手……是不必用毒的……」

唐柔一向都很驕傲。他雖然不是唐門中很有名氣的人，武功也不算頂高，但無疑地他是一個很有個性，很自負的人。

蕭秋水含淚點了點頭。

唐柔緩緩睜開了眼睛，握住了蕭秋水的手，說出了最後一句話：「假如……假如你見到我們的家裡……唐大……你代我問他……爲何我們唐家……不結成天下……天下第一家……而要讓『權力幫』這些……這些鼠輩橫行——」

唐柔說到這裡，頭一歪，伏倒在蕭秋水懷裡，再也沒有說下去。

鐵腕神魔那一提醒，唐柔及時一側，刀雖刺中右胸，掠過心房——但胸膛仍是要害，唐柔還是免不了一死。

可是他最後這一番話，曾幾何時，掀起了江湖上一場血雨紛飛的仇殺與風波。

風雨淒厲。

蕭秋水放下了唐柔，緩緩地站了起來。

鐵腕神魔像一盞不亮的燈塔，碩大無朋地站在那兒，忽然一招手，岩石後步出兩名大漢，垂手而立，溥天義揮手掟出一錠銀子，道：「去給『無形』到下游去打撈打撈。」

那兩人伸手想接，忽然劍光一閃，一柄劍已刺入了銀兩，挑起了銀兩。

出劍的人是蕭秋水，他的劍是樓上那「兇手」的劍。

只聽蕭秋水嗄聲道：「你把那員外那一家怎麼了？」

那銀兩上刻有一個「那」字，因爲「那」是很少的姓，也很少人把姓氏刻在金銀上，因爲費事，而且刻時又會磨損不少金銀粉屑，除非暴發戶，而且是守財奴，有這兩點特性的人，才會那麼做。

所以蕭秋水的印象很深刻！

鐵腕神魔溥天義笑道：「他們，他們早給我宰了！」

蕭秋水握緊了拳頭，是他把那員外這一家交給溥天義的，再大的風雨，也掩蓋不了蕭秋水的自責。

剎那間他都明白了，阿旺叔、黑老漢等乃是被「無形」——捕頭的何昆——所弒，「權力幫」讓「無形」替人們立些小功，卻換得來最有價值的情報，人們對他的信任，無疑是自掘一條死路。

他也明白了，爲什麼一入「金錢銀莊」，莊內已布署埋伏，要不是唐柔的暗器，只怕他們就要伏屍當堂！

——因爲他們的行蹤，「無形」都瞭如指掌。

這時左丘超然道：「那麼，今天長江急流裡的那一場劫案呢？」

溥天義道：「朱老太爺那一伙，常跟我們『權力幫』作對，那員外的那一筆，他們也想染指，我正好借你們之手，除去『長江三凶』。」

——難怪溥天義一上船來就襲擊薛金英與戰其力。

鐵腕神魔溥天義在風雨浪中，宛若魔神。

「好了，你們臨死前，還有什麼要問的？」

鄧玉函忽然道：「沒有了。」

他的話一說完，他的劍閃電般劃出，在那兩名大漢不及爲任何動作前，已一劍貫穿兩人之咽喉。

南海劍派一向是詭異辛辣的，這一下，先絕了鐵腕神魔的後援。

溥天義的臉色似也有些變了。

就在鄧玉函出劍的刹那，蕭秋水的劍尖也直奔鐵腕神魔的面門。

蕭秋水劍近鐵腕神魔的臉門時，忽然劃了三道劍花。

三道劍花過後，才刺出一劍。

在黑暗中來說，這三道劍花，實在太亮了。

鐵腕神魔被迫得閉上了眼睛，可是他的手，同時拍出去！

雙掌一拍，竟硬生生挾住劍尖。

蕭秋水一抽，發覺這柄劍竟似鑲在石裡一般，一動也不動。

蕭秋水連忙力扳，割切鐵腕神魔的掌肉！

但是劍也轉不動。

這人的雙手敢情是鐵鑄的。

鐵腕神魔這時已一腳踢來，蕭秋水只有棄劍飛退一途！

這刹那間，鄧玉函的劍已迴刺溥天義的小腹！

左丘超然左剛擒拿，右柔擒拿已當頭抓落。

溥天義左手一招，格住左丘超然的攻勢，右手一抓，竟抓住了鄧玉函迅急的長劍。

這時候，蕭秋水所棄的劍，便自溥天義分開的雙掌之間，落了下來。

蕭秋水馬上反撲了過去，撈住了長劍，劍一到手，又是三道劍花，劍花中心，便是奪命一刺！

這一招，是「浣花劍派」中的「梅花三弄」。

左丘超然的擒拿手雙手扳溥天義一手，竟如扳銅擰鐵一般，絲毫不爲所動，而鄧玉函的長劍被執，也掙不出來！

蕭秋水那一刺，恰好解了兩人之危。

溥天義只有兩隻手，不能破那第三劍了。

所以他只好鬆手，飛退，已落到巨石的邊緣。

蕭秋水、左丘超然、鄧玉函互相對望一眼，交手才一招，已知對方腕力之強，武功之深，平生罕見。

三人只覺手心冒汗。

雨落如網，視線很是迷糊。

忽地又是一道電光，在霹靂未起之前，三人已像箭一般地，飆了過去。

刹那間他們已有了決定！

溥天義的雙手是攻不進去的。

唯有制住他的雙手，才有希望。

左丘超然使的是「閃電擒拿手」。

溥天義的雙手立時迎上了他。

鐵腕神魔立意要先毀掉左丘超然的雙手，再來對付蕭秋水、鄧玉函的雙劍。

可是他錯了。四手交纏下，左丘超然立時感覺得到可怕的壓力，畢竟擒拿手只是最靈巧的武技。

左丘超然雖扳不動溥天義的手，但溥天義也拗不斷左丘超然的手，因為左丘超然雙手如蛇，轉眼間換了三種擒拿手，仍然纏住了溥天義的雙手。

這時鄧玉函、蕭秋水的劍已到了。溥天義大喝一聲，雙手一剪反帶，把左丘超然直甩向雙劍。

可是左丘超然全身宛若飛絮，雙手卻像索子一般，緊纏著溥天義的一隻手。

鄧玉函自右刺其左腿，蕭秋水自左刺其右腿。

溥天義怒叱聲中，連退兩步，用力一掄，竟把左丘超然掄上了半天空！可是左丘超然的手仍然搭著他的手不放。就在這時，溥天義胸門大開，蕭秋水掌中劍，忽然成了碎片千百，激射出去！

「漫天花雨」。

因為「浣花劍派」的劍隨時發出「漫天花雨」，所以「蕭」姓反而是刻在劍鞘上，而不是劍身上。

好個溥天義，忽然吐氣揚聲，力注於臂，把左丘超然整個人壓了下去，變成左丘超然面向溥天義，而背對蕭秋水，蕭秋水的「漫天花雨」等於向他射過去。

蕭秋水剎那間臉色死灰。

就在這時，忽然掠起一片劍光。劍光又綿又急又密。只聽風雨中仍有一片「叮叮叮叮」之聲，劍片都被撞散！

「南海劍派」的「落英劍法」！

鄧玉函這一下，護住了左丘超然：蕭秋水即抖擻神威，一劍刺出。蕭秋水掌中雖已無劍，但劍鞘就是他的劍。「浣花劍派」三大絕技之二：「以鞘作劍」。

這一劍自左丘超然脅下刺出，等溥天義發覺時，已近眉睫。

溥天義見左丘超然未死，又見劍招，著實喫了一驚，但是他畢竟是一代梟雄，臨危不亂，猛地一個大仰身，避過一擊！

蕭秋水一擊不中，劍鞘又劃三道劍花，又刺了過去！

溥天義一抬腿，「啪」地踢中蕭秋水，蕭秋水立時飛了出去！

原來蕭秋水貪攻，以圖營救左丘超然，卻不防溥天義的「無影腳」，登時捱了一記！

就在蕭秋水飛出去的同時，溥天義只覺臉上熱辣辣的一陣刺痛，天黑風急，溥天義此驚非同小可，他實在弄不清自己何時著了道兒，傷勢輕重！

就在這一驚之際，鄧玉函已一劍「哧」地刺入他的左腿！

其實溥天義也並非是受了什麼傷。

原來蕭秋水以鞘當劍，一擊不中再劃三道劍花時，離鐵腕神魔臉部已然極近，所以三道劍花一劃，又因風急，溥天義的幾綹白鬚，竟被捲入鞘內，蕭秋水的一刺尚未發出，卻已中了溥天義一腳，倒飛出去時，也等於把溥天義的幾綹鬍子，一齊拔了出來！所以溥天義的臉上才會一陣刺痛。

所以鄧玉函才能一劍得手。

溥天義中劍，奇痛攻心，另一腳踢出又收回來，左丘超然猛用「六陽金剛手」，溥天義一時支持不住，竟落下巨石峭壁！此際何等風急浪高，這一摔下去，縱武功再高，也是九死一生！

溥天義狂吼一聲，瀕死力抓，竟扣住了左丘超然的雙手不放！

左丘超然力纏溥天義雙手已久，蕭、鄧二人才能得手，左丘超然已感乏力，被這一扯，竟也扯出了懸崖，向下落去！鄧玉函見狀大驚，不及抽劍，雙手死力一把抓住左丘超然背後的腰帶，把住不放。

但此際山風狂急，浪高如山，加上溥天義痛而掙扎，鄧玉函也沒有力量把兩人一起舉上來。

就在這時，忽然「颼」地一聲，一物破空而出，直掠岩石，彎轉折射，「哧」地刺入溥天義胸腹之間，在背後「噗」地露出一截來。

劍鞘。

「浣花劍派」的三大絕招之三：「亂紅飛過千秋去」！

溥天義慘叫，長嘯，雙手一鬆，竟抓住胸前劍鞘欲拔，這一鬆手之際，便已落下長江怒濤，在如山的高浪中不見！

鄧玉函此時奮力抓住左丘超然，大喝一聲：「起！」左丘超然借力一翻，終於落到了崖上！

兩人濕淋淋地呆立在岩上，蕭秋水捂著心口，掙扎起來，三人併肩，在風雨中，望落岩下。江水怒咆，浪擊千尺，彷彿水花是長江的怒憤，千年永世咆哮不絕……

稿於一九七七年末金山大聚會前後
校正於一九八三年中香江向風望海樓
香港山邊社出版「碎、大、開、談」
四書
重校於一九九三年五月廿七日
向璇何麟梁怡公佈「朝天一棍」稿／
廿八日，大馬批准赴神州行；情傷艱
苦復元中
三校於一九九七年十一月底
沈慶均來信負責態度動人至深，捎來

第三次新版全集合約／張歎失約，梁
應對失當，惹我恚怒

第二部　躍馬烏江

甲 第一天

五 浣花劍派權力幫

五月十五。

本日午時修墳掃墓加土不論凶煞。

錦江成都西礁，浣花溪蕭家。

四川有兩大名家，一是蜀中唐門，一是浣花蕭家。

唐門暗器冠絕天下，縱橫江湖四百餘年，唐門還是唐門，當今江湖暗器名家，無一可與之匹比。

蕭家是劍派，浣花劍派。

掌門蕭西樓。

三個兒子，一個女兒，當中最令蕭西樓憂喜無定的就是小兒子蕭秋水。

蕭秋水就是蕭秋水。

蕭秋水也許沒什麼了不起，但蕭秋水有朋友。

蕭秋水的朋友中有性格孤僻，人丁單薄的南海劍派中的掌門師弟鄧玉函。

也有擒拿手的祖宗「左丘世家」的嫡傳左丘超然。

更有蜀中唐門，甚少結交朋友的唐柔。

蕭秋水可以爲一句詩：「三顧頻煩天下計，兩朝開濟老臣心」，遠赴隆中坊；可以爲了瞻仰韓愈與大顛和尙「方外之交」，遠至潮陽「留衣亭」。

別人可以笑他傻，有人可以笑他無聊，連蕭西樓也覺得他這個小兒子沒有出息，然而這年滿二十的兒子，卻有了許多生死同心，彈劍作歌，直道而行，仗義而戰的朋友。

當時天下第一大幫是「權力幫」。

權力幫代表的是權力，無人敢有不從的權力。

然而蕭秋水卻在此次秭歸之行，與南海鄧玉函、蜀中唐柔、左丘超然殺了「權力幫」座下「九天十地，十九人魔」之一「地魔」：鐵腕神魔溥天義，以及他座下四名大將：秤千金、管八方、兇手與無形。

權力幫縱橫江湖卅年，十二門派、七大世家、五大教、三大劍，都不敢攖其鋒銳，然而卻給這四位「小人物」毅然挑上了。

既然開始動上了手，就不會這麼容易了結的。

權力幫幫主李沉舟，外號「君臨天下」，他妻子是趙師容，他的智囊是柳隨風，到目前爲止，還沒有聽說有人敵得過趙師容、柳隨風聯手的。

李沉舟是一個一旦開始，就不會隨隨便便罷手的人。

蕭秋水也是。

不同的是，李沉舟是天下第一幫幫主，有金錢，有地位，有人手，而且有一身武功。

蕭秋水只是一個剛冒出頭來的青年，武林中的人，當然名聞蕭易人領袖群倫，亦傳悉蕭開雁武功沉厚，但多不知道還有個好玩、愛熱鬧、喜交朋友的蕭秋水。

蕭秋水就是蕭秋水，特立獨行，與眾不同，偏又和群眾打在一起。

蕭秋水在「九龍奔江」殺了「鐵腕神魔」，但唐柔也被「無形」所殺。

蕭秋水四人共赴臥龍崗，返錦江時卻只剩三人。

蕭秋水是哀傷的，但也有興奮的成分。

興奮的原因大部分是因爲與權力幫掀開的惡戰，敢與權力幫作對，是一件武林大事。

這場武林大事，卻由蕭秋水一手掀開。

興奮的另外部分原因，是因爲蕭家有三人必定在等著他。

三個朋友！

三個如兄弟般的朋友！

「泰山高，不及東海勞」。

這「東海勞」，指的就是勞山，或作嶗山。

勞山有座「觀日台」，是勞山一絕，可觀日出奇景。

到過觀日臺上觀日的人自是不少，但足足觀了十年，風雨不改，日出日落，盡在眼裡的，只有一人，這人就是「觀日劍」康出漁。

康出漁有一子，叫做康劫生。

康出漁與蕭西樓是至交，康出漁每來蕭家，必帶康劫生來，而蕭秋水就與康劫生成了莫逆之交。

康出漁觀日悟出劍法，康劫生雖然年紀輕輕，卻盡得其父真傳。

「萬里赴戎機，關山渡若飛，朝氣傳金柝，寒光照鐵衣，將軍百戰死，戰士十年歸」，木蘭山氣勢巍峨，原名青獅嶺，真出得起這樣一位巾幗英雄。

蕭秋水為了敬仰這樣一位代父從軍的英雄，特到湖北黃陂，卻在保定府附近，跟一個陌不相識的青年，打了足足一天一夜，打到意氣相投，打到握手言歡，打到成了結拜兄弟。

這人姓鐵，名星月。

鐵星月愛說話，高大，好殺，鐵拳銅腿，快若流星，厲如猛虎！

他出招前必先大喝一聲，以通知別人他要動手之外，生平最愛的是跟人抬槓。

要不是他如此脾氣，蕭秋水就不會因誤會而與他打了一天一夜了。

「關雲長千里走單騎」，這故事無人不知，關羽的忠義，也家喻戶曉。

中條山下有解州關帝廟，這關帝廟氣勢雄偉，景色秀麗，印樓裡還存有兩顆「漢壽亭侯印」，蟠龍巨柱之一角，還架著把著名天下的「青龍偃月刀」。

然而有一天，有一群人，也不知是金人或漢人，一共來了四十八人，其中一人一招便把兩名守廟的和尚劈了，就要進去搗毀關帝廟！

這時蕭秋水恰好在關帝廟前憑弔，於是大打出手，卻發現有另一人，狡猾、醜陋、敏捷、有勁，當蕭秋水打倒了二十四人時，那人也剛好摜倒了第二十四人。

這人姓邱，叫邱南顧。

這人打倒二十四人，沒有用過手，只用一雙腳，或老用頭頂、用肘沖、用口咬、用膝撞，就是不肯用手。

這的的確確是一個怪人。原來他不用手的原因是想考驗一下自己身體其他部分的能力。

不過怪人也一樣成了蕭秋水的朋友。

康劫生、鐵星月、邱南顧。

蕭秋水、鄧玉函、左丘超然。

這六個好朋友，就要會面了。

然而蕭秋水卻失望了。

他回到浣花蕭家的時候，鐵星月沒有來，邱南顧沒有來，只有康劫生到了。

蕭秋水深知鐵星月是個守信的人，他說一言九鼎，便絕不會八鼎半。

邱南顧遊戲人生，然而信然諾、重言行。

康劫生來了，康劫生的父親「觀日劍」康出漁也到了，正與蕭西樓在正廳密談。

蕭秋水一見大廳的氣象森嚴，便伸了伸舌頭，知道一定有不尋常的大事要發生，於是躡手躡腳，帶同鄧玉函、左丘超然、康劫生穿過了內殿，到了曲亭，踏進了花園，才敢舒了一口氣。

這口氣才舒了半口，便給憋住了。

因爲他看到了貓。

一頭死貓。

他認識這隻貓，是廚子蕭宋豢養的，也沒多大年歲，卻不知怎麼無緣無故死在這裡。

這貓全身上下無一絲傷痕，恐怕不是給那四頭大狼狗咬死的。

反正只是一頭貓而已；蕭秋水於是也沒多想。

他立刻接回剛才的話題。

「我們萬萬沒有想到那差役就是『無形』，等到知道時，唐柔已受到暗算，唉，不過唐柔還是唐柔，唐柔還是用他唐家的暗器，殺了『無形』……」

左丘超然也歎道：「你這次沒去，真是可惜。」

連鄧玉函也不禁道：「與溥天義之戰，是我有生以來最驚險的一役。」

蕭秋水接道：「可惜唐柔死了……真不知如何向唐大交代。」

蕭秋水對唐家只認識兩個人，一個是唐柔，一個是唐剛，都是唐家堡年輕一代的高手。

唐家子弟素來傲慢自負，家規極嚴，自律甚高，一旦派遣出來行走江湖，當必武功、才智皆是上上之選。

然而唐柔、唐剛卻與蕭秋水成了莫逆。

康劫生忽然截道：「我看今天的事，想必與唐柔的死，有些關係。」

蕭秋水一呆：「什麼事情？」

康劫生道：「四川蜀中，唐門唐大，他也來了。」

蕭秋水、鄧玉函、左丘超然爲之動容。

唐大，是唐門一流高手之列中最著名的一人。

唐柔的暗器功夫，就是唐大代師親傳的。

唐大在唐門不但可以遣隊調兵，在武林中，也隱然爲一方之雄，大家都聽他的，都稱他為「大爺」而不名之。

蕭秋水雖沒有見過唐大，但自他學武始，便聽說過唐大之名；他認識唐柔之後，唐柔更向他提過無數次。

最後一次提起唐大，卻是在唐柔殺卻何昆之後，在亂石橫江前掙扎說出最後的話：「假如……假如你見到我們的家裡……唐大……你代我問他……為何我們唐家……不結成天下……天下第一家……而要讓『權力幫』這些……這些鼠輩橫行……。」

想到唐柔，蕭秋水硬咽了，站起來，說：「我跟唐大俠稟明此事去。」

康劫生也站起來道：「不能去。」

蕭秋水問：「為什麼？」

康劫生道：「因為唐大是抱著一樣事物進來的。」

蕭秋水一怔，道：「什麼事物？」

康劫生歎了一聲：「唐柔的屍體。」

——暴風雨中，危崖黑夜，蕭秋水三人決戰「鐵腕神魔」溥天義，唐柔的屍首卻給沖了下滔滔江水去，後來蕭秋水等想盡辦法，也遍尋不獲。

而今怎麼反而給唐大抱了進來？

蕭秋水舉步道：「無論如何，我們還是請唐大俠弄清楚這件事，我們錯處，憑他處置。」

康劫生還是攔在身前，道：「不能去。」

蕭秋水奇道：「為什麼？」

康劫生道：「因為唐柔胸前插著一柄劍鍔。」

蕭秋水奇道：「唐柔是背後中何昆一刀致命的。」

鄧玉函接道：「劍鍔怎會留在唐柔胸前!?」

左丘超然道：「那時就連劍鍔也給溥天義連人掉到江裡去了！」

康劫生搖頭歎道：「那劍不是何昆的，」雙目望著蕭秋水道，「劍鍔上刻著『蕭』字」，然後一字一句地道：「那是你的劍！」

蕭秋水怔住了，鄧玉函、左丘超然都說不出話來。

——蕭秋水的劍鍔留在唐柔的屍首上，唐柔的屍身卻給唐大發現了。

——別人不會疑心蕭秋水殺唐柔，才是怪事。

康劫生看著發愣中的蕭秋水，道：「你的劍呢？」

——蕭秋水在搏殺「鐵腕神魔」時，就用了「浣花劍派」三大絕招之「亂紅飛過千秋去」，劍身化作飛花，全打在溥天義身上，劍鍔當然也丟棄了。

蕭秋水澀聲道：「我怎會殺唐柔!?」

康劫生歎了一口氣，道：「我相信，可是他們會相信嗎？」頓了一頓，接著又道：「唐家堡的人會相信嗎？」

鄧玉函道：「我可以為蕭秋水證明。」

左丘超然道：「我們是親眼看見。」

康劫生歎道：「好。只不過唐大若認爲蕭秋水殺唐柔，同樣也不認爲你們脫離得了關係。」

蕭秋水苦笑道：「無論如何，我們還得去見唐大俠。」

還沒進廳，便隱約聽到蕭西樓的咆哮。

蕭秋水心都涼了：他天不怕、地不怕，但最怕他父親。

況且蕭西樓要他出門之前還告誡過他：絕不准招惹「權力幫」的人。

現在他不只是惹了，而且居然把「權力幫」中「九天十地，十九人魔」中的鐵腕神魔殺了！

蕭秋水想到父親的怒容，連心都寒了。

左丘超然禁不住問：「廳裡究竟有幾人？」

康劫生道：「蕭世伯、伯母、唐大俠、家父，還有朱叔叔。」

——蕭西樓是「浣花劍派」的宗師。

——蕭夫人原姓孫，閨名慧珊，是「十字慧劍」老掌門人孫天庭的獨生女兒。

——唐大，是唐門最著名的一位大俠。

——康出漁，康劫生之父，十五年前已名列當今七大名劍榜上。

——這四個人在一起，天大的事也承擔得起。

——朱叔叔呢？朱叔叔是誰？

康劫生道：「朱叔叔——朱俠武叔叔。」

蕭秋水三人都變了臉色。

——朱俠武，外號「鐵衣鐵手鐵臉鐵羅網」，江湖上凡有不平事，這人都要管，一旦得知誰是誰非朱俠武便向不輕饒。

——朱俠武說話不多，一宗案子，從頭到尾，可能只說「該殺」二字。

——他出手如同他說話一般少，出道十六年來，他只殺過十一個人。

——但這十一個人都是別人殺不了的、不敢殺的，只要朱俠武一出手，這些人都成了死人。

朱俠武本在京城，怎麼到了成都？要是唐大請動他來，他要殺的是誰？

蕭秋水回過頭來，發現鄧玉函、左丘超然的臉色都變了。

就在他回頭的剎那，他又看到了一件讓他詫異的事。

廳外院子裡伏著一頭狗。

死狗。

蕭秋水跪下去，請安、叩頭，鄧玉函、左丘超然拜見蕭西樓等後，一抬頭，看見蕭西樓臉色鐵青，三綹長鬚，無風自動！

蕭秋水心頭一震，忙低下頭。

蕭西樓怒極，一時找不到話說，啞聲說了一聲：「你好啊！」

偏偏蕭秋水不知蕭西樓這一問是什麼意思，忙答道：「孩兒此行很好。」

蕭西樓一聽，更是怒不可遏，一掌拍下去，「喀勒」一聲，檀木扶椅硬生生被拍斷了，蕭西樓怒道：「好哇！老子給小子問起好來了！」

蕭夫人忙道：「秋水，還不向幾位伯伯賠罪！」

蕭西樓頓足道：「你這一趟出去，幹什麼來著！」

蕭秋水轉頭過去，只見一個身著深衣的人，膝上抱著一個青年：正是唐柔。

蕭秋水堅然道：「我沒有殺唐柔！」

蕭西樓怒道：「你的劍呢？」

蕭秋水道：「我的劍已在秭歸鎮時掉了。」

蕭西樓道：「掉了，掉了，你看掉在誰的身上了！」

蕭秋水道：「我真的沒有殺唐柔！」

左丘超然忽然道：「請諸位前輩原諒晚輩打岔，秋水兄怎會殺唐柔？秋水兄殺的是——」

蕭西樓更怒：「好啊！他還殺了別人！」

蕭秋水堅持道：「可是我沒有殺唐柔。」

「不是你殺是誰殺！」問的人一口氣七個字，迅速而字字鏗脆，蕭秋水轉頭望去，只見那人一身灰衣，雙目卻如旭日，不可逼視。

康劫生拉拉蕭秋水衣袖，悄聲道：「我父親。」

——觀日劍客康出漁！

蕭秋水道：「稟康師伯，殺唐柔者，是『無形』。」

康出漁大笑道：「無形？無形！」

蕭西樓怒道：「畜生，敢對長輩誑語！」

忽然一人道：「唐柔不是他殺的。」

說話的人是唐大。

唐大臉含微笑，原來是卅歲左右的年輕人。

名動武林、傲笑江湖的唐大，原來只是一位近三十歲的年輕人。

然而這年輕人卻足爲五代同堂唐家堡的代表人。

蕭西樓反而一怔，道：「唐大俠說什麼？」

唐大笑道：「殺唐柔的不是秋水兄弟。」

蕭西樓道：「何出此言？」

唐大道：「秋水兄弟要殺唐柔，也不致要殺盡唐家堡的人。」唐大說著，神情十分倨傲寥落，「秋水兄弟若殺唐柔後，還留下劍鍔，那除非他殺盡唐門中人，否則唐家堡只要剩下一人，膾一口氣，也要找殺人者償命。」

「就算唐柔與秋水兄弟有怨，唐家堡與他也沒仇。」

——唐門唐家，快意恩仇，這是武林中無人不知、知無不懼的。

——如果是蕭秋水殺了唐柔，又怎會把劍鍔留在唐柔胸中？

唐大笑道：「況且我聽唐柔提過秋水兄弟的名字；」唐大歎了一聲道：「像唐柔那麼好的孩子，他說秋水兄弟是他最佩服的兄長，那一定不會有錯的。」

蕭秋水眼眶潮濕了。

他看著唐大，心裡有一股暖流；看到唐柔的屍身，更有一股熱血。

——我一定會爲你報仇的，唐柔。

康出漁沈思良久，終於道：「唐大俠有理。」

蕭夫人臉上立即現出了笑容，走過去扶起蕭秋水，蕭西樓重重「哼」了一聲，也不打話，不過臉色也和緩了許多。

康出漁十三歲開始習劍，二十六歲名動江湖，三十七歲名列天下七大名劍，而今五十一歲，卻稱唐大爲「唐大俠」，而唐大不過近三十歲的青年，居然處之泰然。

蕭秋水不禁對唐大好奇起來。

但他更好奇的是那坐在東首、一聲未響的鐵衣勁裝中年人，這人由頭到尾，沒有說過一句話，甚至連眼睛都沒有眨過一下。

——難道這人就是「鐵衣鐵手鐵臉鐵羅網」：朱俠武？

唐大靜靜地問了一句：「那唐柔是誰殺的？」

蕭秋水道，「是『無形』！」

唐大皺眉道：「『無形』？」

蕭秋水道：「『無形』是溥天義手下四大高手之一。」

鄧玉函接道：「溥天義就是『鐵腕神魔』」。

左丘超然也道：「『鐵腕神魔』就是『九天十地，十九人魔』之一。」

剛剛緩和的空氣忽然又凝肅了起來，整個大廳都像綳住了一般，好一會才聽蕭西樓重覆問了一句：

「九天十地，十九人魔？」

蕭秋水豁了出去，昂然道：「是，『權力幫』座下『九天十地，十九人魔』中的『鐵腕神魔』溥天義，『無形』被唐柔殺了，溥天義也給我們殺了。」

這句話一說出去，整個大廳連一根針掉在地上的聲音，都清晰可聞。

沒有人說話。

一直沒有人說話。

蕭秋水以爲蕭西樓會勃然大怒，衝過來括他耳光，說不定一掌斃了他。然而蕭西樓卻沉著下來，從頭髮至腳趾，都沒有任何一絲衝動的跡象。

蕭秋水惹的是天下第一大幫。

「權力幫」誰敢招惹?!

蕭秋水這才知道他父親的定力，由衷的佩服起來。

蕭西樓忽然起座笑著朗聲道：「承蒙諸位兄台遠道而來。現在事情已一清二楚，殺唐柔的是『無形』，指使『無形』殺唐柔的是溥天義，溥天義爲秋水等所殺，這件事已與諸位毫無關係，勞駕諸位來敝莊，現刻事情已水落石出，各位就請回吧，他日蕭某倖存，必當登門拜謝。」

說著站了起來，竟似逐客。

唐大微笑，康出漁不走，朱俠武連一絲表情都沒有。

蕭西樓又再說了一遍，然後伸了個腰，道：

「諸位，老夫倦矣，不遠送了。」

唐大微笑，第一個起身，走出去，忽然停住，把廳門和柵門，關了起來，再踱回座椅，坐了下來。

蕭西樓神色不變，康出漁卻道：

「蕭兄，你當咱們是什麼人了!這事兒咱們聽見了，便與咱們有關。在這裡，誰也脫不了關係。」

蕭西樓欲言又止，終於歎道：「康兄又何必……」

唐大忽然道：「蕭大俠，我唐大與你，是不是朋友?」

蕭西樓沒有作聲。唐大道：「我再問一聲，要是沒有回答，我這就離開劍廬，自己去挑『權力幫』。」

蕭秋水聽得熱血賁騰，大聲道：

「是！當然是！」

唐大回頭看蕭秋水，一手拍在他肩頭上，哈哈笑道：「蕭大俠，你趕我也不走了，我與你的兒子已是朋友了。爲了朋友兩脅插刀，在所不辭，這是古已有道的。」

蕭西樓歎了一聲，唐大、康出漁望向朱俠武，朱俠武坐在椅子上，彷彿生了根一般，康出漁笑道：

「朱大俠看來也不走的了。有咱們幾個，看來還可以與『權力幫』耗耗力氣。」

唐大微笑著問：「秋水兄弟，你們是怎樣和『權力幫』結下的樑子，且說來聽聽。」

蕭秋水說完的時候，已是黃昏，廳堂外有樹蔭，只聽歸鳥喧叫不已。

黃昏自窗櫺裡斜照進來，幾注橙色的水光一般，幾張斗大的檀木古椅，分別坐著蕭西樓等五人，站著蕭秋水等四人，影子四長五橫的，甚是怪異。

唐大道：「以『權力幫』的慣例，向來是雞犬不留的，而且行動極其迅速，秋水兄弟回得劍廬，只怕他們也跟上來了。」

蕭西樓悶聲道：「哼，不死算他命大。」

康出漁道：「蕭大俠，此時此地，責怪已無用，反正已與『權力幫』對上了，我們先商議一下對策。」

蕭西樓道：「我放信鴿，再命人緊急通知桂林孟師弟。」

康出漁道：「我可以去請幾個朋友，辛虎丘最肯助人。」

——辛虎丘是當世七大名劍之一，與康出漁齊名。

唐大突然道：「別忘記辛虎丘的知交是孔揚秦：」眾人自是一怔，唐大接下去冷冷地道：「九天十地，十九人魔中有一位『三絕劍魔』，如果我沒有弄錯，便是孔揚秦！我這是聽唐朋說的。」

——孔揚秦是當世七大名劍之一，名聲還在康出漁之上。

——唐朋是唐家堡結交朋友最多的子弟。他的消息一定準確。

——康出漁臉色沉如落暮，沒有作聲。

唐大道：「唐剛還在襄陽，不然真可以請他來：唐方行蹤不定，過幾天可能會路過錦江。」

——唐剛是唐家堡武功最剛猛的子弟。

——唐方是唐家堡最飄忽的一名子弟，迄今尚無人知道他的特長、武藝、善用的暗器、招式。

康出漁忽然道：「只怕人未請到，人魔便來了。」

唐大也道：「恐怕日未落盡，鳥已死盡。」

蕭西樓亦道：「鳥聲是突然靜止的。」

蕭秋水一呆，到現在他才感覺到再沒有一聲鳥鳴。

而日未西沉，歸鳥絕不會如此安靜的。

就在此時，三道人影長身掠起，也不知誰先誰後，三道廳堂柵門一齊被震了開來！

出門的是蕭西樓、康出漁、唐大。

刹那間三人劈手開了門，然而都站在那裡，就沒有動過。

院子裡有鳥。

不多不少，一共七十三隻小鳥。

有烏鴉、麻雀、燕子、雲雀、喜鵲……

牠們只有一點相同——都是死鳥。

牠們死法也完全相同。

頸項被斬斷，身首異處。

牠們是飛在半空，被人一劍斬斷的。

六　劍魔傳人

唐大沒有作聲。

蕭西樓也沒有說話。

康出漁一字一句地道：

「孔揚秦！」

——「三絕劍魔」孔揚秦的劍法走「劍斬」的路子。

——可以一劍把一匹奔馬斬成兩半。

——也可以一劍斬斷在半空中的飄髮。

唐大沒有說話。

蕭西樓也沒有出聲。

忽然月洞門「咿呀」一聲打開，兩名家丁神色張惶地奔了出來，一見蕭西樓，忙叫道：「老爺，不得了！」

蕭夫人一步踏了出來，夕陽照在她清亮的眼上，反呈一片金亮：「什麼事大驚小怪！」

左邊的家丁道：「入黑時小人去……趕鵝，哇呀，一看不得了，鵝都死了，一隻也沒活著……」

右邊的家丁道：「黃昏時我去趕牛，誰知道草坪上，那一頭頭壯碩碩的……牛都死了，連、連一點傷痕都沒有。」

忽然側門又「呀」一聲打開，一名勁裝子弟奔了進來，一見蕭西樓等，跪拜道：「稟告師父、師母，小人去值首班，發現犬隻都已斃命，全身無一絲傷痕。」

蕭西樓皺眉道：「都無一傷痕？」

那弟子道：「是。」

這時後門又「呼」地推開，兩名僕人氣急敗壞地跑了進來，一名叫道：「稟告老爺、奶奶……」

蕭西樓一揚手，「嗖」地一口袖箭沒天而去，半空爆起一聲崩響。

蕭西樓返身走入廳內。

廳堂甚是黝暗。

蕭秋水道：「掌燈。」

燈光立即亮了起來，蕭西樓找張椅子，坐了下去，就坐在朱俠武旁邊。

朱俠武還是沒有動。

蕭西樓叫道：「俠武兄。」

朱俠武點了點頭。

這時康出漁飛掠了進來，手裡拎了隻死狗，向蕭西樓道：「牠全身上下是沒一點傷痕。」

然後把狗拋到地上，震盪之下，那狗嘴裡流出了黑血，康出漁接道：「牠是被毒死的。」

唐大也走了進來，道：「這毒不是透過食物，而是呼吸間嗅而中毒的。」

——蜀中唐門是暗器大家，更是用毒名家。

——毒與暗器，本來就分不開。

蕭西樓沒有說話。

他當然知道敵人的意思。

這毒當然是播在空氣間的，要是下在食物中，浣花蕭家千百頭牛，不可能同時喫一樣食物。

敵人既可以毒死家畜而不殺人，當然也可以毒殺人而不傷家畜。

這點挫敵鋒銳的用意，蕭西樓闖蕩江湖三十六年，自是明白不過。

唐大笑道，「只可惜我們不是牛。」

——牛可以被毒死，但誰能毒死唐家唐大?

蕭秋水看著他，心裡忽然很佩服，此時此地，唐大依然可以笑得出來。

康出漁朗聲道：「可以毒死牛，不一定可以毒死人。」他這句話向著庭院說，說得很大聲。

蕭夫人自外面走了回來，陽光灑在她的背上，平時英爽、劍闖江湖的孫慧珊，竟也有幾分老態，幾絲亂髮映得一片金黃。

蕭夫人扶著門道：「一百四十七隻雞，三十六隻兔子，三百零五隻鴨，十一隻貓，全都死了。」

蕭西樓瞳孔一張，叱道：「雞犬不留!?」

蕭夫人疲倦地點了點頭。

唐大一個字一個字地道：

「能一刻間毒死這麼多的，只有『百毒神魔』華孤墳。」

只見朱俠武點了點頭，又點了點頭。

康出漁忽然仰天大笑道：「好哇，華孤墳、孔揚秦這些魔頭都來了，老夫正要與你們決一死戰！」

話未說完，一道閃電般的刀光打了進來！

康出漁還在笑，笑著的時候手突然一振，那刀光驟然寂滅。

然後一攤，掌內一柄小刀，刀柄上有字條。

康出漁一直在笑，笑完的時候也讀完了紙條。

然後他把紙條交給蕭西樓，蕭西樓大聲唸了出來：

蕭大俠伉儷、唐大俠、康大俠、朱大俠台鑒：

今日為始，蕭家劍廬，雞犬不留；權力幫君臨天下，順我者昌，逆我者亡。見字者即離蕭家，否則格殺毋論！

三絕劍魔
百毒神魔　頓首
飛刀狼魔

蕭夫人變色道：「『飛刀狼魔』沙千燈也來了。」

蕭西樓沈吟道：「『天狼噬月，半刀絕命，紅燈鬼影，一刀斷魂！』沙千燈的飛刀，不可輕敵。」

唐大也點頭道：「沙狼魔的飛刀，唐方曾特向我提過，出手一刀，已是犀利，出手之前，如狼嗥月，更是淒厲，心意一亂，很容易便死在他的刀下。」

左丘超然忍不住道：「但是適才康師伯在大笑中一出手就接下了刀。」

康出漁忽然正色道：「剛才打飛刀的是沙千燈的弟子，要是他出手，就算我接得下，也絕笑不出來。」

蕭夫人忽然道：「沙千燈有幾個弟子？」

康出漁道：「他的弟子也是他的兒子。一共四個，沙風、沙雲、沙雷、沙電。」

蕭夫人又問：「孔揚秦呢？」

康出漁沒有作聲，蕭西樓卻道：「我聞說孔揚秦沒有弟子，但他座下卻有三大劍手。」

蕭夫人再問：「華孤墳呢？」

唐大道：「一個，但已得華孤墳用毒真傳。」

——一個精兵，無疑比五個游勇更可怕。

蕭夫人道：「他們來了華孤墳、孔揚秦、沙千燈，我們有康先生、唐大俠、朱大俠、以及你、我；」

「你」指的是蕭西樓。

「我」指的當然是蕭夫人孫慧珊自己。

——「權力幫」來了三大魔頭，然而「劍廬」也有五大高手。

——這一點比較上，蕭家絕不喫虧。

蕭夫人繼續道：「沙魔有四個弟子，孔魔有三大劍士，華魔有一個傳人，一共八人；但我們也有左丘賢侄、康賢侄、鄧賢侄、以及秋水四人。」

唐大接著笑道：「兵在精不在多，——只是，易人、開雁兩位兄弟，難道不在莊中？」

蕭夫人道：「前些時候，桂林那兒也發生點事，西樓怕孟師弟勢孤力單，所以派易人和開雁趕到那兒去幫忙。」

唐大歎道：「聞說易人是武林人傑，年紀雖輕，但已隱然領袖之風，開雁穩實沉雄、功力深厚，這一次要是他們在，定是強助。」

蕭夫人道：「唐大俠過譽了。易人、開雁這點修爲，恐怕還不足以搏唐大俠一哂哩。」

唐大笑道：「蕭夫人言重了。」康出漁改換一個話題接道：「長一輩中，若『權力幫』這番來的僅是三隻魔頭，我們在人數上較眾；以年輕一輩論，則以他們佔便宜，只是敵在暗處，我在明處，而且他們來的除了這些精兵，必有『權力幫』眾徒，不知『劍廬』的子弟們……」

蕭夫人微笑道：「康先生，請把你手上的飛刀扔出去看看。」

康出漁望了蕭夫人一眼，手一震，飛刀疾刺入院子中。

飛刀穿過廳堂，飛過庭院，飛過牆頭，康出漁手勁之大，可想而見。

飛刀一飛過牆圍，突然間，有三、四十件暗器打在它身上！

暗器中有飛蝗石、袖箭、鐵蒺棘、流星錘、飛鏢、鐵蓮子……。

這些暗器一下子一刹那一齊打在那飛刀上，那飛刀立時粉碎，不見了。

然而那平靜的庭院、平靜的牆垣，仍平靜得像一個人也沒有，一點事也沒有。

康出漁「啊」了一聲，唐大卻道：「浣花蕭家『劍廬』，果然是銅牆鐵壁。」

蕭夫人展顏笑道：「比起蜀中唐家，便是夏蟲言冰了。」

唐大笑道：「蕭夫人客氣。只不知蕭府何時突然戒備如此森嚴？」

蕭夫人笑道：「剛才老爺甩出一根響箭。那發飛刀的若走遲一步，我們三十六道暗器樁，七十二道明樁，一旦佈下，他插翅也飛不出去。」

唐大「哦」了一聲，忽聽左丘超然一聲驚呼：

「你看……看康師伯……」

康出漁臉色發青，看來像煉獄裡苦熬以修正果的羅漢。

他眉心有一點赤烏，烏黯得就像暮色轉換夜色一般慘淡。

康出漁用右手緊抓左手脈門，他的左手掌心烏黑一片，全身搖搖欲墜。

蕭西樓、唐大一個箭步，扶著康出漁，康出漁嘶聲道：「那刀有毒……」身子一陣抖嗦，往下倒去。

康劫生一聲大叫：「爹！」衝過去抱著康出漁，唐大搖首歎道：「刀有毒不利害，厲害的是刀扔出去後才發作。」

蕭西樓一個字一個字地道：

「華孤墳！」

刀是沙千燈之弟子發的，康出漁方才不虞有他。

然而刀有毒，毒是華孤墳佈的。

要是毒一沾手立即發作，以康出漁內力之高，當可迫出毒性，這毒雖佈在刀上，但制毒性的藥也撒在刀上，等到康出漁發覺時，毒已侵入肌膚，轉注血脈。

唐大迅速封了康出漁左臂七處穴道，他緊蹙的眉讓廳中人人都感覺出壓力。

唐門是用毒能手，當然也是解毒行家。

良久，唐大說話了，只說了一句話：「誰給康先生護法？」

唐大一說這句話，廳裡的人都舒了一口氣，但臉色也沉重無比。

既要人護法，康出漁的性命自然無礙，只是要人護法，就等於失去一人的作戰能力了，而且還要在高手當中，抽出一個人來，護在他身邊，免他受傷害。

康劫生立刻道：「兒子守護父親，理所當然。」

蕭西樓對蕭秋水道：「待會兒你帶康先生師徒到『觀魚閣』歇息。」

唐大道：「那現在我們要做什麼？等被人殺？還是等殺人？」

蕭夫人在殘暉下映出了她當年巾幗英姿的清爽，笑道：「什麼都不是，我們應該喫飯。」

唐大也笑道：「喫飯？」

蕭夫人笑道：「對。喫飯。大敵當前，而且敵暗我明，何不利用我們的優點，反而以逸待勞？」蕭夫人笑著，彷彿越過了這幾年在浣花蕭家照料兼顧，而回到了少女時期無畏無懼於大風浪、大陣仗，她抹了抹髮髻，笑道：「我燒幾道好菜，給大家嚐嚐。」

蕭西樓看著他的妻子，晚風徐來，蕭西樓三綹長鬚與衣袂齊飄：他看他的妻子，無限珍愛，竟似癡了。

菜是平常的菜，浣花溪畔蕭家劍廬，喫的都是平常的菜餚。

然而這菜讓蕭夫人那麼一燒、一炒、一蒸、一煮，卻完全不同了。

那空心菜炒得那末嫩綠，水綠得就像在田裡雨後，蔥翠悅意得就像充滿了生命，也不懂蕭夫人放下了什麼調味料，那青青空心菜的輕浮之意，卻給這調味料恰好沉住了，加上一些鮮紅的辣椒片，就像蕭夫人日子正當少女時的孫慧珊，天之驕女的劍，飛入蕭西樓雄拔的古鞘裡。

那空心菜味道清遠，跟薑蔥鯰魚的清甜，一字之差，但味道則完全不同了。薑、蔥、魚都是極平常的東西，但選什麼顏色的蔥，選多老的薑，摻水的份量，放在魚身的什麼位置上，魚要蒸多久，未蒸前要切幾條刀口，要讓味道滲透魚肉，如何蒸魚肉才嫩，才脆口，才回味無窮，只要看這蒸出來清淡嫩黃的汁，連唐大都禁不住吞了一口口水。

至於一盤榨菜肉絲，竟是鬚眉手筆，大塊肉、長條榨菜，雖然鹹，但鹹得讓你要喫，敢喫，不斷地喫，甚至要喝那汁，才發現菜是鹹的，而汁卻是甜的！

這像蕭夫人的一生，曾經是武林的寵女，曾經是江湖的驕子。喫過風霜苦頭，但跟蕭西樓在一起，一雙劍，仍似一對璧玉，縱蒙塵亦不失其名貴！

那一碗清湯，是蓮藕、紅棗與牛肉，三種朱紅色食物配在一起，連湯也是淡紅的，蓮藕如江南，就算是紅妝艷抹，到了江南，也要清新起來，這湯也是這樣。

蕭夫人更是這樣。忙過後的她，更顯得喜氣的嬌艷。這明媚在燭火中，竟亦有一股英殺之氣！

這一碗湯好少，幾乎是一下子，都給喝光了。

就連武林名宿如唐大，也乾瞪著眼，更休說是蕭秋水、鄧玉函等了。只見蕭夫人盛了另一碗湯，以爲要拿到桌上，卻沒料捧過去了，連朱俠武也一片失望之色，唐大忍不住要說話：

「嫂夫人……咳……咳……這個湯嘛……真好喝……」

一個堂堂的大俠居然忍不住要求多喝一點湯，這話說出來之後連他自己都有些不好意思。

可是他這話一出，就連沈默寡言的朱俠武也不住點頭。

蕭西樓卻笑道：「這菜是要送給另一個人喫的。」

蕭夫人真的把幾盤小碟的菜置放在大盤子上，悠悠一個轉身道：

「菜只能喫不夠，不能喫太多。」

——多了就算山珍海味，也會讓人厭倦起來。

——聰明的妻子燒的永遠是小菜。

唐大望著盤子上的菜，歎道：「還有客人？」

蕭夫人點頭，唐大解嘲地笑道：「這人好口福！」

就在這時，東廂忽然發現了數聲尖嘯，三長一短，三長二短，又三短一長，三短二長。

蕭西樓臉色立時變了，向蕭夫人交換一個眼色，蕭夫人立即送菜出去，蕭西樓疾道：「東廂第四樁犬組有變，我去看看。」

事情如此緊急，然而蕭夫人依然送菜，這客人竟如此重要？家裡究竟來了什麼客人？這連蕭秋水都疑惑了起來。

蕭夫人臨走前卻拋下了一句話：「秋水，你跟我來。」

蕭秋水跟著蕭夫人，穿過「聽雨樓」，走過「黃河小軒」，經過「長江劍室」，到了「振眉閣」，停下。

蕭秋水一怔，這客人竟住在「振眉閣」!?

這「振眉閣」原本是蕭西樓辦事、讀書、練劍、籌劃之地，平時若沒有事，就連蕭夫人也極少進去，而今這客人，竟然住在「振眉閣」中？

這是什麼客人？竟如許隆重！

蕭秋水沒有再想下去，因爲他很快便可知道，這時蕭夫人已輕輕敲了門，只聽裡面傳來一個聲音，一個威嚴、蒼老，卻又無限慈祥的聲音：

「請進。」

蕭夫人一進去，臉上的神情全然不同了，是敬慕，加上三分英烈，蕭秋水從來沒有見過母親的神色如此端重。

裡面很闊，四壁有字畫，櫥中有書，設備雖簡，但有一股大氣魄，閣內中央，有幾張楠木桌椅，一人坐著，一人站著，都是婦人。

站著的人是老婦人，十分拘謹，背駝身曲，年歲已十分高，顯然是僕人侍候。坐著的人，蕭秋水一看，卻喫了一驚。

坐著的人只是一平凡的老婦，素服打扮，平平常常地坐在那裡，含笑慈藹，卻不知是什麼一股力量，蕭秋水只看了一眼，便不敢正視。

只聽那夫人慈祥地笑道：「蕭夫人來啦。」

蕭夫人恭敬地道：「晚輩向老夫人請安。」

那夫人笑道：「蕭夫人不必客氣，老身來了這兒，也忙壞了妳。」

蕭夫人聽了好像很難過似的，道：「老夫人不要這樣說，您來這裡，我們招呼不周……對了，這是小兒秋水，剛從隆中回來，秋水，快拜見老夫人。」

蕭秋水忽然覺得有一股膜拜的衝動，真的就跪拜下去：「晚輩蕭秋水，向老夫人請安。」

老夫人笑道：「請起。」向蕭夫人道：「這孩子劍眉星目，將來一定是人中豪傑，家國大材……只是有些放羈任俠，不是廟堂可以約束得住的。」

蕭秋水聽得心中一震，老夫人只看了自己一眼，便對自己的性格，了解得如此清楚……只聽蕭夫人道：「小兒野性，老夫人萬勿過譽，讓他心高氣傲就不好了。」

老夫人「呵呵」笑道：「不會的。這孩子自省自律都夠，傲是傲了一些，但入世爲俠要仗他。」

蕭夫人也笑道：「這孩子……」忽然改換了一個話題：「……今日莊裡發生了一些事兒，所以，所以菜上得晚了一些時候……」

老夫人笑道：「蕭夫人快快別這樣說……老身來貴處叨擾，已甚是不安……蕭夫人烹飪的菜，是老身平生僅嚐，能喫到蕭夫人手做的菜，實是福氣。」

這時間外又傳來了一長一短兩聲犬鳴。蕭夫人臉色變了變，向老夫人施禮道：「莊裡有些事，我要先告辭了。」

老夫人起身道：「好。張媽，妳去送送蕭夫人。」

站立在一旁的張媽躬身道：「是。」

張媽是一個年紀很大的女人，粗手粗腳，滿臉皺紋，似歷盡人世間滄桑無限。出了振眉閣後，張媽便施禮走了進去；門外院子裡有一個老僕，滿頭白髮，正在園子假山旁抽著煙桿。

蕭夫人叫道：「丘伯，別喝太多酒，抽太多煙了。」

那丘伯醉意闌珊地站了起來，顯然剛剛喝了不只好幾杯來，搖搖幌幌地道：

「是，夫人。」

蕭夫人又道：「振眉閣中老夫人，你一定要多照料，張媽年紀不比你輕，而且又是女人，你在我們家中幾十年啦，要多給她一些幫忙。」

丘伯還是站不穩，但他對蕭夫人仍十分恭敬：「是，夫人。」

蕭夫人暗自歎息了一聲，走了開去，蕭秋水跟在身後，只聽蕭夫人道：「秋水，這些時候必有連番生死惡鬥，在任何危難下，你都要先負責照料振眉閣，不許任何人去驚擾老夫人。」

蕭秋水一聽，嚇了一驚，要是他負責照料老夫人的話，莊外的警備廝殺，他豈不是沒有參加的份！當下急道：「媽媽，這怎使得……？」

蕭夫人臉色一沉道：「這是你的任務。」

蕭秋水知道他母親一旦決定的事，決難改變，只得硬著頭皮問道：「那老夫人……那老夫人是武林名宿？」

蕭夫人正色道：「不是。」仰望夜空，滿空繁星。蕭夫人歎了一聲，道：「老夫人一點武功也不懂。」

蕭秋水心中更是詫異：他深知母親說一是一，說二是二，絕不會說騙他的話的，只是，只是這樣一來，老夫人又是什麼人呢？

他沒有再想下去，因爲犬鳴聲又起，三長一短，又一短三長。

聲音從振眉閣通往「見天洞」的長廊西南側發出的。

蕭夫人和蕭秋水立即衝到那邊去。

等他們到時，假山後面已沒有活人。

四個浣花劍派的犬組弟子，喉管都被切斷。

浣花劍派的子弟都是用劍高手。

犬組在浣花劍派是負責守衛，鷹組負責偵查，龍組負責搏殺，虎組負責內政，鳳組則是蕭夫人手邊一支親兵。

這就在假山旁的四名劍手，發現敵蹤，叫了兩聲，居然在劍尚未拔出前，蕭夫人未趕至前的瞬間，已被擊殺，來人身手之高，是絕對可以想見的。

蕭夫人沈下了臉，敵人居然已突破「劍廬」防衛，進入內院，殺了守衛，而今敵人呢？

敵人在哪裡？

忽然鷹唳長空，蕭秋水也為之變色。

鷹唳長空，驚現敵蹤，也就是說，內院、大廳、前莊已進入搏殺狀況！

外面正在如火如荼的廝殺中，但卻有極其厲害的敵手，正已潛進內院來！

正在此時，「見天洞」裡的燭火忽然一陣急閃。

風吹燭搖，可是現在沒有風，燭火怎會晃搖？

難道是衣袂掠燭影動？

蕭夫人、蕭秋水雙雙掠到了「見天洞」外！

「見天洞」是浣花蕭家宗祠拜祭之所。

「見天洞」裡供奉的是蕭家歷代祖先靈位。

每天清晨，蕭西樓都要整衣，沐浴，到「見天洞」去拜祭，上香，看著蕭家列祖列宗，從無名，到有名，祖先一手創出來的基業與事業，蕭西樓更覺得有大志，要做大事。

「見天洞」是列祖列宗神位之處，也是浣花蕭家「長歌劍」放置之處。

「長歌劍」是寶劍，亦是浣花蕭家的鎮山之劍，更是浣花劍派掌門之信物。

「長歌寶劍」，是絕不能讓敵人搜去的。

蕭家宗祠更是不能隨便讓外人進去的。

蕭夫人和蕭秋水同時想到了這點，所以立即趕到了「見天洞」。

「見天洞」有一個打掃、服侍的老僕人，這老人又聾又啞，叫做廣伯，平日他一早就睡了，今日他卻在洞外，拿著掃把，一副惶急驚恐的樣子。

——是什麼東西驚醒了他？是什麼東西嚇著了他？

蕭夫人疾道：「有沒有見到陌生人!?」

啞巴廣伯不住點頭，咿咿呀呀的說著話。

蕭夫人一皺眉道：「陌生人是不是進了裡面!?」

啞巴廣伯不迭搖頭，哇哇啊啊說了一陣子話，手指一點，指向欄杆盡處，振眉閣！

蕭夫人心中一凜，疾道：「糟了！調虎離山！」

兩人急急奔向振眉閣，只是蕭秋水心中還在想：看母親的神色，彷彿老夫人的安危遠比蕭家的祠牌藏劍更重要，究竟，究竟「老夫人」是什麼人？

「老夫人」究竟是什麼人？

蕭夫人到了「振眉閣」，月入烏雲，整個天地都黯了下來，振眉閣中燈火微幌，卻連一點聲息也沒有，蕭夫人心中一凜，出掌一推，「砰」地推開了門！

門一開，只聽裡面有一個聲音，急而不慌地問：「什麼人!?」

蕭夫人一看，只見老夫人仍端坐在椅上，張媽垂手立在一旁，蕭夫人登時放下心頭一塊大石，臉上卻是一熱，赧然道：「晚輩一時失誤，以為有敵來犯，冒犯老夫人，則請降罪。」

老夫人笑道：「蕭夫人為老身安危情急，老身銘感五中，謝猶不及，何罪之有？」

蕭夫人強笑道：「晚輩還有些事要料理，此地平安，便不驚擾夫人了。張媽，若見可疑之人進入，請高呼便可，晚輩等就在閣外侍候。」

張媽恭敬聲道：「是，蕭夫人。」

蕭夫人揮手把蕭秋水召了出去，再掩上振眉閣的門，方才舒了一口氣，卻緩緩拔出了長劍，只見劍若秋水，明月又踱雲而出，清輝寒人，蕭夫人孫慧珊劍橫在胸，柔和的月色與平靜的夜色灑在溫柔的蕭夫人身上，卻激起了無比無對的英爽之意。

蕭秋水忽然直立，他覺得他好敬愛他的母親。

只聽蕭夫人道：「秋水，拔出你的劍來，敵人既已侵了進來，不會空手而去的。」

正在這時，只聽一陣稀疏的掌聲傳來，月色下一人壯聲而唱，兩人曼聲而和：

百年前，英雄繫馬的地方
百年前，壯士磨劍的地方
這兒我黯然地解了鞍
歷史的鎖啊沒有鑰匙
我的行囊也沒有劍
要一個鏗鏘的夢吧——
趁月色，我傳下了悲戚的「將軍令」
自琴弦……

（註：鄭愁予原詩）

這歌聲悲壯中帶閒慢，歌詞自然中帶沉雄，唱完之後，又是一陣稀落的掌聲，月色下，走出了三個錦衣公子。

三個佩劍的公子。

蕭夫人瞳目收縮，道：「劍魔傳人？」

劍魔孔揚秦座下有三大劍手，這三人身上佩的劍，一是古劍，一是名劍，另一是寶劍。

曼唱的公子向蕭夫人一揖道：「在下向蕭夫人借一樣東西。」

蕭夫人道：「什麼東西？」

曼唱的公子道：「一個人。」

蕭夫人道：「什麼人？」

曼唱的公子一指振眉閣，蕭夫人搖搖頭。

曼唱的公子歎了一聲，莫可奈何地跟兩個同伴攤攤手，兩個同伴一個聳聳肩，一個則揮揮衣袖。

曼唱的公子歎道：「那在下只好……」緩緩拔出了劍，劍在月色下一片肅殺。

劍一在手，院子裡立刻充滿了殺氣！

這曼唱的公子瀟洒的神采突然成了蕭煞！

劍是利劍，是峨嵋至尊，寶劍「屠刀」。

「屠刀劍」一現，蕭秋水立即擋在他母親身前。

他手上也有劍，一柄剛才自地上撿來的劍——他原來的劍在戰鐵腕神魔一役中已毀碎。

曼唱的公子斜走兩步，蕭秋水也斜挪兩步。

曼唱的公子看著蕭秋水。

蕭秋水也看著曼唱的公子。

兩人都沒有動，也沒有說話。

但兩人的殺氣，都在一觸間全盤地發出去！

無堅不摧，勢不可當！

揚袖的公子卻向蕭夫人深長一揖道：「蕭夫人，想二十年前，孫女俠的『十字慧劍』已聞名天下，十九年前殲滅『青鯊幫』，十八年前搏殺『鱷魚神劍』殷氣短，十七年前挫『長河九子』，早已名動天下。」

蕭夫人見他如此有禮，而且一一道出自己當年戰功，不禁心中有好感，雖暗自警惕，但還是讓他說下去。

揚袖的公子道：「可笑那時……那時在下還在襁褓之中；」赧然笑了笑，蕭夫人道：「這點不必掛齒，長江後浪推前浪，痴長些年歲，武功修養不一定都高。」

揚袖的公子接道：「可是在下比起孫女俠，實是末輩，孫女俠的『十字慧劍』在下雖也想見識，但深知武功造詣相距太遠，實在不敢螳臂擋車，只是……」

揚袖的公子猶疑了一下，終於道：「唉，只是，只是受家師所命，前來討一人同去……在下知孫女俠絕不首肯，而在下又絕非敵手，真是好生爲難。」

揚袖的公子又說，「事到如今，說什麼也難違家師之命，但又自度非孫女俠之敵，在下只有盡己力，向女俠討教，請前輩指點便是。」

蕭夫人心中暗笑：說來說去，是怕自己敗了，我會傷你。當下道：「那咱們點到爲止好了。」

揚袖的公子又長揖道：「在下情非得已，萬請女俠見諒，並祈手下留情。」

蕭夫人淡淡地道：「你爲師父做事，也是理所當然的，你亮劍吧，我絕不傷你就是。」

揚袖的公子深深地鞠躬，行禮，月色下，緩緩地拔出了佩劍。

劍作龍吟，月色下一片清亮。

蕭夫人動容道：「名劍『長嘯』？」

揚袖的公子恭敬地道：「正是。蕭夫人賜教。」隨劍舉過頂，背躬而下，劍尖點地，正是一招「有鳳來儀」。

蕭夫人一見，知道對方是行晚輩對長輩之禮，當下心中也不與之爲難，劍交左手，輕聲道：「不必多禮，你進招吧。」

揚袖的公子拘謹地道：「是。」

一挽劍花，似欲刺出，突然，左手一揚，一道刀光，閃電般劈出，越過七尺距離，打向蕭夫人胸膛！

這道刀光快、急、準，且令人全無防備！

蕭夫人畢竟是當年叱吒風雲的孫慧珊，及時一側！

「噗」！刀入右肩，入肉七分。

蕭夫人退後三步，再退後三步，月色下，容色一片慘白！

就在這時，蕭秋水一分心，曼唱的公子已出劍！

劍至中途，忽然一頓，刀光一閃，又是一刀射來！

只是蕭秋水已有防備，橫劍一格，「叮」地一聲，劍折爲二，刀飛不見！

這是什麼刀，竟有如許魔力？

剎那間傷了蕭夫人的臂、還斷了蕭秋水的劍？

蕭秋水立即護在蕭夫人身前。

他手上已沒有劍，只好握緊拳頭，瞪著前面三人。

蕭夫人嘶聲道：「你們——你們不是劍魔傳人！」

那三人一齊大笑，一齊曼吟：

「天狼噬月，半刀絕命；

紅燈鬼影，一刀斷魂！」

曼唱的公子道：「我叫沙雲，你當然聽過『飛刀神魔』沙千燈，他們就是我們的師父。」

揚袖的公子道：「我叫沙電，出手快如閃電，我們佩劍，是要你們注意劍，以爲我們是孔揚秦傳人，但出的是刀，我的飛刀像不像閃電？」

聳肩的公子道：「我叫沙雷，我還沒出手，我出手怎樣，待會兒你們自然知道；還有一位沙風，他是大師兄，他來去如風，只怕早已……」

蕭夫人臉色變了。

——沙家傳人，共有四人，而今沙風不在，難道已進了振眉閣？

——老夫人不識武功，只怕……！

蕭秋水臉色也變了。

——莊外大敵來犯，看來爹那兒騰不出人手回來。

——這兒方一交手，母親已受重傷，自己又失斷劍，如何是這三人敵手？

蕭夫人忽然做了一件事，她返身，掠出，到了振眉閣門前，一腳踢開了振眉閣的門！

門嘩然而開，燈火明滅，裡面沒有人！

——人去了哪裡，難道，難道已遭了沙風的毒手？

當蕭夫人離開飯桌時，「權力幫」的人發動了第一次攻擊，浣花派也展開了第一次保衛戰。

第一次攻來了十一名「權力幫」的人，他們越過正道，翻入牆內，潛到正堂，忽然遇上了七名龍組的高手。

龍組是負責搏殺的，他們的武功在浣花劍派子弟中要算最高。

但是七名龍組的劍手都殉職了。

「權力幫」的人也不好過，只逃生了一個。

這名幫徒，翻牆，飛奔，消失在「劍廬」門前的樹林子裡。

然後「權力幫」又來了十七人，爲首一名正是那逃回去的幫徒。

他們翻牆而入，穿過弄堂，走入大廳，再分批轉入內廳，抵達七曲廊時，十六名龍組的劍手才截住他們，搏殺了起來。

這第二批的「權力幫」眾，看來武功的確比第一批高明得多，搏殺了頃刻，兩方面都死了人。

龍組退回來的有三個，「權力幫」退走的有五人。

這五人退回樹林裡去。

樹林子裡沒有聲。

黑暗一片。

唐大、蕭西樓、朱俠武就在「聽雨樓」上，靜觀這一切，然後唐大問了一句：

「蕭大俠，院子裡，院子外，至少還有七八十名高手潛伏，爲何他們不參戰？」

蕭西樓道：「沒有我的命令，他們絕不參戰。」

唐大等他說下去。

晚風很勁，蕭西樓眉鬚飄飛：「加上廊上、廊下、池邊、池裡、閣旁、閣外、軒中、軒上、室側、室下，其實一共還有一百四十六人，唐大俠沒有看見罷了。」

唐大歎道：「好嚴密的蕭府。敢問用意？」

蕭西樓道：「『權力幫』第一批旨在試探，看見我們人手並不多，所以有些不相信；於是派出第二批，我們的人手還是不足，只怕會相信了。他們真正的實力未出，我們的兵力又怎能顯示出來？」

唐大尚未答話，忽然殺氣沖天！

七十二名「權力幫」徒，踢翻了大門，了無所懼，長驅直入！

然而在黑暗裡，左右兩側，各有二十四名「權力幫」徒靜悄悄潛了進莊。

這左右四十八名幫徒，一看身手，便知才是武功最高的一組。

這兩批人在大廳與十餘名龍組殺手對峙起來，龍組殺手當然不敵，敗退，到了內院，又支援了十餘名龍組劍手，未幾，又死傷過半，退入長江劍室！

「權力幫」徒乘勝追擊，殺入長江劍室！

就在此時，局勢忽然大變！

龍組劍手，本只賸下七八名，忽然間，增至五十餘名，而且在壁中、灶下、屋上、室外，湧現了百餘名劍手。

鷹組、犬組、虎組，俱加入戰團。

「權力幫」因勝而得意忘形，深入腹地，變成了困獸之鬥！

一個年輕的、精悍的、銳利的劍手走上「聽雨樓」來。

年輕是他的年紀，精悍是他的身段，銳利是他的眼神，蕭西樓只跟他講了一句話：「一個活的也不准留。」那青年人立即去了。

然後喊殺聲喧天而起。唐大問：「他是誰？」

蕭西樓撫鬚道：「龍組組長，張長弓。」

唐大只說了一句：「好。」

喊殺聲終於停了。

那青年又出現在樓上，只說了一句話，一句長話：「來人一百二十，沒有活一個回去；龍組折損二十三人、鷹組十九人、犬組六人、虎組四人。」

蕭西樓點點頭道：「好。」

張長弓立時又去了，筆直消失在黑暗中。

唐大歎道：「人說蜀中唐門龍潭虎穴，其實浣花蕭家，才是鐵壁銅牆。」

就在這時，外面的黑暗中走出了兩個人。

蕭西樓臉色立時繃緊，道：「正點子來了。」

來的只有兩人。

一老一少，老的在前，少的在後。

老的黝黑，少的蒼白，兩人走路的姿態卻是一模一樣的：筆挺、僵硬、冷毒如殭屍。

朱俠武開口說話了，第一次開口說話，說話只有一句：「華孤墳！」

「百毒神魔」華孤墳！

後面跟的少年無疑就是華孤墳的嫡傳弟子南宮松篁。

南宮世家本是武林名家，但最不肖的子弟就是投靠「權力幫」的南宮松篁。

華孤墳與南宮松篁慢慢走著，到了蕭家大門，停了下來，再也不動了，一白一黑兩人猶如殭屍一般，在夜風中衣袂飄飛，好似鬼魅一樣。

然後有四個人同時出現，出現的同時出手，出手得同時迅速，迅速一如甫出劍劍已至！

龍組訓練有素的劍手。

眼看劍要刺中這老少兩人。可是四名劍手忽然無緣無故地仰天倒了下去。

一倒下去，再也起不來。

然而那一老一少仍然動也不動。

風很大，但依然繁星滿天，明月如皓。

蕭西樓身形一動，唐大卻道：「讓我來。」

蕭西樓搖搖頭，笑道：「這不是待客之道。」

唐大笑道：「我不是客。」

——他們兩人中，只有一人能下去。

——權力幫既然來的是兩人，下去接戰的也只能是兩人。

——武林中有武林中的幫規，江湖上有江湖上的家法，對方既來了兩個主將挑戰，蕭家自然也要派兩名高手，這種接戰的方法，從楚漢相爭，早已因襲相傳。

朱俠武忽道：「唐大去。他懂用毒。」

唐大笑笑：「而且這裡，還要你主持。」

——蛇無頭不行，蕭家不能群龍無首。

——但在這一句話中，可以見出縱橫武林的唐大，居然不肯定這一役的生死勝敗。

——任誰與「百毒神魔」交手，都難有五成以上的把握。

唐大笑向左丘超然與鄧玉函道：「他帶來了一個弟子，你們誰願意跟我去？」

左丘超然道：「我去。」

「錚」地一聲，左丘超然的咽喉立刻被一劍抵住。

出劍的人是鄧玉函，鄧玉函冷冷地道：

「我比你狠，我去。」

——對付「百毒神魔」的後人，一定要心狠手辣的人才可以。

——何況鄧玉函的南海劍法又是有名的快劍。

唐大道：「鄧玉函你去。左丘，你用的是擒拿手，華孤墳的人是擒沾不得的。」

——誰沾上華孤墳，只有死路一條。

唐大、鄧玉函慢慢走了下來，門雖已被搗爛，但門環還在，唐大還是伸手開了門，踱出石階看見華孤墳、南宫松篁，在他們五尺之遙停了下來，鄧玉函就站在他身後。

唐大笑道：「你好。」

老人一直皺著眉，忽然展眉道：「你來了。」

唐大道：「是我來了。」

老人道：「四川唐家可以不可以不管此事？」

唐大笑道：「不可以。」

老人道：「聽說你也會用毒？」

唐大道：「會用暗器的人很少不會用毒的。」

老人傲然道，「那你就死吧。」

忽然一躬身，鄧玉函知道老人就要施毒，但不知如何躲避是好，只見唐大也雙手插入鏢囊中，神色也十分緊張！

唐大忽然雙手自鏢囊中抽出！

抽出的雙手依然沒有暗器，因爲暗器已打了出去！

只聽一聲慘叫，不是發自老人，而是發自少年！

那少年搖搖欲墜，老人一見，立刻臉色發白。

少年原來一直站在老人身後，只見他一步一步走前來，走了三步，停止不動，掙扎道：「你……你……你怎知道我才是……才是華孤墳。」

唐大沒有動，神色不變：「因爲我也是用毒行家，一眼便看出這老人浸淫在毒物中，不及五年。而華孤墳十年前已毒名揚天下。」

唐大向老人望了一眼，又向少年道：「所以你才是華孤墳，他是你徒弟，南宮松篁，你想借他來吸引我的注意力，好趁機下毒，我佯作中計，才一擊而搏殺你——！」

少年狂吼一聲，掙扎衝前，唐大依然不動，華孤墳衝了兩步，萎然撲地而倒，只見他白衣的背上，有七支弧形的鋼鏢，衣上有七灘血紅。

鄧玉函心中驚駭無已，唐大與華孤墳是面對面站著，居然誰也看不清楚他出手，而且一出手暗器竟繞過去打在對方背上！

只聽老人顫聲道：「這是……這是『千迴盪氣、萬迴腸』七子鋼鏢!?」

唐大笑道：「正是蜀中唐家，『七子神鏢』！」

臨空雙手一抓，七枚鋼鏢竟自華孤墳背肉破飛而出，回到唐大手裡，唐大把它放回鏢囊。

南宮松篁瞪住了眼，說不出話來，唐大笑道：「你要挑我，還是挑這位南海劍派的英傑，或者把你師父的屍體運回去？」

南宮松篁忽然目光閃了閃，冷笑道：「至於你，我不必挑了。」

唐大大笑道：「好——」突然語音一歇，一臉驚怖，看自己的雙手，竟已變成紫色，駭然嘶聲道：「屍毒！」

南宮松篁喋喋笑道：「家師歿前，已把毒佈在你的鋼鏢上，你收回飛鏢，便等於沾了毒……」

唐大一聲狂吼，反手打掉自己腰間的鏢囊，忽然天旋地轉，眼前一黑，便已撲倒在地，不省人事。

風愈來愈急，樹愈搖愈厲害。

南宮松篁慢慢把視線自撲倒的唐大收起，投注在鄧玉函身上來。

鄧玉函只覺一陣森冷，緩緩的遞刺出去。

南海劍派本來講求快、急、詭、祕、奇五大要訣的，但鄧玉函這一劍卻刺得十分緩慢。

十分十分的緩慢。

也因為緩慢，才無暇可襲，無處可躲。

南宮松篁的臉色變了，他想避，但劍尖如毒蛇，只要他一動，便會釘他咽喉；他想退，但劍如長弓，他一動便把他射穿窟窿！

所以他只有一拚，以毒還劍！

劍離南宮松篁胸膛前不及一尺，然而鄧玉函卻不敢冒然刺出去。

刺出去之後，他躲不躲得開南宮松篁的毒？

南宮松篁的眼珠閃著狡黠的光芒：「你知道我是華孤墳的弟子。」

然後又加強了一句：「唯一的嫡傳弟子。」

鄧玉函仍聚神於劍上，沒有答腔。

南宮松篁的姿勢依然沒有改變，笑道：「家師的用毒本事你是看見的；唐先生的暗器一沾他身子，便變成毒物，毒倒了唐先生。」說著眼光望向地上的唐大，又道：「唐先生中毒，而你卻和我在這裡耗著。」

鄧玉函仍然目凝於劍，南宮松篁額上隱然有汗：

「家師已死，我卻無意把他抬回去，天生人、地葬人，那是最適切不過的歸宿了。」

然後又緊盯著鄧玉函的劍道：

「你一劍刺出，未必躲得過我的毒，我也未必躲得過你的劍。」

隨又吞了口沫液，道：「而我只想一個人走回去，你卻可以扶唐先生回去醫治。」

——唐大不知生死如何？但再這樣拖下去，則是必死無疑。

南宮松篁雙目緊盯劍尖，道：「要是你同意，收回你的劍，我先走，你再走，要是不同意，請出招！」

然後他就全神貫注，一句話也不說了。

鄧玉函的劍尖凝在半空，好一會，一寸、一寸、一寸地收回。

南宮松篁好似鬆了一口氣，雙手一揮，轉身就走，汗水已濕透背衫。

鄧玉函的劍點地而立，一直等到南宮松篁消失在黑暗中後，全身繃緊的肌肉才告放鬆，差一點就站立不住。

剛才那一場對峙，太耗精神、體力了。

鄧平函提劍，欲將劍還鞘，月色下，忽然有一種很奇異的感覺。

他跟蕭秋水三年，三年來，蕭秋水每逢在事情發生前，都有一種很奇異的觸覺，鄧玉函跟蕭秋水一久，也感染到這種特性。

就在這時，月映照在劍上，發出一種很奇異的光芒。

不是劍芒，而是青芒。

鄧玉函心裡一凜，定睛看出，只見自劍尖始有一股隱似流水一般的東西，慢慢渡過劍身，向劍柄上延來！

這似液非液、似固非固的東西，在月色下，是暗青色的。

鄧玉函舉劍一照，才知道這暗青色的東西，竟是千百隻蠕動、爬行著的毒蟲！

蠱毒！

南宮松篁在臨走前揮手間佈下了苗疆蠱毒！

鄧玉函心裡發毛，「嗖」地一聲，長劍脫手射出，劃過夜空，折入林中，他猛扶唐大，發足就跑回「劍廬」，再也沒有回頭。

——他心中在暗叫僥倖，要是不仔細看，還劍入鞘，蠱毒豈不是都到了身上？

華孤墳倒下的時候，蕭西樓心中又是歡喜，又是敬佩。

——華孤墳死了，厲害的對手又少了一個，心裡自是喜歡。

——敬佩的是對唐大，要是自己下場，注意力全集中在那老者的身上，恐怕早已給百毒神魔毒倒了。

就在此時，唐大也倒下了。

蕭西樓驚駭無已，正欲下去接應，但朱俠武一把抓住他。

——不能下去，你一下去，敵人便知道我們的底細；而且這邊下一個人，對方也正好多派出一人。

——這樣反而會害了唐大的性命。

然後便是鄧玉函與南宮松篁的對峙，跟著是南宮松篁的退走，鄧玉函的撤劍，接著下來是鄧玉函抱著唐大，飛奔入門，直上「聽雨樓」。

蕭西樓瞧得一顆心，幾飛出口腔外。

蕭西樓一把脈，臉色一沈，把三顆顏色不同的藥丸，塞入唐大口中，唐大已奄奄一息。

蕭西樓只說了一句話：「玉函，你扶唐大俠進『黃河小軒』，給他歇著，替他護法。」

鄧玉函道：「是。」即退了出去。

左丘超然不禁問道：「唐大俠傷勢如何？」

蕭西樓長歎一聲，滿目憂戚：「五成把握。這兒能治百毒神魔奇毒的，實只有唐先生一人耳。我的三顆藥丸，一是壓毒性發作，二是增加內息，三是催動唐先生轉醒；只有在唐先生甦醒後，才有辦法迫出毒性。」

隨後又道：「唐先生一會必定轉醒，有玉函護法，則要看唐先生自療了。這……這只有五成把握。」

黑暗處忽然一聲厲嘶、狂嚎，宛若野狼嗥月，十分淒厲，三嘶過後，聲音一歇，一盞紅燈亮了出來，一個人提燈走了出來。

人在燈後，燈光血紅。

燈火刺目，人看不見，蕭西樓動容道：「天狼噬月，半刀絕命；紅燈鬼影，一刀斷魂！——沙千燈！」

蕭夫人臉色變了，厲聲問：「老夫人在哪裡!?」

蕭秋水從來沒有見過他母親如此緊張，沙雲、沙雷、沙電卻曼聲笑了起來。

蕭夫人臉色煞白，提劍衝了過去，沙雷、沙電立時包抄了上來。

蕭秋水赤手空拳，卻遇上了沙雲。

蕭秋水若沒受傷，沙雷、沙電不是其敵，但重創於臂，要面對兩支雷電快刀，就力不從心了。

蕭秋水的武功不在沙雲之下，但是他沒有兵器。

沒有兵器，在沙雲詭異離奇的飛刀下，簡直欺不近去，只有挨打的份兒。

何況蕭秋水還分心於蕭夫人的困境。

只聽蕭夫人悶哼一聲，腿上又著了一刀。

沙雷的飛刀。

沙電的刀訣在快，沙雷的刀訣在力。

沙電的刀傷口迸裂，沙雷的刀劍口深邃。

蕭夫人倒下，蕭秋水狂吼一聲，使出至剛至急的「鐵線拳」法。

「鐵線拳」原爲蕭家老大蕭易人所創，勁道急猛，蕭秋水一輪攻下來，竟使沙雲騰不出手來發飛刀。

蕭秋水一口氣攻出七八拳，返身一撲，攔在蕭夫人身前；沙雲、沙雷、沙電也不急，曼聲笑著，分三個方向，包圍了蕭秋水母子。

沙雲笑道：「天狼噬月——」

沙雷曼聲道：「半刀絕命——」

沙電長吟道：「紅燈鬼影——」

——蕭氏母子已退無可退，一無兵器，一受重傷，他們決定同時出刀，把這母子斃於刀下。

——他們準備一吟出最末一句：「一刀斷魂」，便三刀齊射！

紅燈挑出，如血賁動，燈後的人，卻一動也不動。

蕭西樓道：「我去。」

這時忽然一道閃電。

明月當空，繁星如雨，風勁夜沈，何來閃電？

電閃過後，場中便多了一人。

蕭西樓認識這人，失聲道：「孔揚秦！」

三絕劍魔孔揚秦！

是劍光，不是電光！

蕭西樓望向朱俠武，朱俠武點了點頭，在夜色裡，他大步的跨了出去，沈厚的步伐一旦開始，便似跟夜色融成一體，便絕不停止。

朱俠武一直走下「聽雨樓」，走出「劍廬」。

蕭西樓輕聲道：「超然。」

左丘超然趨近道：「是。」

蕭西樓平靜地道：「夫人和秋水，一直沒有回來，只怕『振眉閣』亦有事故；唐先生和康神劍都受了重傷，劫生和玉函要去照料。我和朱大俠下去，此戰勝負，殊難預料……這兒，就暫時由你照顧了。」

左丘超然眼眶潮濕了，澀聲道：「伯父放心。」

風大、星繁，蕭西樓低頭望去，只見朱俠武正穿過大門，走下長階，走向門外；門外黑暗中，相隔七尺，各立一人，一個提紅燈如血看不清楚，一個持長劍如雪默立，既沒有說話，也沒有動靜。

蕭西樓的手緊握了一下劍柄，一挺胸，一揚袖，大步走了下去。

七 刀劍雙魔

沙雲、沙雷、沙電正要出手，這出手將是必殺的一擊！

蕭氏母子退無退路，連招架的力量與兵器，皆無！

沙雲、沙雷、沙電同時喊出：「一刀斷魂！」

正在此時，一道人影，一道劍影，忽然而至！

劍光極快，沙雲看見劍光時，劍光已衝破他的防線，沒入他的胸腹之間！

沙電看見劍光時，劍尖是從沙雲背後冒出來的！

這劍穿透沙雲的背，但來勢仍一樣快！

沙電有名是刀光如電，他一刀掟出，刀卻插入沙雲背後，而劍光如電，又「嗤」地刺入他的胸膛！

沙電慘嘶，他瀕死前，仍沒有看清楚敵人的容貌。

人影直撲沙雷！

沙雷立時發出一刀！

這一刀命中來人，但來人依然扎手扎腳撲了下來，沙雷閃躲不及，「砰」地跌在一起，撞得臉青鼻腫。

等他睜得開眼時，推開壓在身上的人，才知道是一具死屍。

這屍首是沙風的屍體。

沙風在未中他飛刀前已經死了，咽喉穿了一個大洞，是被人一劍刺死的。

沙雷駭然道：「老大、老四，你看老二……」聲音突然噎住，因爲他看見沙雲、沙電已不再是活人了。

只不過一瞬間，他們所向無敵的沙家四兄弟，居然只剩下了他一人，這驚變來得太突然，突然得讓沙雷忘記了悲痛，只有驚怖！

沙雷看見場中忽然多了一個人，月色下，只見這個高大、微駝、蒼老的婦人，站在場中。

這沙雷忽然覺得頭皮發炸，全身發毛，因爲這平凡，甚至長相有些愚蠢的婦人，手中拿了一柄劍。

這一劍在手，再看這婦人，卻完全不同的一種模樣，同樣的臉孔，卻給人一種恐怖的感覺。

不僅沙雷驚駭，連蕭夫人、蕭秋水都感到驚詫。

他們斷未料到來救他們的，一劍殺二沙、三死一傷，出劍如風、電光石火間的高手，竟是老夫人房中，那笨拙、沈默的老僕——張媽！

張媽出劍時，劍芒通白，而今靜立時，劍身全黑，江湖中只有一把這種劍，名叫

「陰陽劍」。

「陰陽劍」輕若鴻毛；所以出手盡可發揮，而使這把劍的人是一名隱俠，叫做張臨意。

這張臨意武功奇高，據說他的劍法都是即時對敵而創，隨意發揮，加上一柄寫意妙詣的「陰陽劍」，更是如虎添翼，有人說他的劍法，甚至已在當今七大名劍之上。

張臨意出道極早，但性格極怪，出手極辣；中年因癡於劍，而忘於情，竟於練劍時誤殺其愛妻，事後悔恨交集，幾成癡狂，時常裝扮成其妻的裝束，放蕩江湖，後來便沒了聲息，據說終爲高人所收，戾氣盡去，但「陰陽劍客張臨意」七字，武林中人仍然聞之無不動容。

但是誰也沒想到，這高大、蒼老、馴服的僕人，竟然就是當年名動武林的張臨意！

老夫人不會武功，然而她的僕人卻是武林名宿，這是連蕭夫人都意料不到的。所以一時連蕭夫人也不知該如何說是好。

張臨意木然地站在月色下，然後緩緩地轉過身子，望向沙雷！

沙雷魂飛魄散，掏出飛刀，心裡一慌，竟連刀都掉落在地上。

——這樣的飛刀，又怎樣傷得了人？

忽然一個聲音，慈祥、而帶莊嚴：「張媽，饒他不殺吧。」

這人還是把這大名鼎鼎的劍客張臨意叫爲「張媽」，但張臨意一聽聲音，立即垂下了手，而且垂下了頭，劍忽然不見了，又變成了個拘謹、滄桑、遲鈍的老僕人，畢恭畢敬地道：「是。」

說話的是老夫人。

老夫人慢慢踱出來，看見蕭夫人，走過去扶持，憐惜的說：「蕭夫人，爲了老身，使妳受傷，老身真無以爲報……」

蕭夫人勉強笑道：「晚輩等保護夫人不力，反幸得張媽……張老前輩拔劍相助，晚輩實在愧煞……」

一直到現在，蕭秋水才能肯定了一件事。

就是「權力幫」不全是衝著他來，甚至也不是爲他結下樑子而血洗浣花劍派，而主因看來是爲了這令人莊重、敬仰、親切的老夫人，「權力幫」才不惜動用重兵，吸住大部分的高手注意在外邊，然後再派遣高手，潛入內府，擄劫老夫人。……蕭秋水肯定了這點，才比較心安。

這老夫人究竟是誰呢？

老夫人道：「張媽，請這小友說幾句話。」

張媽躬身道：「是。」轉身向沙雷問：「你們一共來了幾人？」

沙雷咬緊牙關，沒有作聲。

張媽也沒什麼，只是重複再問了一句，「你們來了幾人？」這語音也沒有異樣，然而卻令人忽然生了一股肅殺之意，毛骨悚然，只聽沙雷顫聲答：

「三百……三百六十多人。」

張媽道：「是些什麼人？」

沙雷道：「家師、孔護法、華護法各帶了幫中一百名子弟，還有六十餘人，是我們四兄弟、南宮世兄、以及孔護法三位弟子的友人。」

張媽道：「主帥就只是沙千燈、孔揚秦、華孤墳三人麼？」

沙雷道：「是。」

張媽忽然衝近，沙雷大駭，出刀，張媽劍鍔就頂撞在沙雷腹間，沙雷負痛，刀歪飛去，撫腹痛不欲生，嘶聲道：「張臨意你……」

張臨意道：「你說謊。」然後又道：「沒有人能對我說謊。」接著道：「我再問你一次，『九天十地，十九人魔』來了幾個？」

沙雷抬頭，猛見張臨意的目光，突打了一個冷顫，囁嚅道：「已來了四個……」

張臨意厲聲道：「將來的呢？」

沙雷垂了頭，道：「還有一個。」

張臨意點頭道：「是了。我道李沉舟要毀蕭家，破浣花劍派，擄老夫人，怎只會派三個來……另外兩個是誰？」

沙雷震了一震，道：「我不知道。」

張臨意忽然靜了下來。這一靜下來，沙雷如電擊一般，慌忙叫道：「我……我真的不知道。我只知道已來的是『無名護法』，快來的是『一洞護法』，他們倆，我……我真的沒有見過！」

護法其實就是人魔。在江湖上稱「十九人魔」，在「權力幫」中卻稱爲「上天入地，十九神君」。

這「十九人魔」中，有兩個人，一個無名無姓，無蹤無跡，除十九人魔自身外，也不知其人是誰。

這人就叫「無名神魔」。

——無名的往往比有名的更可怕。

——有名的殺了人，怎樣殺的，殺的是誰，總會有人知道；無名的卻就算殺了你，你也不一定知道是誰幹的。

至於「一洞神魔」，人人都知道他叫左常生，但不知他因何叫「一洞」。因爲跟他交手的人，全都死了。

張媽緊接地問了一句：「來了的是誰？」

沙雷道：「『無名護法』。」

——那要來的是「一洞神魔」了。

張臨意的臉色忽然沉重了起來，是不是因爲這個敵手，實在是太厲害了？

張臨意終於道：「你去吧。」

沙雷站了起身，只覺繁星如雨，皓月當空，天下之大，卻無所容身。

他洩露了「權力幫」的祕密，就連師父沙千燈，也容不得他。

老夫人淡淡說了一句話：「要是你覺得無所適從，那就留在我身邊吧。」

老夫人這淡淡的一句話，卻像一塊磁鐵一般，把沙雷心中的飛刀吸引了過去，沙雷就爲了這一句晴如青天，響如霹靂般的一句話，一屈膝，就跪在老夫人面前，彷彿有了真正的依靠，再也不走了。

老夫人也沒說什麼，只是微笑著，輕輕地扶了他起來。

沙雷留在老夫人身邊，會不會背叛？大家卻因老夫人一句親切嚴穆的話，都沒有也不必想到這個。

——老夫人的話有那末大的威力，老夫人到底是誰？

老夫人道：「張媽，蕭夫人受傷了，你替她治療一下。」張臨意的「天香續命膠」是名聞江湖的傷藥。

張媽恭聲道：「是。」

蕭夫人臉白如紙，依然強笑道：「我不礙事。『觀魚樓』中還有一位康先生，中了華孤墳的毒，還請張前輩勞顧一下。」

張臨意道：「好。」隨後又有些猶疑，老夫人曼聲道：「你去吧，敵人已退，你不用老照顧我。」

張媽依然恭敬地道：「是。」

老夫人向沙雷一招道：「你跟我來……」

蕭秋水向他母親問了他終於禁不住要問的一句話：

「娘，老夫人到底是誰？」

蕭夫人卻忽然向張臨意道：

「張前輩，『觀魚樓』在迴廊前方左側，轉彎就到……」話未說完，便仰首倒了下去。

蕭秋水急忙扶起，驚叫道：「媽！」

張臨意只看了一眼，便道：「我先救她，再去觀魚閣。你抬你母親先進『振眉閣』」。

——男女授受不親，雖然在年紀、名氣上，張臨意作爲前輩都綽綽有餘，但要治傷，還是有老夫人在場最好。

——蕭夫人一連捱了兩記飛刀，先前硬是強撐，挺到最後，終於暈倒過去。

蕭西樓與朱俠武並排著，相隔是七尺之遙。

蕭西樓面對孔揚秦，朱俠武面對沙千燈，相隔也是七尺。

沙千燈與孔揚秦，相隔亦是七尺之遙，並排而立。

四個人都沒有說出一句話。

四個人靜靜地立著。

——紅燈之後是什麼？

人？鬼？或幽靈？

廿八年前，自從一家平平實實敬業樂業的鏢局，在一夜間十八口全被飛刀釘死後，他便盯上這沙千燈。

對沙千燈這種人，不是收回己用就是誅殺，與他交朋友，等於與虎同眠。

至今，二十八年前枉死在沙千燈手下的人，又何止於滅了一千盞黑夜裡的明燈。

朱俠武臉色如一塊鉛鐵！

沙千燈也極聰明，七年前，便投入了「權力幫」。

加入了「權力幫」，不僅有了權力，而且有了地位，更且連武力也都增進了不少。

朱俠武能否在飛刀釘入他心房前殺沙千燈？

沙千燈，「天狼噬月，半刀絕命；紅燈鬼影，一刀斷魂！」四年前，沙千燈殺了「日月雙鈎」梁發梁大俠，兩年前，沙千燈也是以一柄飛刀，搏殺了「長春劍」邵荒煙。

然而邵荒煙與梁發的武功，與傳說裡的朱俠武相去並不遠。

紅燈，紅燈背後，倒底是什麼？

鐵臉，鐵臉的心裡在想些什麼？

怕？懼？還是殺!?

廿八年前，當他第一次出手起，他就知道，他被一個極厲害的對手盯上了。

這對手就是朱俠武。

他跟朱俠武無怨無仇，他不知道爲什麼朱俠武跟他過不去。

朱俠武的武功深不可測，他最多只有五成的把握可以一擊搏殺他。

沒有八成以上把握的事，他絕不幹。

有一段時候，他被這「鐵衣、鐵手、鐵臉、鐵羅網」的追蹤下，幾乎要崩潰了，要瘋狂了。但他沒有癲狂，反而加入了「權力幫」。

有權力就有安全，他終於舒了一口氣。

但是他隨後又發現，朱俠武還是沒有放過他，只是追緝得更加小心罷了。

他到現在還是想不通朱俠武爲何要跟他爲難，他確知自己從未誤殺過這朱俠武的人。

這次「權力幫」大舉殲滅浣花蕭家，他自願前往，就是因爲知道蕭西樓與朱俠武有親密的情誼。

他再也無法忍受這樣一個敵人的存在，所以他要先毀掉敵人，不單要毀掉這個敵人，而且要毀掉這個敵人的羽翼、利啄！

只是他毀得掉嗎？

朱俠武站在那裡，一動也不動，誰知道他在想些什麼？

——鐵臉的深心裡，究竟在想些什麼？

蕭西樓隨意站在那裡，劍依然垂蕩腰間，劍鋒依然在鞘裡，沒有亮出來。

——然而孔揚秦卻知道蕭西樓已拔出了劍！

——蕭西樓本身就是劍，他的人已發出了劍氣！

——他隨隨便便地站在那裡，你只要半步走錯，他的劍剎那間便可以刺穿你三、四十個窟窿！

孔揚秦站在那裡，低頭沉思，劍已出鞘，劍尖點地，看來就像一個仗劍冥想的高人隱士。

劍身透亮如雪。

——然而蕭西樓卻知道，這樣的一個姿勢，隨時會變成一擊必殺的攻勢，或變成天衣無縫的守式！

——蕭西樓諳天下三十七種劍法，使用過四十二柄名劍，創過七套劍法，但仍想不出有一招、一劍、一式，可以破掉這個戰姿的。

火光沖天而起。

火光自樹林子裡，直燒到蕭家劍廬，其速不可奪，其勢不可攖。

喊殺沖天。無數人影，衝上城樓，衝上門內——顯然這才是「權力幫」全力一擊！

蕭西樓、朱俠武已面臨大敵，蕭夫人、唐大、康出漁又分別受傷、中毒，浣花劍派如何能封殺權力幫的這次大進攻呢？

四處已起火。

蕭西樓、朱俠武居然神色未變。

蕭秋水自「振眉閣」出來，與張臨意一同走著，抬頭就看見火光沖天，喊殺震天。

蕭秋水駐足，張臨意只抬了抬頭，淡淡地道：

「你爹自會料理，要是浣花派連這也應付不過去，那也命中該絕了。你快帶我去『觀魚閣』。」

蕭秋水覺得一陣赧然，又有一陣怒意，心下忽然要決定什麼似的，道：「張前輩，在下先領你去醫療康先生，至於浣花劍派的事，就算我派應付自如，但在下作爲浣花弟子，當然要去共擔，雖死不辭，哪有一個人獨保平安的事！」

張臨意回頭看了蕭秋水一眼，瞇著眼睛笑道：「好。」走了幾步，忽又道：「近十年來，你是唯一敢與我頂撞的後輩。」

蕭西樓動了，踏前一步。

這一步踏得三分實，七分虛，趾偏內，跟側外。

孔揚秦卻退了一步。

這一步退得七分虛，三分實，腳掌借力，趾虛點。

蕭西樓、孔揚秦這一退一進，身上的姿態卻全無改變。

蕭西樓忽一步踏宮位，一步轉巽位。

孔揚秦忽一步入震位，再一步走乾位。

蕭西樓忽前三步，後退半步，再急走五步，後退二步半。

孔揚秦再快走七步，一足立，一跳一跪，再猛然站起。

兩人步法加快，快得令人看也看不清楚，而且步法愈來愈複雜，然而上身的姿態絲毫沒有改變過，而且絕對沒有觸及對方與朱俠武及沙千燈。

兩人又忽然一停，孔揚秦怪嘯一聲，往後一翻，飛鳥投林，掠入黑暗的樹林裡去，不見了。

樹林爲何黑暗？本不是火光沖天嗎？

在蕭西樓與孔揚秦比鬥步法時，朱俠武與沙千燈依然對峙著。

紅燈愈來愈熾：朱俠武你爲何還不分心!?

火光愈來愈烈：朱俠武你爲何還不出手!?

沙千燈期待朱俠武心亂，心一亂，便動手，就在敵人一欲動手時，正是攻守間最虛弱處——沙千燈便有把握一刀令朱俠武絕命、斷魂！

朱俠武一張鐵面，在火光中閃動，依然沒有表情。

他像望著燈籠，也像望著燈後，這漸熾的紅燈，與更盛的火光，似對他的眼睛毫無影響。

不過沙千燈知道自己手上這盞燈，曾使過十九位武林高手迷眩，七位武林高手瞎了眼，被他出手一刀，斷魂絕命！

——然而朱俠武爲何不爲所動!?

火光愈來愈熾，旁邊的蕭西樓與孔揚秦愈走愈快，沙千燈的心頭竟紊亂了起來。

這時候又發生了一件事。

劍廬的起火處竟似奇蹟一般地熄滅了。

火頭是被撲滅的。

到處都是水花，看情形浣花劍派早有準備，有七八十名佩劍的女子，拿著水桶，到處澆水。

而衝進去的幫眾，現在又爭先恐後地奪門而去：

出來的人數還不及原先衝進去的人數一半之多！

沙千燈已然心亂：

——我那四個徒兒怎麼還不見出來!?

——我們在這裡絆住這兩個老怪，究竟要絆到幾時!?

劍廬的火光熄了，樹林子裡的火光也滅了。

沙千燈發現一件更可怕的事，他想用紅燈來吸引朱俠武的注意力，現在紅燈反而成了他的累贅，在黑暗中，朱俠武的打擊點只要集中在紅燈之後。

就在剛才他心思雜亂時，這種局勢便已易換過來了，現大勢已成，再也扳不回來了。

更可怕的，是沙千燈又發現了另一件事。

孔揚秦竟已走了。

場中只留下了他。

蕭西樓已緩緩轉身過來了。

——他不能動，不能轉而面對蕭西樓。

——因為他知道，只要他一回身，朱俠武的鐵羅網，便會罩住自己；朱俠武的鐵手，便會扼斷自己的咽喉。

——要是他不回身，又如何去應付蕭西樓的劍?

——浣花劍派掌門人的劍!

朱俠武要出手了，他知道沙千燈心已亂。

他見過一位劍法高絕、名氣甚至在當世七大名劍之上的「九天神龍」溫尙方，卻因爲他妻子在一旁賭氣，以致亂了心神，被一名全不諳武功的蠻徒擊倒。

現刻朱俠武已有絕對的把握。

但就在此時，忽然「波」的一聲，鮮血飛濺，天烏地暗！

沙千燈手上的紅燈籠突然迸裂，濺出烏黑濃烈的液汁，只聽蕭西樓驚呼疾閃道：「六毒血汁。」

「唰」的一聲，又亮起了火光。

火光在蕭西樓手裡，亮的是火摺子的光芒。

沙千燈已不在，他犧牲了仗以成名的手中紅燈，在蕭西樓、朱俠武閃躲那惡臭的濃汁時，沙千燈已走了。

朱俠武、蕭西樓對望了一眼，沒有說話，信步向劍廬走回去。

然而他們的心中，卻感覺到晚風出奇的涼，星夜出奇的美麗，蕭家劍廬，更是出奇的親切，因爲他們擊退了平生之大敵，而且還能安然無恙地回來。

生命、生存畢竟是讓人歡歌的事。

蕭西樓與孔揚秦，都是當世七大劍手之一，與康出漁、辛虎丘等齊名。

然而這一役，蕭西樓與孔揚秦都沒有動過劍。

他們動的只是步法，因爲真正的劍手，使的當然不止是劍，步法，身法，氣概，眼神……等等無一非配合恰當不可。

有一配合不當便只有死。高手相搏時，絕不允許有任何怠慢的。

蕭西樓、孔揚秦的一役，孔揚秦顯然是敗了，可是卻不是敗在步法，而是落敗在主動上。

蕭西樓比孔揚秦快了一步，所以蕭西樓走下去，孔揚秦就只好跟，一個主動，另一則只好被動，再這樣跟下去，破綻是一定露出來的。

然而蕭西樓已然發動，孔揚秦只有跟上。

不跟只有速死。

跟下去也是死。

——蕭西樓之所以馬上取得主動，係因孔揚秦太看重蕭西樓那未出鞘的劍，所以反被蕭西樓的步法所牽制。

——一個真正的劍手，怎能只著重對方的劍而已？

所以孔揚秦只有敗。

他立即翻身逃走，連看都沒有再看一眼。

他這個決定只要再遲半步，氣勢俱爲蕭西樓所制時，就算要逃也來不及了。

當機立斷，正是一代劍手的本色。

蕭西樓與孔揚秦，當世二大劍手決鬥，卻未動過劍，然而朱俠武與沙千燈，正邪二道兩大高手決鬥，卻連動都沒有過動。

然而沙千燈卻敗了。

他的姿態仍無暇疵，他的飛刀仍一擊必殺，可是他的心卻亂了。

他的心一亂，一擊必殺的反而是朱俠武。

他一旦發現了此點，立即毀燈而逃！

當機立斷，也是一代飛刀高手的氣概。

真正打得翻天覆地的，反而是「權力幫」徒與浣花劍派的弟子。

「權力幫」收拾殘餘，全力用火攻；不過浣花蕭家，早已料到這點，集全部兵力，並早有蓄水，火來水滅，沒有了火，「權力幫」的火焰也正如遭傾盆大雨一般，淋濕了，撲滅了。

浣花劍的子弟們雖死傷不少，但「權力幫」的這次侵略，終於被打散了、擊退了。

他們再也沒有能力收拾、重振、再攻。

蕭西樓、朱俠武回到「聽雨樓」時，看著力戰而疲的左丘超然，臉上的神色是欣慰的、愉悅的。

浣花劍派的弟子並沒有讓他們失望——他們不在的時候，浣花劍派也打了一場轟轟轟烈烈的勝仗。

康出漁的臉色更白，眉心一團紫烏之氣更濃，百毒神魔華孤墳的毒，確是厲害！

康劫生雙目紅腫，跟張臨意說話時，幾乎眼淚都要掉下來了：

「張前輩，您一定要設法救救我爹！」

張臨意不耐煩地揮揮手，蕭秋水過去扶住了康劫生，康劫生掩臉痛哭！

張臨意一直把著康出漁的脈，把了好久，又鬆開手，沉吟了好久，又把住康出漁的脈門，把了好久，再鬆開手，又沉吟了好久。

張臨意再沉吟了好久，終於長歎了一聲，問道：

「他中的是華孤墳的毒？」

康劫生肯定地點了點頭，張臨意歎道：「華百毒的毒又精進了。」

接著又把了一會脈，終於鬆手，自懷裡取出紅、白、黑三顆藥丸，道：「只好先服這『三生莫還丹』試試，泡在酒裡，烘熱調好，才可以食用。」

蕭秋水和張臨意走出「觀魚閣」時，心情都是沈重的。

他們在「七迴廊」處分手，張臨意趕去「振眉閣」，蕭秋水則趕去「聽雨樓」。

浣花蕭家位於成都浣花溪上游百二十四畝半地，佔地極廣，樓閣亭台，連綿不斷，所以當兩軍衝殺時，在浣花劍派十面埋伏下，除了那四名沙千燈親傳弟子，別人根本攻不進來，也沒有被火焰波及。

蕭秋水要走到「聽雨樓」，還須要一段路。

就在蕭秋水要經過「見天洞」時，蕭秋水忽然有一種很奇怪的感覺。

那感覺很奇異，也很微妙，就像是鄧玉函面對南宮松篁時一樣，但又說不出來是什麼感覺。

這時蕭秋水正好走到迴廊彎角處！

驟然劍光一閃！

黑夜沈沈，劍如旭日！

劍如日芒，其快如電！

這一劍來得如許突然，如許快速，按理說，蕭秋水是絕對避不開去的。

可是蕭秋水因爲那奇異的感覺，所以提防了一下，這一劍迎面刺到，要把蕭秋水的眉心刺穿！

劍已撲面，蕭秋水不及拔劍，不及閃躲，亦不及退後，卻及時一個大仰身，間不容髮地袪過一刺！

這人的出手不在蕭秋水之下，出劍在先，蕭秋水雖不及拔劍，但仰身還是來得及的！

但下一招就來不及了！

這人一劍順勢刺了下來！

蕭秋水既無法招架，又因勢盡不能閃躲，人急生智，居然一張口，用牙齒咬住了劍鋒！

這人一怔，萬未料到蕭秋水接得下這一劍，心裡一慌，猛抽劍身退！

其實這一下，十分微妙，蕭秋水張口咬住劍鋒，是挺而走險，最後一著，對方以爲這一劍蕭秋水確實避不過去，所以也沒用全力，蕭秋水才能一口咬住。

但只要對方順勢一扳，或用力一扎，以蕭秋水的功力，牙齒必銜不住劍鋒，乃必死無疑。

只是對方見蕭秋水居然如此瀟灑，竟用牙齒咬住劍鋒，一時覺得莫測高深，心裡一慌，竟抽劍護體，返身就逃！

這人出劍快，身法更快，一轉身，便消失在黑暗處了，蕭秋水才從大仰身中彈身而起，驚出了一身冷汗。

蕭秋水除了疑慮以外，心中更有了一個決定，那就是要在他有生之年，必須要創出一招奇劍，能夠在剛才的情形下照樣出劍，而取勝敵人的劍招。

這人在轉角處出襲，其時天暗，又無火光，一招不中，再發一招，隨後便走，全不留痕跡，蕭秋水在驚魂之中，也沒看清對方是誰，甚至連男女也分不清。

蕭秋水很快的發現，伏在此處的一道暗樁，兩名犬組劍手，已被人刺殺於迴廊之底。

這人到底是誰呢？

蕭秋水要去「聽雨樓」，「黃河小軒」是必經之地，蕭秋水一個人走著，但他知道自己不是一個人。

浣花劍派虎組的高手都分批潛伏在附近每一角落中。

浣花劍派之所以能名列當今武林三大劍派之一，絕對不是僥倖得來的。

蕭秋水想到這裡，突然聽到一聲慘叫！

聲音自「黃河小軒」那邊傳來！

蕭秋水立時展身法，就在這時，他已聽到叱喝聲與交手的聲音。

叱喝到了第三聲，蕭秋水已到了現場。

剛到現場，蕭秋水就完全震住！

八　有朝一日山水變

「黃河小軒」前面有座小亭，浣花溪中游，打亭下流過。

有一個人，盤膝坐在亭上，面對溪水，像是運氣打坐。

——可是這人再也不能運氣打坐了。

因為他的背後第七根脊椎骨處，已被人一劍刺了進去，劍還未完全拔出來之前，這人已經死了。

這人不是誰，正是唐大！

四川蜀中，唐門唐大！

唐大被暗殺了！

對方背後一劍，刺中要穴而死。

唐大居然死在錦江成都，浣花蕭家，劍廬內院，黃河小軒前的小亭中。

蕭秋水只覺得一股熱血上湧，唐大的話語言猶在耳：

「蕭大俠，你趕我也不走了，我與你的兒子已是朋友了。為朋友兩肋插刀，在所不辭，這是古已有道的。」

然而唐大卻死了。

蕭秋水心如刀割，大吼一聲，衝上去猛地奪過一名虎組劍手的劍，就加入戰團！

庭院裡，鄧玉函臉白如紙，劍出如風。

南海劍法一向是辛辣的，南海門下子弟大都是體弱的。

鄧玉函出劍已聞喘息，卻並非因爲體力不支，而是因爲憤恨！

鄧玉函的對手是一位披著黑紗的黑衣人。

無論鄧玉函的劍法如何辛辣，如何歹毒，總是傷他不著，黑衣人騰挪、飛躍、急移，輕飄，在鄧玉函的劍下猶如蝶飛翩翩。

所以駐紮在「黃河小軒」的八名劍手，有一名已奔去急報蕭西樓，另外七名出劍圍剿來人。

蕭秋水一來，便奪了一柄劍，劍氣立時大盛！

蕭秋水一出劍，一劍直挑，其勢不可當！

那黑衣人猝不及防，嚇了一跳，猛地一側，那姿態十分曼妙，就像是舞蹈一般，然而臉上輕紗，還是給蕭秋水一劍挑了下來！

這臉紗一挑下來，蕭秋水、鄧玉函卻是呆住了。

臉紗挑開，髮束也挑斷了，那黑瀑似的柔髮，嘩地佈落下來，在星光下，黑的白的，這女孩的目色分明；在月光下，明的清的，這女孩的容華清明如水。

這女孩是憤怒的，但是因爲嗔怒而使她稚氣的臉帶了一股狠辣的殺意。就在這驚鴻一瞥中，蕭秋水只覺左臂一陣熱辣，已著了一鏢！

蕭秋水心裡勃然大怒，腦中轟地醒了一醒，心中暗呼——蕭秋水啊蕭秋水，你見到一個容色嬌秀的女子便如此失神，如何臨泰山崩而不變色，怎樣擔當武林大事！

這時鄧玉函已和那女子鬥了起來，在黑夜裡，那女子身法轉得極快，武功絕不在蕭夫人之下，但已看不清那絕世清亮的容色。

忽然之間，鄧玉函長劍「嗆」然落地，三枚飛蝗石震飛了他的長劍！

南海劍派以快劍成名，但這女子居然用暗器擊中疾刺時的劍身，這種暗器眼光、手法、速度，絕不在唐大之下。

蕭秋水卻立時衝了過去，絲毫沒有畏懼！

蕭秋水衝過去的時候，以這女子的身手，至少有三次機會可以使暗器搏殺他的。

但在蕭秋水衝近來的時候，冷月下，猛照了一個臉，這女子認得他，他就是那個挑起她面紗的男子。

她在一個古老的家庭世族長大，然而很早已跟兄弟姊妹們出來江湖走動，在她幼小的心靈中，聽過很多傳說，更聽過美麗女子出嫁的時候，紅燭照華容，深院鎖清秋，那溫柔的丈夫，正用小巧的金鉤子，掀起了美麗妻子臉上垂掛的鳳冠流蘇。……故事後來是怎麼，她就不知道了，然而這故事依然動人心弦。而今這陌生、激烈、英悍的男子，卻在月色下，用一柄長劍，挑開了她的面紗。

這女子心弦一震，竟遲了出手，這一遲疑不過是剎那間，然而這剎那間卻使她放棄了三個絕好的出手機會，蕭秋水已衝了過去。

暗器只能打遠，不能打近，蕭秋水一旦衝近，這女子的暗器便已無效。

蕭秋水一拳擊出！

這女子雙腕一掣！

這女子的武功，卻遠不如她的暗器，手法雖然巧妙，但因事出倉促，不及蕭秋水力大，反肘之間，這女子雙臂一麻，蕭秋水用另一隻空著的手，一掌推出！

這隻手原給這女子射中了一鏢，蕭秋水正想用這一隻手討回一個公道。

蕭秋水這一掌推出去，這女子便躲不了。

蕭秋水這掌是仇恨的，唐大不單止是他的長輩，也是他的朋友。

沒有人可以殺蕭秋水的朋友。

誰殺了蕭秋水的朋友，蕭秋水就要和他拚命。

當日「鐵腕神魔」溥天義的部下「無形」殺了唐柔，蕭秋水也和溥天義拚命，合左丘超然、鄧玉函之力，把溥天義殺於九龍奔江之下！

蕭秋水全力一掌撞出，眼看擊中的當兒，腦中卻是一醒；他聞到一種淡淡的，如桂花般，在月色下，似有似無的幽香。

就在此時，蕭秋水又與那女子打了一個照面。

這女子黑白分明如黑山白水的眼。

這女子白皙的鼻樑挺起美麗的弧型。

這女子拗執堅強而下抿的唇，沒有血色。

蕭秋水一震，不是因爲這女子的美麗，而是因爲這女子，跟他熟悉，跟他咫尺親近，但又從未謀面，天涯般遠。

這女子確是一名女子，這雖然無關宏旨，但在蕭秋水的深心裡，卻如蕭聲一般，在深夜裡的樓頂傳來，悲慟無限。

蕭秋水頹然一歎，猛地收掌。

也許因爲她是女子，蕭秋水的掌不願意擊在她的胸脯上。

就算他要這女子死，他也不要敗壞這女子的名節；雖然他並不知道，這女子因爲他而喪失了三次殺他的機會。

蕭秋水絕不是彬彬君子，而且更不是不近女色的聖賢高士，他跟左丘超然、康劫生、鐵星月、邱南顧、鄧玉函幾位兄弟，也常在閒談中談起女孩子。

談起女孩子的愛俏，談起女孩子的愛撒嬌，談起女孩子的八卦多嘴，更談起女孩子的無聊無理。

然後他們又拍胸膛、喝乾酒，豪笑自己是男子漢！

雖然他們從來沒有過一個屬於他們自己的女孩。

蕭秋水沒有一掌擊下去，不僅是因爲憐香惜玉，更重要的是，這女子是一位女子，而蕭秋水是一位堂堂正正的男子漢！

蕭秋水沒有下殺手，這女子卻猛下了殺手！

這女子臉色刹白，全無血色，連她自己都沒料到，竟會讓蕭秋水衝了近來，而她竟心甘情願地錯過了三次，三次下殺手的機會。

尤其因爲這女子瞭解到這點，更意識到這點，她心中更爲懊怒自己，眼見蕭秋水一掌拍來，立即便下了殺手！

她沒有直接下殺手，而是雙手一分，左右四枚五稜鏢，往左右飛出，半途一轉，竟直往蕭秋水背後打到！

這種鏢快而有力，偏又不帶半絲風聲，蕭秋水根本不知道，知道也不一定能避得開去。

就在此時，蕭秋水撤掌往後退，這一後退，等於往四枚五稜鏢撞去！

這一下，連這女子也驚呼出聲！

她也沒料到蕭秋水會撤掌，這刹那間，這女子不油然升起了感動之情，可是她也無法挽回她已射出去的暗器！

另一驚呼的人是鄧玉函，他只來得及抓住兩枚五稜鏢，左右掌心都是血，但兩枚，眼看便打入蕭秋水的背後！

鄧玉函全力出手捉鏢，尙且一掌是血，這鏢打入背門，蕭秋水還會有救嗎？

就在此時，鏢光忽滅。

鏢已不見，鏢隱滅在一人的手裡。

一個鐵一般的人的兩隻鐵一般的手裡。

這兩枚可令鄧玉函雙掌被震出血的五稜鏢，落在這人手裡，猶如石沉大海一般。

這人正是朱俠武。

「鐵手鐵臉鐵衣鐵羅網」朱俠武！

「朱叔叔！」鄧玉函歡呼道。

蕭秋水只覺一陣赧然，回首只見場中又多了一個人——蕭西樓。

蕭秋水不敢想像父親的震怒——怪責自己因美色而誤事，差點送了條性命！

然而看來蕭西樓雖是哀傷的，但卻並不暴怒。

只聽蕭西樓問道：「唐大俠是怎麼死的!?」

鄧玉函臉色刹白，蕭西樓要他爲唐大護法，唐大卻死了。「是她殺的！」

那女子一震，目光驚怒，轉而訝異，成了迷惑。

蕭西樓看了那女子一眼，又問：「事情的經過是怎樣的？」

鄧玉函道：「我護送唐大俠到『黃河小軒』的門前，唐大俠便已轉醒，他雖然中毒很深，但神智仍十分清醒，便跟我說：『在蕭家劍廬中很安全，在這兒驅毒便可。』又叫我不必耽心。」

「唐大俠自己服了幾顆藥丸後，便靜下來閉目調息，我便在一旁護法，心裡是想：浣花劍廬，鐵壁銅牆，誰能闖得進來？……沒料就在這時，一名黑衣人飛過，迎面就是給我一劍！」

蕭秋水聽到這兒，心裡也一震，他穿過「迴廊」時，不也是被迎面刺了一劍嗎!?

按照時間推計，那人是刺了蕭秋水一劍之後，再來行刺鄧玉函的。

只聽鄧玉函續道：「這人劍法雖高，但卻似因逃避倉惶，劍快但架構稍呈凌亂，來得突然，但佈局未周，所以這一劍，我還接得下。」

「我們交手三招，他搶主動在先，故得上風，但他三劍不下，立即逃遁，我急忙追出，沒幾步便猛想起唐大俠正在療毒，旁人驚擾不得，是以立即趕回，卻不料見這黑衣人正立於唐大俠身邊，而唐大俠已中暗算身亡，我看……便是這女子害死唐大俠的！」

那女子英烈的眼神有七分冷淡，看了鄧玉函一眼。

蕭西樓道：「這位姑娘與你交手，有沒有用過劍？」

鄧玉函一怔道：「沒有。」

蕭西樓道：「這姑娘身上沒有劍，誰都可以看出來，唐大俠卻是死於劍傷。」

鄧玉函還是悻然道：「就算不是元兇，也可能是同謀。」

忽然一個比鐵還冷的聲音，一字一句地道：「絕對不可能是同謀。」說話的人竟是「鐵衣鐵手鐵面鐵羅網」朱俠武，只聽他斬釘截鐵地道：

「因為她就是唐方，唐大的嫡親妹妹，唐門年輕一代最美麗的高手。」

唐方，唐方。

唐方就是蜀中唐門行蹤最飄忽、最美麗的一位青年弟子。

原來唐方是女的。

她就是唐方。

朱俠武緩緩高舉起手，手指一鬆，「叮噹」兩聲，五稜鏢兩枚掉了下來，在月芒映照下閃著銀光，一隻在鏢身刻著小小的一個「唐」字，一隻在鏢身刻著一個小小的「方」字。

朱俠武道：「這種身前發鏢、身後命中的『子母迴魂鏢』，除唐家子弟之外，是沒有人能發出來的。」

蕭秋水忽然覺得很驚險、很解脫、很欣喜。

打從他要與這女子對敵開始，他就很負擔，甚至出手很瘋狂。

而今知道她就是唐方，唐大當然不是她殺的，蕭秋水放下心頭大石，很是解脫；一方面又慶幸自己沒下殺手，所以又覺得很驚險。

至於欣悅，他自己也分析不出所以然來。

他身心歡喜，自己也不知道爲什麼。

這女子黑白分明的眼，卻流下了悲傷的珠淚，月色下，她倔強地抿起了唇，卻是不要讓人看見，向朱俠武拜道：「朱叔叔。」又向蕭西樓拜道：「蕭伯伯。」

蕭西樓扶起，歎道：「唐侄女，我們錯怪了妳，妳不要生氣。」

唐方沒有說話，搖了搖頭，也沒有再流淚。

——大哥，你死了，而今我真如你期許我的，我獨立了，我堅強了，我不依賴人了，可是你卻看不見了！

蕭西樓黯然地道：「我們都知道，唐門中唐大俠最寵愛他的妹妹，他的妹妹也最瞭解唐大俠，唉……」

——大哥，江湖上的人還是這樣傳，還是這樣傳啊，大哥，然而妹妹卻來遲了一步，來遲了一步。……

鄧玉函忍不住問道：「唐……唐姑娘，妳是怎麼……怎麼趕來這裡的呢？」

蜀中唐門年輕一群中，唐方的輕功最好，成都蕭家雖防衛森嚴，但仍難不倒這輕巧如燕的唐方。

唐方搖搖頭，淚花也在眼眶裡一陣幌搖：「我知悉大哥在這裡，特地趕來，看見權力幫的人包圍著劍廬，所以潛了進來，乾脆悄悄地溜進內院，想嚇大哥一跳——我來時，大哥的血還在流著，那時，這位兄台還在與那黑衣人作戰，我方才定過神來，他也不打話，見我就殺。然後……然後又來了這位……這位，」

唐方說話的聲響輕細，但又十分清晰，然而這話卻像擊鼓一般，聲聲擊響在蕭秋水與鄧玉函的心裡，蕭秋水與鄧玉函唯有苦笑。

鄧玉函靦腆地道：「是我不好。……我先動手的。」

蕭秋水道：「我也……也冒犯了姑娘。」

朱俠武忽然道：「秋水掀開面紗，玉函便不以二對一，很好；秋水一招得利，而不進擊，更好。你們都很好，以後武林，少不了你們的大號。」

朱俠武的話很少，可是這一番話，使鄧玉函與蕭秋水心裡十分感激。

蕭西樓喟然道：「可惜唐大俠……」

唐方沒有說話，筆直走過去，走過迴廊，走到石階，走過拱橋，走上亭子，走到唐大身邊，靜靜地蹲了下來，一句話也沒有說。

月光下，只見她如水柔和瀑散開而落的柔髮。

——我一定要報仇。

——唐大，唐柔。

大家都靜了下來，就在這時，猛聽「觀魚閣」遠遠傳來一陣怒吼！

蕭西樓疾道：「不好！」

蕭秋水、鄧玉函身形立時展動！

蕭秋水、鄧玉函身形方才閃動，朱俠武高大、碩巨、沉厚的身子，卻「呼」地一聲，越過了他們的頭頂，遮掉了大片月色。

朱俠武一提真氣，遙遙領先，眼見前面就是「觀魚閣」，猛見一人，曼妙輕細，曲線玲瓏而勻美，已推閣而入，正是唐方。

唐方輕功最高，她居然是抱著唐大的屍首展開輕功的，她推門入閣，只見一少年，「鏘」地拔劍而起，一見她手上之人，「啊」了一聲，揮劍欲刺！

這時朱俠武已到了，猛喝一聲：「劫生，住手！」

康劫生住了手，但一張白臉已因憤怒而脹紅。

忽聽蕭西樓叱道：「劫生，發生什麼事？」

朱俠武心裡一凜，在康劫生怒吼時，蕭西樓身子未動，自己已開始疾奔，而今方至，蕭西樓已在自己身側了，可見其人不僅劍法好，輕功也極高。

康劫生顫聲道：「爹他……」

蕭西樓一個箭步飆過去，只見康出漁滿臉紫黑，不禁失聲道：「怎麼康兄……」一時竟接不下去。

這時蕭秋水、鄧玉函也已掠到，也是驚住了。

蕭西樓定了定神，再道：「以令尊的武功，那毒已經被迫住了，怎會!?……」

康出漁大聲嘶道：「那藥……那藥！」

蕭西樓疾道：「什麼藥!?」

蕭秋水目光一轉，瞥見桌上的酒壺：「張老前輩的藥!?」

康劫生怒叫道：「就是他！……這藥酒喫了之後，爹就慘呼連連，變成這樣子了！就是他！就是他的藥！」

蕭秋水一看，只見康出漁一臉紫黑，已是出氣多、入氣少了，蕭西樓也一時爲之六神無主。

康劫生一怔，憤怒中一時不知如何回答，蕭秋水代爲答道：「張老前輩說康師伯的毒中得很怪異，他也查不出來；這藥要送酒，燙熱了才能服的。」

朱俠武道：「藥浸酒中時，你有沒有出去過？」

康劫生呆了一呆，才道：「有。我去小解了一次。」

朱俠武道：「回來後才給令尊服食？」

康劫生惶然道：「是。」

朱俠武不說話。

蕭西樓忍不住道：「朱兄是認爲康世侄出去時，別人在酒裡下毒？」

朱俠武沈吟了一陣，沒有直接回答，反而問道：「張前輩怎會在府上？是否可靠？」

蕭西樓歎了一聲，考慮再三，終於道：「實不相瞞，老夫人就在府中。」

朱俠武居然一驚道：「老夫人？」

蕭西樓頷首道：「是老夫人。」

朱俠武臉上竟有一種從未有過的敬慕之色，喃喃地道：「原來是老夫人。」

蕭西樓接道：「張前輩實是老夫人的護衛。」

朱俠武即道：「那張前輩應絕無問題。」

蕭秋水眉心也打了一個結，唐方、鄧玉函更是大惑不解。

——老夫人，老夫人，老夫人究竟是誰呢？

蕭西樓蹙眉道：「然則下毒的人是誰呢？」

便在此時，清冷的月夜中，又傳來了一聲慘叫！

叫聲自「振眉閣」那端傳來。

蕭西樓的臉色立時變了，他的人也立時不見了。

唐方幾乎是在同時間消失的。

朱俠武臨走時向康劫生拋下了一句話：

「你留在這裡守護！」

蕭秋水、鄧玉函趕至現場時，也爲之震住，驚愕無已。

「振眉閣」，有一人立在那兒，竟是一個死人。

他的劍方才自袖中抽出一半，敵人便一劍洞穿了他的咽喉，是以他雖死了，精氣卻在，居然不倒。

這死者竟然是聲名猶在七大劍手之上，出道猶在七大名劍之先的「陰陽神劍」，張臨意！

張臨意的眼睛是張大的，眼神充滿了驚疑與不信。

唐方禁不住輕呼道：「他就是張老前輩？」

張臨意的臉容、神情，實是太可怖、太唬人了。

蕭西樓苦思道：「難道，難道有人的劍，比張前輩的劍還快！」

朱俠武忽然道：「不是。」

蕭西樓側身道：「不是？」

朱俠武斬釘截鐵地道：「不是因爲敵手劍快，而是張前輩意料不到對方會出劍。」

蕭西樓轉身望向站立而歿的張臨意，只見死人眼中充滿憤怒與不信，情不自禁地點了點頭。

朱俠武道：「不過，對方的劍確也不慢，否則就算猝然發動，也殺不了張前輩。」

蕭西樓頷首道：「只要張前輩的劍一拔出來，這人便討不了便宜了。」

朱俠武斷然道：「所以，殺人者一定是張前輩意想不到的人。」

蕭西樓遊顧全場，道：「而且，而且也是與我們非常，」語音一頓，接道：「非常熟悉的人。」

朱俠武肯定地點頭，道：「這人殺了唐大俠，又向康先生下毒，更猝擊玉函、秋水，又刺殺張前輩——這個人！」

朱俠武雙眼一瞪，毫無表情的臉容忽然凌厲了起來。

蕭秋水等人都感覺一股迫人的、窒人的、壓人的殺氣，在夜風中漫延開來。

蕭秋水忽然一驚，叫道：「振眉閣裡？」

——守護振眉閣的張臨意既然被殺，振眉閣裡豈有卵存？

——然而老夫人、蕭夫人還在不在閣內？

蕭西樓臉色一變，立時竄出，正想撞門而入，忽然咿啞一聲，門打了開來，蕭夫人與老夫人，雙雙出現在門前。

老夫人、蕭夫人背後是燭光，那燭光就像是金花一般，綻放在她們背後，蕭西樓退了一步，慌忙長揖，沒料那鐵面鐵心的朱俠武，居然拜倒。

老夫人柔聲道：「這位大叔，何必如此禮重？」

朱俠武恭聲道：「末將俠武，曾在飛將軍麾下偵騎參任縱隊副使將。」

老夫人恍然道：「是朱鐵心吧？」

朱俠武居然喜道：「正是鐵心，小人不知老夫人還記得小人。」

老夫人笑道：「現下又不是在行軍之中，鵬舉也不在，鐵心何必如此多禮，不必什麼大人小人的！」

朱俠武依然恭敬地道：「小人不敢，小人敢問岳大將軍安好！」

蕭秋水腦裡「轟」地一聲，耳裡只聞：「鵬舉」、「岳大將軍」，莫非是威名震天下、忠孝的岳飛!?

還我河山！

建炎二年，七月夏炎。

岳飛的上司是宗澤。宗澤是一位忠臣，與岳飛志同道合。他官拜東京留守，無時無刻不圖恢復中原。他結義天下，聚兵儲糧，結中路義兵，連燕趙豪俠，渡河復國，指日可期，並向高宗連上二十餘奏本章，請帝還京。但鬱憤忠臣，椎心泣血，卻被小人黃潛善、汪伯彥貶抑，並於宗澤身旁，令郭仲荀以副守為名，以作監視。宗澤憂憤成疾，疽發於背，臨危時，諸將入問疾，宗澤矍然道：「吾以二帝蒙塵，憤憤至此，汝等能殲敵，吾死無恨。諸將皆為此而泣？」諸將辭出，宗澤歎道：「出師未捷身先死，長使英雄淚滿襟。」其他無一語及私事，口中連呼「過河！過河！過河！」者，三次而卒。宗澤歿後，岳飛是唯一能力挽狂瀾於既倒，在朝野靡蕩之時奮起反攻的勇將！

還我——河山！

建炎三年，大寒正冬。金兀朮已擊渡烏江，再佔馬家渡，引軍渡長江，岳飛由杜充發兵二萬，從都統制陳淬，迎戰金兵，戰鬥正酣，守將王燮竟率其部下數萬人先遁，其他各將也爲求保存實力，作鳥獸散。唯岳飛一宗，獨力死戰，孤掌難鳴，只得引兵屯於南京鍾山。次日會戰，斬首數千，愈戰愈勇，唯此時軍孤力單，各路兵將又不肯來援，部將戚萬叛變，部下亦有人軍心搖動，岳飛憤然洒淚厲聲對士眾道：「我等蒙國家厚恩，當以忠義報國，立功名，書名竹帛，死而不朽；今若降敵，潰而爲盜，偷生苟活，身死名滅，豈大丈夫乎？建康乃江左形勢之地，若使胡虜竊國，何以立國？今日之事，有死無二，有出此門者斬！」岳飛義正詞嚴，士卒泣下，不敢有異志。及夜，岳飛用火攻，掩殺金兵，大敗金人於廣德，浮降其眾，從此金兵聞岳飛之名，皆呼「岳爺爺」！

還　我　河　山！

北宋淪亡，徽、欽二帝被虜，北方土地，都變了顏色，北方人民，莫不受盡金人的蹂躪，金人奸淫燒殺，無所不爲。同時，有一些無恥漢奸如劉豫等，甘心背棄祖國，在敵人卵翼下當「兒皇帝」；又有一些達官貴人如秦檜等，暗中勾結敵人，排除異己，主張議和，以鞏固自己的權勢地位。憂國志士，眼見這種慘痛的情景，國破山河的悲憤，於是義勇塡膺，奮袂而起，力主抗戰到底，收復失地，洗雪國恥，所在多有，而造成許多可歌可泣的史實。岳飛就是其中最爲驚天動地，可敬可佩的一人。

還我河山！

還我河山!!

還我河山!!!

蕭秋水心頭有一股熱血，也禁不住跪倒下去。

老大人忽然正色道：「不可！鵬舉不過常人也，他跟你們，有著一樣的熱血，同樣的關愛家國，在這河山蒙難的時日，想挺身出來，爲國家做點事，留得體魄，替國家多殺幾個仇敵！你們這樣待我，豈不把他當作神人了？然則鵬舉只是一個堂堂正正的宋人，他的大志也正是諸位的大事，還得諸位匡扶完成，他所需求的是爲國爲民大丈夫，忠義勇仁的好兄弟，而不是亡國奴！」

這老大人正是岳母，岳太夫人。

岳飛出生不久，相州洪水，岳太夫人抱他坐入甕中漂流，得以不死；岳飛幼時，岳太夫人就用針器在岳飛背上刺了「精忠報國」四個大字。

精忠報國，在岳太夫人的教誨下，也合當出了岳飛這樣的人傑。

岳太夫人繼續道：「鵬舉戰於筠州，平亂賊黨，金兀朮要抓扣老身與媳婦，以亂鵬舉作戰之心。我與兒媳，一走成都，一赴廣濟。我這一把年紀，生死並不足惜，只怕擾亂了鵬舉的鬥志，說什麼也得逃離奸人魔掌的。」

蕭西樓歎道：「岳將軍爲國殺敵，反使太夫人奔波於途，我等雖非軍人將官，亦自當爲國保護老夫人，惜仍屢遇擾嚇，不周疏失處處驚心，實是惶愧！」

岳太夫人道：「蕭大俠客氣了，叨擾貴派，以致權力幫大舉進犯，塗炭生靈，這是老身的罪孽。」

蕭西樓正色道：「大將軍勇赴沙場，在下未及萬一；照顧太夫人，乃義不容辭之事，只要在下有一口氣在，定必死而後已。只是……只是這干來犯之徒，非同泛泛，據悉還有朱大天王，勾結金人外，也圖插手。」

岳太夫人歎道：「正是，這一路上，我也遭到了屢次埋伏，可恨身無長技，不然也想殺得幾個賣國賊子，以祭先烈。……這一路上，倒是張媽護我得緊。」

蕭西樓黯然道：「稟告太夫人……張……張媽他於適才為人所殺……」

岳太夫人「哦」了一聲，蕭西樓等往左右靠邊而站，岳太夫人這才看見了張臨意死而不倒的屍首。

岳太夫人拄杖晃搖了一下，蕭夫人慌忙扶住，道：「適才我在裡面，忽聽外面搏劍之聲，因守護太夫人，不敢離房，沒料……」

岳太夫人眼中有淚，但竭力不淌下來，好一會兒才道：

「張媽不是女人，我是知道的。他是岳忠的結義兄弟，特地喬裝以保護我，要我喚他作『張媽』。」

「我這條命不足惜，但我死了，鵬舉會覺得他連累了老身，此必影響他的鬥志甚巨。」

「記得金兀朮遣人來告，鵬舉已被殺死，我和媳婦兒一顆眼淚也沒掉，不是不怕，而是不信，山河未復，鵬舉不會死，也不能死！」

「可是金人若抓到我，我決不會讓他們把我活著送到陣前去，我寧死亦不可亂鵬舉之心，亦不能作人質勸降宋軍！」

岳太夫人一個字接一個字，說出了這幾句話，蕭秋水熱血塡膺，喝道：「岳太夫人，我們絕不讓您落於敵人之手！」

岳太夫人看了蕭秋水一眼，目中凜威卻帶慈藹，道：「好孩子！鵬舉此時應在筠州，否則你真該見他一見！男兒大丈夫，當在沙場殺敵立功，爲國盡忠，爲民除害，方才不負平生志！」

這一句話，如一個霹靂在蕭秋水心中，幻化成一個龍遊九天的雷霆！

見岳飛！

見岳飛已成了蕭秋水畢生的心願！

時正紹興二年。

一月，岳飛平范汝爲賊黨於江西建昌。其時岳飛三十歲，蕭秋水二十歲。

岳飛遷神武副軍都統制，屯洪州，兵隸李回節制，正月十四，詔命岳飛以本職權知潭州，兼權荆、湖東路安撫都總管。

同年二月，朝廷以韓京，吳錫及廣東西峒丁刀手將兵士軍弓弩手民兵與岳飛會師，助討賊黨曹成。

同年四月，岳飛大破曹成於賀州，武穆再進兵桂嶺，其地有北藏嶺、上梧關、蓬嶺、號稱之隘，形勢險要。

同年九月，平馬友支黨於筠州，再平劉忠餘黨於廣濟，又平亡將李宗亮於筠州。

其時岳飛正圖出兵戰匪首羅誠於虔州及固石洞。

對方殺了張臨意，卻並不闖入振眉閣，挾持岳太夫人，究竟是什麼原故？是因爲來不及？還是……？

蕭西樓也想不通，因怕岳太夫人難過，已請蕭夫人送太夫人回閣歇息。

「太夫人請安心，張老前輩的後事，我們自會妥爲辦理。」

岳太夫人與蕭夫人進去後，眾人面面相覷，一時也不知說什麼是好。

朱俠武忽道：「夜深了。」

蕭西樓道：「看來一切很平靜。」

朱俠武道：「以水淹火一役，權力幫已失主力。」

蕭西樓道：「看來如此。」

朱俠武道：「現在我們一定要做一件事。」

蕭西樓笑道：「睡覺？」

朱俠武也是斬釘截鐵地道：「睡覺！」

睡覺。

真正高手決戰的時刻裡，不但可以緊，而且也要可以放。

爭取充足的食糧，充足的睡眠，可能對決生死於頃俄間，有決定性的幫助。

所以睡覺也是正事。

雖然這群武林高手的精神與體魄，五天五夜不眠不休，也絕沒有問題，但不到必要的時候，他們也絕不浪費他們的一分體力。

朱俠武道：「你我之間，只有一人能睡。」

朱俠武、蕭西樓是目前蕭府裡的兩大高手，權力幫伺伏在前，隨時出襲，劍廬中又有不明身份的狙殺手，所以這兩人中，只有一人能睡著。

蕭西樓道：「你先睡，我後睡。」

朱俠武道：「好。三更後，我醒來，你再睡。」

蕭西樓道：「一言爲定。三更我叫你。」望向站立中而歿的張臨意，仰天長歎道：「張老前輩劍合陰陽，天地合一。康出漁劍如旭日，劍落日沈。南海劍派辛辣急奇，舉世無雙。孔揚秦劍快如電，出劍如雪。辛虎丘劍走偏鋒，以險稱絕……。只可惜這些人，不是遭受暗殺，就是中毒受害，或投敵賣國，怎不能一齊復我河山呢！」

晚風徐來，繁星滿天，蕭秋水忽然心神一震。

蕭秋水也不明白自己爲何忽然心神震盪。

他只知道有一個意念，有一個線索，忽然打動了他的心弦。

但他卻也想不起，抓不住，剛才的意念是什麼。

繁星如雨，夜深如水。

等他再想起時，卻已遲了。

蕭西樓要求唐方與蕭夫人睡在一起，睡在振眉閣裡，以保護岳太夫人。唐方的暗器，不但可以殺敵，更可以懾敵。

能殺退敵人好，但如果敵人根本不敢來，不驚擾岳太夫人，那當然是更好。

蕭秋水、鄧玉函、左丘超然三人也有睡覺，當然是輪流著睡。

他們是睡在「聽雨樓」上。聽雨樓是浣花劍廬的總樞，也是第一線。

蕭西樓一向認爲第一線就是最後一線；與敵人交鋒時，一寸山河一寸血，連半步也不能退讓。

蕭秋水是輪第一個睡，卻是睡不著。

夜風襲人。

——我要替你報仇，唐柔。

——我要爲你報仇，唐大俠。

明月如水。

蕭秋水輾轉難眠，雖是悲憤的，但卻有一股簫聲似的悅意，自古遠的樓頭裡傳來。他心中老是憶起一首畲族的山歌，那歌詞是這樣的：

郎住一鄉妹一鄉，
山高水深路頭長；
有朝一日山水變，
但願兩鄉變一鄉。

蕭秋水心想：唱的人真是一廂情願哦。作詞的人真是一廂情願啊。蕭秋水笑了笑，卻又把那歌再重複，在心裡悠悠唱了一遍：

有朝一日山水變，
但願兩鄉變一鄉。

蕭秋水想著心喜，唱著心悅，迷迷糊糊終於睡了。

夜涼如水。

一宿無話。

稿於一九七七年就讀台大中文系與方娥真、黃昏星、周聰升、廖雁平、殷乘風共同創辦「天狼星詩刊」合辦「神州詩社」時期

重修於一九九七年十一月廿一日
香港「壹週刊」余家強求訪，賢、偉
拍攝金屋。
廿四赴澳／廿六首拜城隍／廿七又因
梁傷本，即日過海關，遇珠海電視台
拍攝

乙 第二天

九 掃落葉的人

四月十六。
忌：入殮，上樑。
七赤。
宜：沐浴祭祀。
四絕日凶一樑少取。星入正八座。
沖煞五八西。

清晨。

晨曦初現，夜露初降。

蕭秋水起來時，就看見蕭西樓在晨霧中，仰首望天，背負雙手。

霧大露濃，天空上竟出現一個奇景：月亮和太陽，各在東西，卻在同一片天空上遙對，彼此都沒有炫人的光華，只有澹然的哀靜。

蕭西樓點了點頭，轉身而去，蕭秋水也跟著走去。

按照慣例：晨祭祖祠。

在未祭祖之前，蕭西樓卻做一件平常不做的事，他先到「振眉閣」，向岳太夫人請安，並邀請唐方一齊去。

祭祖：本來祭蕭家祖先，跟唐方全然無關，連蕭秋水也不明白所以然。

蕭夫人卻很明白。

她本來也要去祭祖的，但腿上、臂上都有傷，更何況要守護岳太夫人。

唐方一跨出門，也明白了所以然。

門口停放著兩具棺木，一是張臨意的，一是唐大的。

權力幫雖被擊散，卻仍在劍廬周遭包圍，當然無法把遺體運出去安葬，但也不能隨便把棺木停放在任何一處，所以只好暫停放在蕭家祠堂。

張臨意的遺體當由蕭西樓親自護送過去，唐大則要他的親屬來護靈，唐方自然是唯一適當的人選。

蕭西樓出到門口，拍了拍手，就出現四名壯丁，抬起棺木，往「見天洞」緩步而去。

晨霧中，蕭西樓回顧，看見蕭夫人在門口，因腿受傷不便，故倚著門立，臉色一片清白，蕭西樓心中一陣愛惜，揮了揮手，道：「小心。」

蕭夫人深深地望著他，濃霧中，雙眸卻是一片清明。那眼中含有無限意。

「你自己也要珍重。」

「你是浣花劍派的掌門，更要保重。」

「晨霧沁人，昨夜又一場劇戰，你要小心著涼。」

這些話都沒有說出來，可是蕭西樓心裡明白，蕭西樓要說的話，蕭夫人也心裡分曉。

二十餘年的患難與共，二十餘年的江湖險惡，蕭西樓與孫慧珊自己心裡，比什麼都了解，在那一段被逐出門牆的日子，茅舍苦練劍的日子，日落掩柴扉的日子，長街喋血戰的日子，是怎樣熬過來的。

不過也真的熬過來了。

蕭西樓步向前走，走入濃霧中，蕭秋水和唐方信步跟隨著。

蕭夫人目送她那從來沒有感覺過老的丈夫，像豹子一般敏捷，像儒者一般溫文的丈夫，走入霧中後，她才深深地眺了一眼，霧中沒有人，她再掩上了門，用手揩去了臉上的露珠。

唐方顯然也沒有睡好，或者根本沒有睡。

她眼睛是紅腫的，不單因爲哭過，也是因爲睡不好。

可是她眸子還是清明的，清亮得很倔強，她倔強的唇有一絲諷世的味道，但是臉上又是一片稚氣。

蕭秋水平日是最警醒的，然而卻睡得很甜，居然還夢見花和蝴蝶，又夢見一個人，在爬一座高入雲霧的山，攀爬一座險陡的天梯，爬到一半，天梯突然倒轉過來了。等於他往深崖下爬去……想到這裡，他心中就很惶愧。

蕭秋水到「振眉閣」時，他心中突突地狂跳，唐方雖然失神，但仍有一種令人鎮靜的美，像晨露一般清亮。

——哪裡像他自己，居然在大搏殺中，還作夢到鳥語花香！

前面四個莊丁抬著棺木，蕭西樓一行三人走在濃霧中，新鮮的空氣，清芬的花香，有鳥啁啾，卻看不見在哪處枝頭。

蕭西樓歎道：「真是個好天氣。」

唐方道：「今天天氣一定很好。」

蕭秋水道：「天氣好心情也好。」

他們三人說話，走在霧中，卻是三種截然不同的心情。

——蕭西樓手裡扣著劍柄。

——霧那末大，敵人正好出襲，這莊裡一定有敵人，不知是誰，不知在哪裡。

——兩個小輩不懂事，自己得要提防，還要保護他們。

——秋水雖不如易人做事練達，但甚有才份，浣花劍派，要靠他發揚光大。

——唐大為浣花劍派而歿，蕭家決不能再對不起唐門，一旦有敵來攻，他一定要先維護唐方。

唐方右手扣了七顆青蓮子，左手抓了一把蓬針。

唐門是暗器大家，當然知曉在濃霧中、黑夜裡，最難閃躲的便是暗器。

——你殺我大哥，我就殺你。

濃霧中正是別人暗算的好時機，但也是自己反擊的絕好良機。

只是，只是，只是在濃霧中，蕭老伯走在前面，而那蕭……他，他就走在自己身邊。

她可以連眼皮都不因此而眨一下，但是感覺到那個傢伙劍眉星目、一付劍試天下的樣子時，心裡忽然不自然來了。

她一定要……要不動聲色……可是為什麼要不動聲色？……什麼聲？……什麼色？……哼，那個一劍挑開我面紗的人！

今天是好天氣，雖然濃霧使什麼都看不清楚，可是蕭秋水有好心情，也就是因為什麼都看不分明，他要立志做大事。

因爲冥冥中讓他在這場戰役裡遇見，遇見一雙美麗的眼睛，就算流再多的血，流再多的汗，也是值得的。

他願意爲這雙星星般的眼，去衝殺，去奮戰，也許並不是爲了愛，只是無由的心中一句喜歡。

因爲喜歡，所以他心情特別好，好得要做大事，要與飛將軍在沙場上殺敵！

因爲喜歡，他甚至不揣測她的感覺，但只要見著她就好。

因爲他是蕭秋水，爲了岑參的一首「登雁塔」一詩：「塔勢如湧出，孤高聳天宮。登臨出世界，磴道盤虛宮。突兀壓神州，崢嶸如鬼工。四角礙白日，七層摩蒼穹。下視指高鳥，府聽聞驚風。」以及年僅廿七一舉及第、是登科進士中最年少一人：白樂天所題的詩：「慈恩塔下題名處，七十人中最少年」，而遠赴長安、看大小兩雁塔的蕭秋水！

晨有濃霧會有好天氣。

好天氣也是殺人的好時節。

就在這時，一線旭日昇起，射進了濃霧之中，耀開了千萬線七彩的波光。

太陽出來了。霧要散了。

蕭西樓舒了一口氣，低首走入了「見天洞」。

「見天洞」門前那又聾又啞的老頭，翻著怪眼，側首望了一望蕭西樓，然後推門讓蕭西樓走進去，自己又拿著柄掃把，逕自掃起地來了。

這老頭雖又遲鈍又蹣跚，但是「見天洞」內部卻打掃得一塵不染，燭火常明，壁內各處有凹了進去的地方，供奉著一尊栩栩如生的神像。神像前是七星燈火，供奉拜祭的三牲禮酒，壇前架著一把劍。

一柄蕭家歷代風雲人物闖江湖的佩劍。

從架著的劍鞘之斑剝、陳舊、古意，可以見出這些已物化的英雄人物昔日事跡。

棺運入洞中，抬進後房很大，足有百多副棺槨，這些棺槨都是蕭家子弟、浣花劍手，他們為浣花劍派而死，屍首也停放在蕭家祖祠的側房裡。

唐大、張臨意的屍首暫時安放在長廊上。

唐方垂淚，良久，抬頭，只見蕭西樓呆立於一座靈位牌前不語，蕭秋水也垂手在他身側。

這靈位牌上鐫刻：

「浣花蕭家第十八代宗主棲梧靈位」。

——這就是蕭西樓的父親，一劍創浣花的大宗師。

桌上香火氤氳繚繞，壁內神像，看不清楚，這時蕭西樓、蕭秋水正要跪拜下去，唐方忽然驚見，那壁內的神像，竟是一僕僮打扮的老人，正霎了一霎精光炯炯的眼睛！

唐方驚呼一聲，便在此時，那壁內的「神像」忽然自煙霧中躍出，出手一劍，竟似電光一般，照亮了室內，照驚了神檯前拜祭的人的臉孔！

劍刺蕭西樓！

蕭西樓數十年如一日，只要逗留在「劍廬」，他每天晨昏，都去「見天洞」，拜祭祖先。

父親蕭棲梧的形像，他早已看熟了，他年少的一段時光，還是與蕭棲梧一起度過的，雖然父子之間有趑趄，但他還是最崇拜他的父親。

在祭拜的時候，蕭西樓自然不敢抬頭，蕭秋水更是垂著頭，桌上三牲禮品，加上香煙圍繞，要看也看不清楚，唐方站在遠處，反而可以看分明。

神像忽然變成了凶惡的魔頭，這是誰也料不到的事！

這時劍光便已到了！

劍如蛇齒般歹毒，直噬蕭西樓咽喉！

蕭西樓發覺時，已然遲了。

他先是一驚，立即拔劍，卻又吃一驚！

那惡魔衝出煙霧，不是誰，竟是那在振眉閣負責打掃的愛抽旱煙的懶老頭——丘伯！

丘伯哪裡還是丘伯，他凶神惡煞，劍光如電，簡直是天外神魔！

這一驚再驚之下，出劍便遲，丘伯先發先至，蕭西樓劍方出鞘，丘伯的劍已至咽喉！

蕭秋水武功不及乃父，出劍更遲，劍只拔了一半，眼看父親就要死在劍尖下！

這時突聽「嗖、嗖、嗖」三道尖嘯，直射丘伯！

四川蜀中，唐門唐方的暗器！

暗器當然可以後發而先至！

丘伯對蕭家究竟有多少高手的底細，十分清楚，孔揚秦等攻樓失敗，丘伯正想以自己的身份來獨領大功。

他滿以爲狙殺蕭西樓後，以自己的武功，要殺掉這對年輕男女，自然是綽綽有餘，卻沒料到，那站在遠遠的年輕而漂亮的女孩子，竟是唐門罕見的年輕高手，唐方！

劍離蕭西樓咽喉不到半尺！

暗器離丘伯胸腹不及一尺！

蕭西樓已拔劍，未出劍！

蕭秋水正拔劍，未離鞘！

先殺蕭西樓，還來不來得及，撥開暗器？

用另一隻手接暗器，這暗器有沒有毒？

丘伯猛想起武林中傳言裡唐門暗器之毒，不禁打了一個冷戰，猛一反劍，迴挽三道劍花，「叮、叮、叮」撞開三道暗器，「奪、奪、奪」射入木樑上，只是三枚小小的蜻蜓，分紅、綠、藍三種顏色！

丘伯一撥暗器，立時大翻身，衝上神桌，只一點地，「呼」地一聲，宛若大鵬，掠了出去！

一擊不中，立時身退，真是高手所爲！

一擊不中，蕭西樓已拔劍在手，加上唐門的高手，以及勇悍的蕭秋水，丘伯自忖必敗，所以他立時身退！

他想先殺蕭西樓，但先殺蕭西樓便無辦法躲得過「蜻蜓鏢」，他不願意與蕭西樓同歸於盡，既然不能殺人，便搶得先機逃遁，以免反被人殺！

一擊不中，立時就走，蕭秋水的劍才拔出來，蕭西樓剛刺了一個空，唐方的第二度暗器尚未來得及掏出來，他已掠出了「見天洞」！

唐方雖來不及再發暗器，卻來得及說了一句：

「我的暗器從沒毒！」

——蕭秋水心中一震，他想起這句話唐柔臨死前也說過：

「我唐柔，唐柔的暗器從來都沒有毒……」

——真正驕傲的暗器高手……是不必用毒的。

唐門暗器冠絕天下，其中不乏用毒高手，當然也有敗類，可是真正的唐家子弟，他們的暗器是不必淬毒。

他們的暗器，不但是兵器，甚至是明器！

他們在暗器上雕小小小的一個「唐」字，這「唐」字代表了唐家的威信，暗器的宗師，甚至整個江湖的正義。

這哪裡再是一般人心中所認爲的「暗器」而已!?

但唐方這一句話，卻幾乎氣炸了正在施展輕功逃遁中的丘伯！

原來剛才的暗器沒有毒！

只要他敢用手去接，便可以先殺蕭西樓，穩定了局面，就不會落得而今倉惶逃竄的情形了！

丘伯當時爲之氣結，他但願他沒有聽見唐方說那暗器是沒有淬毒的，這一氣，一口真氣幾乎換不過來。

他縱橫江湖二十餘年，這次之敗，實在最失之釐毫。

蕭西樓逃過險死還生的一劍，一定神，第一句便迸了出來：

「辛虎丘！」

蕭秋水聽得一怔，蕭西樓已拔劍追出！

蕭秋水猛地喫了一大驚：辛虎丘，名列當世七大名劍之一，虎丘劍池，絕滅神劍辛虎丘！

辛虎丘居然便是在蕭家待了兩年餘，愛抽煙桿，平時連站也站不穩的丘伯！

蕭秋水呆了一呆，不過也僅止怔了一下而已，他也立即隨蕭西樓追了出去，這時唐方與蕭西樓，早已遠在前面了。

七里山塘，盡頭處，是虎丘。

虎丘乃春秋時代吳王闔閭陵墓所在。

蘇州又名闔閭城，創城者就是吳王，根據「越絕書」有云：

「闔閭之葬，穿土爲山，積壤爲丘。發王都之士十萬人，共治千里，使象運土鑿池，四周廣六十里，水深一丈，銅槨三重，傾水銀爲池六尺，黃金珍玉爲鳧雁。」

當時吳越以鑄兵器聞名天下，吳王下葬時，陪葬名劍有三千餘柄，後來刺秦皇的「魚腸劍」，也是陪葬物，爲暴雨雷霆所中，裂石碎磚，爲荊軻所獲。

只是吳王的陵墓設計得十分周密，連秦始皇南遊，發掘此墓，以求名劍，尚不得尋。以及開山掘土，今存石家池塘，就是秦始皇發掘的遺跡了。

故曰劍池。

闔閭葬後三日，山上出現一隻白虎，後人稱此地爲「虎丘」。

虎丘劍池，名震天下。

而當世其中兩大用劍高手，皆出自於虎丘劍池者，有辛虎丘、曲劍池二人。

辛虎丘不但劍快，身法也快！

他掠出「見天洞」，掠入九迴廊，就見到一個老人。

一個又聾又啞的老人。

這老人在掃著地。

辛虎丘認得他，他就是那個打掃「見天洞」的啞巴廣叔。

九年來，辛虎丘對蕭府上下無不瞭如指掌。

他連停也沒停，越過老人，一口氣掠過假山，穿過花園，到了長亭。

要逃，就要快！

他一定要在蕭西樓號令未發動之前，先逃出蕭家。

只要逃出蕭家，自有權力幫在接應。

就在這時，他忽然看見了一個人。

這個人低著頭，傴著背，在長亭中掃著地。

這老人連頭也沒抬，卻正是啞巴廣叔。

辛虎丘倒抽了一口涼氣，卻停也未停，翻過長亭，越過池塘，到了黃河小軒門前。

卻見黃河小軒門前，也有一人在低著頭，屈著腰，在掃著地，很小心很小心地在掃著地，好像掃地是一件很偉大很專注的工作一般，天下間誰也不能驚擾他去做這件事。

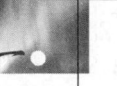

辛虎丘瞳孔收縮，他不再飛過這老人頭頂，而是一步一步地走過去。

因爲他知道，在他剛才飛身過去的刹那，這老人至少可以殺死他六次。

老人還是沒有動，還是在專心掃地。

辛虎丘走過去之後，才返身，倒著走，走出十七八步，猛地吸了一口氣，返身就跑！

這一陣急奔，是運足了全力，穿過觀魚閣，到了振眉閣，眼看就要到聽雨樓，忽見樓下有一人。

樓下有個老人在掃著地。

清晨，靜謐，落花滿徑，只有這老人掃地的沙沙響聲。

辛虎丘站定，一步步地走過去，每一步的距離、姿勢、氣態，都是一樣的。

他已落在敵人的包圍中，他絕對不能再疏忽大意。

既逃不過這障礙，就只有擊倒它！

走到距離老人十一尺的地方，老人的掃地聲忽然停了。

辛虎丘也就停了，緩緩抽出了他的旱煙。

他愛抽的旱煙。

老人依然垂著頭，僂著背，對著滿地的落花，喟息道：「昨夜的落花真多。」

辛虎丘這才變了臉色道：「我曾費了三天三夜來觀察你，你連夢話都沒有一句，然而我今天才知道你不是啞巴！」

老人笑道：「我也不是聾子。」

辛虎丘變色道：「我曾用銅鈸忽然在你耳邊乍然敲響過！」

老人笑道：「可惜你潛到我背後的腳步聲，卻先銅鑼而響起。」

辛虎丘張大瞳仁，一個字一個字地道：「你究竟是誰？」

老人緩緩抬頭，眼睛瞇成一條線，笑道：

「浣花蕭家蕭東廣，你聽過沒有？」

他一說完這句話，身子就暴長，眼神有力，背也不駝了，一下子猶如身長七尺，直似天神一般！

這時聽雨樓下，蕭西樓、唐方、蕭秋水均已趕到，連聽雨樓上的朱俠武、左丘超然、鄧玉函也聞聲而至。

他們只見樓下小亭中，兩個僕人打扮的老人在對話，但忽然又感到刺人的寒意，迫人的殺氣，然後那駝背老人忽如天雷一般，說出了那句話！

蕭東廣！

蕭秋水一震，興奮又惑然望向他父親。

只見他父親臉色神色很愴然，好似憶起什麼從前往事似的，輕輕地道：

「其實廣叔叔就是你親伯伯，二十年前就名揚天下的『掌上名劍』蕭東廣！」

蕭東廣原是浣花劍派創立者蕭棲梧的私生子，因爲名份不正之故，蕭東廣的輩份雖比蕭西樓長，但卻隱姓埋名，掌管蕭家庶務。

蕭東廣的劍，是有名的「古松殘闕」，半柄殘劍，把浣花劍法，發揮得淋漓盡致，聲名還在蕭西樓之上。

待蕭東廣權力漸盛時，蕭棲梧又病逝，蕭西樓因娶孫慧珊而被逐出門牆，便發生了內外浣花劍派之爭。

在這一場鬥爭之中，蕭東廣做下了許多無可彌補的錯事：他中傷蕭西樓，拒絕讓他回來，其實蕭棲梧臨終的遺意是要蕭西樓主掌浣花劍派的，蕭東廣爲求毀滅證據，甚至狙殺證人，迫害前輩，更做下了許多滔天罪行，最後蕭西樓與孫慧珊終於重回蕭家，合敗蕭東廣後，饒而不殺，蕭東廣才痛悟前非，不言不聞，抵死不恢復當日身份，只願作一奴僕，永遠糞掃祖祠之地，且要求蕭西樓夫婦絕不要指認他就是當日叱吒風雲的「掌上名劍」蕭東廣！

所以武林中人都以爲，浣花劍派內外之爭一役中，蕭東廣已然斃命，卻不料他仍在蕭家劍廬中，作一名天天打掃的老僕人，來減輕他自己罪孽！

蕭東廣並沒有像傳聞中一般地死去。

蕭東廣就站在他面前。

辛虎丘不再逃避，因爲他知道已被包圍；他要殺出去，第一個要跨過的便是蕭東廣的屍體。

他屈居蕭家兩年又七個月，居然不知劍廬有蕭東廣此等高手。

蕭東廣十九年前便以一柄「古松殘闕」斷劍，力敵「長天五劍」，歷三天三夜，不分勝敗，當時有人把他名列七大名劍之首，直至蕭西樓統一了內外浣花劍派，蕭東廣銷聲匿跡後，蕭東廣的名字方才在七大名劍中刪去。

只是二十年後的現在，蕭東廣的劍是不是還一樣鋒利？

辛虎丘緩緩拔出了劍。

他的劍是從煙桿裡抽出來的。

劍身扁長而細，短而赤黑，劍一抽出，全場立時感到一種凌厲的殺氣。

辛虎丘的劍遙指蕭東廣身前地上，凝注不動。

風搖花飛，蕭東廣身前落花，飛揚而去。

這又扁又純的黑劍，竟有如此的魔力。

蕭東廣看見這把劍，眼連眨都沒有眨過。

他知道以辛虎丘的劍光，確可以在眨眼間殺人。

一眨眼的時間，甚至可以連殺三名高人。

蕭東廣居然仍笑得出來，歎道：「扁諸神劍，果是利器！」

辛虎丘雙眉一展，怒叱道：「拔你的劍！」

蕭東廣沒有答他，仍然握著掃把，道：「二十年前，你辛虎丘與曲劍池齊名，同時進入當世七大名劍之列，本應心滿意足，但你年少氣傲，要找李沉舟決一死戰，李沉舟是權力幫幫主，是武林中公認的第一高手，」說到這裡，頓了一頓，只見辛丘虎汗涔涔下，出力的握著短劍。

蕭東廣又道：「李沉舟向不留活口，但那一役你並沒有死，對這件事，我一直都很懷疑；後來才知道你已隨著孔揚秦投入了權力幫。」

辛慮丘胸膛起伏著，但沒有說話。

蕭東廣又道：「兩年前，你來了浣花蕭家，我當時也未懷疑到你身上，直至三個月前的一個晚上……你可知道我怎麼發現你的身分？」

辛虎丘不禁搖搖頭，蕭東廣反而不答，向蕭西樓道：「權力幫三年前便命人潛入蕭家，居心叵測，深謀遠慮，早有雄霸天下之心，看來武林中門派中被臥底的也不在少數。」

蕭東廣這才又悠悠接道：「直至你忍不住，三個月前，終於借酗酒之癖，其實暗自潛出盧去，跟人比劍決鬥，恰巧又被我撞見，才知道的。我還知道你不單是臥底的，而且還是『九天十地，十九人魔』中的一魔！」

辛虎丘臉色陣青陣白，無詞以對；蕭東廣仍然笑道：「李沉舟命你臥底蕭家，久未發動，使你忍不住躍躍欲試，是不是？想『絕滅神劍』名震江湖，若不在江湖上繼續搏殺，又如何能保有『當世七大名劍』的地位？」

——辛虎丘既想獲得權力，故聽命於李沉舟；但又不甘於沈寂，故藉酒醉為名，暗自潛出蕭家，喋血江湖。

——卻也因此被蕭東廣瞧出了破綻。

——這幾年來，辛虎丘的確聲名不墜，而蕭東廣的確日漸消沈，此為代價，而今落得如此險境，豈不是亦以血汗換來的？

辛虎丘沒有說話。蕭東廣道：「你的扁諸劍名動江湖，你之所以練劍有成，一方面也基於二十四年前於虎丘巧獲扁諸劍息息相關，只是，」

辛虎丘雙眉一揚，禁不住道：「只是什麼？」

蕭東廣一個字一個字地道：「我的劍叫做『古松殘闕』，以劍比劍，咱們可以平分秋色，誰也討不著便宜。」

蕭東廣外號「掌上名劍」，用過武林中三十七柄寶劍，到最後才用這一柄斷劍，這斷劍就是「古松殘闕」。

蕭東廣是著名的鑑劍專家，他品評的劍，自然錯不了。

辛虎丘望著掌中無堅不摧的利器，心中竟尋不到昔日與人對敵時那無堅不摧的信心。

蕭東廣冷冷地道：「更重要的是，還有一點……」

辛虎丘望向蕭東廣，咬緊牙關而不發問，蕭東廣深深地望了辛虎丘一眼，然後道：「這三年間，你無時無刻不想著出去試劍；而我二十年來，無時無刻不在練劍。」蕭東廣笑了一笑，驕傲地道：「同樣是二十年，你急於比劍，我專於修劍。二十年前，我已名列當世七大名劍；二十年後，我的劍法已在張臨意之上。這戰我有十成的把握可以殺你，你，完全沒有機會！」

辛虎丘大汗如雨，握劍的手激顫著，厲嘶道：「拔你的劍，動手！」

十　扁諸神劍・古松殘闕

任何成名的人，都不免忙碌，都會疏於練劍，這連蕭西樓也不例外。

蕭西樓深有同感，他深知他的兄弟那一句話的意義，若現在蕭東廣要爭做浣花劍派掌門，名列七大名劍之中的蕭西樓，亦不是他之敵。

可見成名要付出多大的代價。蕭東廣放棄了名位卻專心誠意地練了二十年的劍。

他希望他的小兒子能明白到這點道理：任何天才都是歷盡磨練中出來的。他留意到蕭秋水正以光榮和奮悅的心情等待著這一場大戰的到來。

這時蕭東廣不再說話，緩緩地拔出了他的劍。

他的劍就在他的掃把柄中。

這是一柄無光色、陳舊、有裂紋、如古松一般的斷劍。

然而這一劍拔出來，就使辛虎丘手上扁諸劍映出了紅光。

劍也有感情？

難道連劍也懂識英雄、重英雄？

蕭東廣拔出了劍，卻小心翼翼，把掃把放在他腳前，不到一尺之遠。

他放掃帚時如他掃地時一般專注。

專心得就像在做一件偉大而且崇高得不讓人打斷的事業。

這人對自己掃地的工作尚如此專意，練劍豈不更專誠？

蕭秋水看著，忍不住眼裡發了光。

他心中忽然想起一件熟悉的事，他還未意識到是什麼事之前，已下意識地往側邊看去。

於是他就看見唐方，而唐方恰巧迅速地別過了臉。

唐方原來在看哪裡，難道她剛才正看過來嗎……？唐方的側面一片雪似的白，遠處是重樓，重樓飛雪，蕭秋水望著唐方黑色的勁衣，卻莫明地想起這四個字：重樓飛雪。

辛虎丘望著蕭東廣的眼，眼睛卻發了紅芒！

仇人見面，分外眼紅？

辛虎丘大喝一聲，居然沒有動！

這一聲大喝，給人的錯覺都以爲辛虎丘已經出手了！

就連蕭西樓也不禁把握著劍的手，緊了一緊。

——蕭東廣掌中已有劍，辛虎丘又已忍受不了蕭東廣摧毀他信心的話，辛虎丘爲啥還不出手？

辛虎丘是出手的，可是他在大喝一聲後，稍慢一步。

這稍慢一步，是在大家以爲他沒有出手後才出手的。出手一劍，直刺咽喉。

沒有多餘的變化，甚至沒有準備動作，就連劍風也沒有。

二十餘年的劍客生涯，早已使辛虎丘了解什麼才是最有效的攻擊。

蕭東廣先舉劍後，發現辛虎丘只叱而不出擊，便收劍勢，這時辛虎丘卻已攻到！

蕭東廣及時一架，「叮」，星花四濺，雖擋住了這一劍，但辛虎丘的「扁諸神劍」已壓住了他的「古松殘闕」。

一上來已搶得先機，辛虎丘心中大喜。

蕭東廣一失主動，但他居然做了一件可怕的事。

他立時棄劍！

他放棄「古松殘闕」。

名動武林，求之不得的「古松殘闕」！

他棄劍而獲主動，但無劍又如何是辛虎丘之敵？

辛虎丘不加細想，左手一撈，握住了斷劍，心中狂喜無已，就在這時，他的心卻已下沈！

蕭東廣一旦棄劍，卻一腳挑起掃帚，用掃地的一端，迎面叉來！

辛虎丘雙劍一交，擋住來勢，但他苦於雙手握劍，分不出手來扣住掃帚，雙劍雖利，但掃帚竹枝極多，又髒又臭，一時也削不了許多。

就在他眼線被遮的一瞬間，蕭東廣的掃帚柄，直往辛虎丘小腹插下去！

辛虎丘一聲慘叫，大家現在才注意到，掃帚掃地的竹枝雖又禿又髒，但掃把柄卻十分淨潤光滑，且在頂端非常尖利。

辛虎丘的慘呼停歇，瞪住蕭東廣，蕭東廣退後三步，拍了拍手，像做完了手邊一件偉大的工作似的，舒了一口氣，道：

「十一年前，我已知道練的不是手中劍，而是任一事一物，只要你心中有劍，皆成利器。」

——所以掃帚就是他的劍。

——他天天掃地，就等於手不離劍。

——因此辛虎丘爲了奪劍，故死劍下。

——一柄掃帚的「劍」下。

二十年前，名動江湖的「掌上名劍」的劍，而今用的竟是一柄竹掃帚！

蕭秋水沈默良久，在這一戰中，他學得了很多很多的東西。

當他從沈思中驚省時，發現幾個年輕人自然而然地湊近在一起，鄧玉函、左丘超然正跟唐方談著話。

蕭秋水當然也非常自然的趨過去，參與他們的談話。

這時蕭西樓、朱俠武，也趨近蕭東廣身邊，聊了起來。

蕭秋水走近去，鄧玉函正說到興奮時：

「辛虎丘那一劍，勝於氣勢，一個人氣勢練足了，劍勢也自然不凡；蕭伯伯那一劍卻勝於無處不成劍，無物不成劍，無事不成劍，於是也無可抵禦，無招不是劍！」

鄧玉函是南海劍派的高手，他品評起劍法，自有見地，左丘超然禁不住道：「那你的南海劍法比之如何？」

鄧玉函沈吟了一陣，長歎道：「不能比，不敢比。要是家兄來，卻還是可以一戰。家兄曾與我說：『要出劍就要快，快可以是一切，快到不及招架，不及應變，一出劍就要了對方的命。』家兄又曾對我教誨：『要出劍就要怪，怪得讓敵人意想不到，怪到讓敵人招架不住，一出劍就殺了對方，對方還不知道是什麼招式。』家兄又向我一再叮嚀：『要出劍就要狠，狠得讓對方心悸，心悸便可以使對方武功打了折扣，就算自己武功不如對方，只要你比他狠，還是有勝算。』就這樣，快和怪和狠，家兄說是劍道要訣。我對敵時也發覺它很有效。這劍法跡近無賴，不求格局，不像蕭伯伯的劍法，自創一格，意境很高。」

鄧玉函是鄧玉平的弟弟，而鄧玉平就是南海劍派的掌門人。

左丘超然見蕭秋水走了進來，忍不住問道：「你呢？老大，你也是使劍的，有什麼意見？」

蕭秋水即道：「我的意見與鄧玉平大致相近，但我不同意玉函說伯伯的劍法是自創一格；伯伯那一下用掃帚打面，其實是變化自『浣花劍派』的劍招。『浣花劍派』

花式很多，劍法繁複，劍氣縱橫，真正實用的劍招，不是美的劍招。把不好的全部淘汰，留下來往往也是實用的、方便的，同時也是美的。掃把的竹枝很多，那迎頭叉過去的一記，很像『浣花劍派』之『滿天星斗』，帚柄倒戟的一招，很像『浣花劍派』中的『倒插秧苗』，我覺得伯伯是活用了『浣花劍法』，用到每一事物、每一時機上去，甚至還加上了變化，但他並不是自創一派。這一點讓我悟到，我們『浣花劍法』大有可為之處，是我們尚未悟到的，而我們平時太不努力、太不注意、太把劍與人分開而不是合一了！」

蕭秋水正論到得意忘形時，唐方卻噗嗤一笑。

蕭秋水臉上一熱，期艾著道：「妳笑……？」

唐方臉色一整，故意不去看他，道：「我又不是笑你。」

蕭秋水正要說話，鄧玉函、左丘超然等都哈哈大笑起來，蕭秋水窘得一時不知如何是好。

唐方忍不住笑，替他解圍道：「我確是笑你……」又抑住笑，終於還是禁不住，笑容像一朵水仙在清亮的春水中乍放。

蕭秋水真要看呆住了，慌忙不敢看，囁嚅道：「敢情是……敢情是我講錯了話不成？……」

大家又大笑，唐方笑道：「我是笑你……笑你那談論起來一副不可一世的……的神情。」

眾人又是大笑，包括幾位莊丁在內，莫不捧腹。唐方卻忽然正色道：「霸氣也很好。」說著一笑，溫柔無限。

左丘超然圓場道：「好啊，好啊，你們談劍論道，我呢？對劍術一竅不通，要論劍，我們不如去找劫生，劫生的劍法也好極了。」

鄧玉函笑道：「超然老弟，你雖不會使劍，但哪一個碰上你這雙手，嘿嘿。」

左丘超然雖不諳劍術，但他卻是「擒拿第一手」項釋儒以及「鷹爪王」雷鋒的首徒，天下大小簡繁擒拿手，他無不會用，誰碰到左丘超然那雙手，真也如齊天大聖上了如來峰，任你怎麼翻，也翻不出他的五指山。

左丘超然笑道：「別多說了，去找劫生吧。」

劫生就是康劫生，康劫生就是康出漁的兒子，而康出漁就是名列武林七大名劍之一的「觀日劍客」。

康劫生與蕭秋水、鄧玉函、左丘超然亦是深交，而今他們如往常般的笑鬧交談，自然也忘不掉把康劫生也來湊一份。

他們現在談話中又多了一個唐方，但他們卻根本沒把她當作外人，談得熟絡無限，好像深交已久似的，笑在一起，玩在一起，互相嘲弄在一起。

於是他們邊走邊談，走去「觀魚閣」。

唐方問道：「劫生兄也是『錦江四兄弟』？」

蕭秋水即道：「不是，『四兄弟』是我、左丘、玉函和唐柔。」

唐方詫異道：「阿柔？那你就是老大？」

左丘超然笑道：「是呀，他就是老大，我們都慣叫他做老大的。」

唐方忽然含笑凝注著蕭秋水，笑得很輕很輕，像燕子啁啾一般，微風細雨斜一般地說：「原來老大就是你。」

鄧玉函道：「唐兄弟是否跟妳提起過……」一聲「唐兄弟」，引起昔日與唐柔相處的情景，心中一悲，竟然接不下去。

唐方婉然道：「阿大是我最要好最要好的大哥，阿柔是我最喜歡最喜歡的弟弟。他常常跟我提起『錦江四兄弟』，他說他是『老四』，其他幾個，最是了不起的人物……尤其是『老大』……但他從來沒講誰是『老大』，誰是『老二』，誰是『老三』……所以我從不知道……原來就是你們！」

左丘超然笑道：「怎麼，好似我們不像一般的？」

鄧玉函好奇道：「唐柔怎麼在妳面前說起我們？」

唐方甜甜地笑道：「你們誰是『老三』？誰是『老二』？」

左丘超然道：「我是『老二』，他是『老三』。」

唐方笑道：「阿柔說老三劍法很犀利，能一劍刺過『穿山甲王』毛修人的『掌心雷』；他的劍法也很妙，有一次拚狠了命，一招還劍，角度出奇，但刺人不著，又狠到了家，收勢不住，竟反刺著了自己的……臀部……」唐方畢竟是女兒家，本來是一劍刺著的是「屁股」，她順理成章地改成了「臀部」。

左丘超然聽得捧腹大笑，笑到氣喘不已，鄧玉函卻是悻然，嘿聲道：「唐柔……唐柔這小子！」

蕭秋水忍笑道：「老二呢？唐柔怎麼說左丘？」

唐方莞爾道：「老二嘛？他說老二是個無可無不可的人，但『四兄弟』的行動，一定參與，一定支持，有次他與三位老拳師拆招，一雙手擒拿住三雙手，確是嚇人，只惜……只惜……」

左丘超然聽得十分神氣，忍不住探頭問道：「只惜什麼？」

唐方抿嘴笑道：「只惜就是愛放……。那次老二對到一位『五湖拿四海』的『九指擒龍』江易海，久持不下，擒拿對拆，老二猛放一個……才把那江老爺子給臭跑了。」

這下到鄧玉函搶天呼地的大笑了起來，左丘超然哽在那邊，臉紅得似關公一般，喃喃道：「唐柔……唐柔怎麼連這……連這也說出來！」

鄧玉函笑夠了之後，好奇地問道：「老大怎麼啦？唐柔有沒有說？」

左丘超然也巴不得找個下台階，探頭問道：「唐柔怎麼說老大，啊？」

唐方向蕭秋水瞟了一眼，道：「他呀……」

蕭秋水見前面二人都落得沒好下場，慌忙搖手道：「喔，不不不，不必說了，我不想知道……」

鄧玉函忙怪叫道：「嗨嗨嗨，你不知道，我們可要聽的……」

左丘超然居然用手拜了拜，道：「唐姑娘，拜託拜託，快說快說！」

唐方輕輕笑道：「他說……」一雙妙目向蕭秋水轉了一轉，蕭秋水只覺無地自容，心裡早把唐柔罵了幾十遍，左丘超然又怪叫道：「說呀！說呀！」鄧玉函一掌打下去道：「別吵！別吵！」

唐方盈盈一笑道：「他說呀——老大不是人！」

蕭秋水窘得不知如何是好，鄧玉函「哈」地一聲笑出來，左丘超然向蕭秋水擠了擠眼睛。

唐方停了停，繼續道：「阿柔說，他生平只佩服兩個人，一個是大哥，一個是老大。他說大哥年正三十，但領袖群倫，敦厚持重。他的老大卻只二十，卻敢撚朱大天王的虎鬚，爲了一頭小狗被虐待，不惜與『獅公虎婆』大打出手。爲了憑弔屈夫子，不惜遠渡秭歸，讀了李白、杜甫的詩，不惜遠赴濟南，登太白樓，上慈恩塔，眺終南山，如癡如狂……。阿柔說，老大雖然狂放，但不失爲當世人傑也。」

唐方說著，眼睛沒有望蕭秋水，卻望向遠方，隱隱有些傷悲。

蕭秋水開始十分之窘，隨而熱血澎湃，最後心裡一陣酸楚，想起唐柔，唐柔啊唐柔，那蒼白而倔強的少年——唐柔。蕭秋水想了想，終於道：

「唐姑娘，唐柔他……他在巨石橫灘上……已遭……」

唐方的眼睛還是望向遠方，淡淡地道：「我知道。」大家都沈默了起來，信步走著，唐方又道：「是大哥飛鴿傳書給我的，我見了便立時趕來，沒料大哥也……」

唐方沒有再說下去，蕭秋水等都十分明瞭唐方連失最敬佩與最喜歡的兩個親人，內心之愴楚難受。

左丘超然趕快把話題岔開去道：「除了我們四個寶貝，我們還有幾個朋友，像劫生——」

唐方也不想使氣氛太過沈哀，勉顏接道：「哦，劫生？倒是很少聽阿柔提起。」

左丘超然侃道：「劫生嘛？這小子，他的觀日劍法可行得很。我們在成都遇著他父子，那時他們正與朱大天王的手下大打出手，以單劍戰四棍，我們到了，以五敵四，朱大天王的手下就腳底抹油——」左丘超然用手作平飛狀，「嗖」地一下翹起，笑道：「溜啦！」

朱大天王是長江三峽、十二連環塢水道的大盟主，朱大天王又叫朱老太爺，原名朱順水。他手下有「三英四棍、五劍六掌、雙神君」，「長江三英」就擒於「錦江四兄弟」的掌劍之下，後被溥天義趁機誅之，「四棍」者乃「長江四條柴」，這四人武功更高，也更是無惡不作，蕭秋水、鄧玉函、左丘超然、唐柔、康劫生在成都一役中，結結實實地使這「四條柴」喫了個大虧而逃，所以左丘超然說到這裡，也為之眉飛色舞。

唐方喫喫笑道：「你們的生活，好好玩！」

鄧玉函搶著道：「還有更好玩的哩。老大還有兩個朋友……」

蕭秋水含笑道：「一個叫鐵星月，一個叫邱南顧——」

左丘超然緊接道：「他們兩個呀，嘿，一個大笨牛，一個小搗蛋，真是我的媽——」

唐方有趣地瞧著他們，追問道：「怎樣我的媽？快說來聽聽！」

左丘超然忽然打了一個呵欠，伸了伸懶腰，無精打采地道：「昨晚睡不好，不說了！」

唐方啐道：「小氣鬼！賣什麼關子！」

他們一行四人，就一見如故的，邊走邊談，走到「長江劍室」附近，這時日已中天，這四人笑笑鬧鬧，真像天下太平，女的秋高，男的氣爽，大家都陶然於山河歲月中。……

然而仇殺真的已經在九天雲外嗎？

不，唐方忽然蹙起眉尖道：「昨日我趕入劍廬時，穿過權力幫的包圍，彷彿聽見，那一洞神魔已經到了，現在他們有一洞神魔、飛刀神魔、三絕劍魔，我們有蕭伯伯、蕭大俠、朱叔叔，正好可以一拚。」

蕭秋水憂慮地道：「他們增添了一大實力，反而不攻，只怕其中有詐——」

就在這時，背後傳來勁急的衣袂之聲！

唐方第一個查覺，立時回首。

來人不是誰，原來是蕭東廣。

只見「掌上名劍」蕭東廣含笑道：「你們到哪兒去？」

蕭秋水恭敬地答道：「往『觀魚閣』，探看康先生病情。」

蕭東廣道：「很好。我有事跟你談，也要去『觀魚閣』，你我先走一步。」

蕭秋水當然答道：「是。」但心中不禁油然地生了一種依依之情。其時麗日高照，葉綠其綠，花艷其艷，池塘流水，清澈見底，但蕭秋水心中卻惻惻引起了一絲不捨之情。

當然他還是跟蕭東廣前行甚遠，鄧玉函等因知伯侄二人有要事要談，所以也故意放慢了腳步，讓蕭東廣、蕭秋水走在前面。

蕭東廣第一句話就使蕭秋水愧無自容：「我看守『見天洞』近二十年，這二十年來，你極少入『見天洞』拜祭祖先，縱隨父入祭，但仍心不在焉，你承認不承認？」

蕭秋水雖然慚愧，但坦然認道：「是。」

蕭東廣卻一拍蕭秋水肩頭，大笑道：「我就喜歡你這種大丈夫做事敢作敢當的脾氣！是就是！否就否！對就說對！錯就認錯！有什麼了不起！」

蕭秋水猛抬頭，看見這當了二十年奴僕般生活的伯父，那飛揚的皺紋，依稀點出了二十年前席捲江湖的豪壯神情！

蕭東廣又道：「這二十年，你二哥開雁最誠心正意，每逢在堡，定必整冠正衽，恭敬拜祭；你大哥易人，每逢大典，堂皇出祭，已隱有目中無神之氣象。唯有你——」

蕭東廣目光如電，盯在蕭秋水面上，道：「你平時祭拜戲謔，但每逢禮典，或家裡有事，或祖先忌辰，你比任何人都誠心誠意，如四年前你娘病重，你就認真叩拜，一日三祭，亦不向外與人言，我才知你非玩世不恭之輩。又平時觀察你拜祭時，祭詞全不是按照固定的格式，而是囈語一番，既求劍試天下，又求父母長生不老，亦求得如花似玉的好妻子……」

蕭秋水愈發不敢抬頭，他萬未料到自己以為又聾又啞的「廣伯」，竟把自己祭神時的願望，一一聽在耳裡。

只聽蕭東廣哈哈豪笑道：「此何羞之有!?想我蕭東廣二十年前縱橫江湖，亦起自於好玩之心，雄圖天下，唯權欲熏心，反為所誤，成不得大事，而今知錯，為奴廿年，但平生仍厭惡佯作彬彬君子、實虛偽小人、貌似苟言苟行、實乃無恥無行之輩！」

又補充一句：「你有童心，又有壯志，既笑傲不失其真，那很好，我很喜歡！」旋又向天大笑道：「儘管你爸爸向你吹鬍子、瞪眼睛，我還是很喜歡你！」

蕭秋水又驚又喜，斷未料到這「伯伯」竟知他如此深切，而他平日好玩喜遊，結交知友，蕭西樓常搖首歎說蕭秋水既心無大志，不似蕭易人；循規蹈矩，不如蕭開雁。三兄弟中，蕭西樓最擔憂於秋水不學無術，亂交朋友，遊而忘返。蕭秋水卻不知有個「伯伯」，如此相知於他，而且投賞於他。當下一時拙於言辭，不知何是好。

蕭東廣呵呵豪笑道：「哪，拿去——」伸手掏出一劍，遞給蕭秋水，蕭秋水慌忙雙手接過，卻嚇了一大跳——

那是一柄劍。

劍無光澤，劍身長又窄。

扁諸神劍！

原是辛虎丘的扁諸劍！

蕭秋水此驚非同小可，道：「這，這，小侄，這，受不起——」

蕭東廣一瞪目，道：「咄！什麼受不起！拿去！神劍本無光，給有光采的人用之，才有真正的光華！劍由心生，魔頭使劍，便是魔劍，但願有日你能使此劍，此劍如神助！」

蕭秋水聽得心頭一震，握劍的手不禁緊了一緊，蕭東廣道：「你用此劍，便使不得浣花派的『漫天花雨』——」

「漫天花雨」是「浣花劍派」三大絕招之一，這一招使出時，是運內勁震碎劍身，化作漫天花雨，飛襲敵人，令人無法可擋。

——扁諸是寶劍，當非內力可以震斷的，更何況震碎。

只聽蕭東廣繼續道：「只是我們浣花蕭家，招式豈可用死!?我們蕭家祖先，闖蕩江湖，各懷寶劍，也不見得用不上『漫天花雨』，這招依然世代相傳，只是用法各異了。」

蕭秋水不禁問道：「請教伯伯，如何用法?」

蕭東廣依然前行，忽然一頓，仰天作沈思狀，一拍額角，道：「適才我與你父深談，長久在此守護，也不是辦法，必須派人通知桂林方面的人，一令桂林外浣花嚴密小心，切莫輕敵；二使人手調集，回救劍廬。岳老夫人在此，大家還是不要兵分兩路的好，保衛老夫人要緊啊。」

蕭秋水點頭道：「是。」

蕭東廣又道：「權力幫既已遣人潛入劍廬，桂林外支亦不可不防，正需要人通知，辛虎丘有一女弟子，前些時候寄宿於外浣花孟師弟處，恐怕有詐。」

——蕭東廣與蕭西樓之怨乃始自內、外浣花劍派之爭，蕭東廣雖一隱廿年，心裡難免耿耿，內外浣花雖已被蕭西樓一統成宗，但仍習慣稱桂林浣花爲外派。

——孟師弟即是孟相逢，「恨不相逢，別離良劍」孟相逢，是桂林浣花劍派支派的主持。

蕭秋水會意道：「伯伯、爹爹、朱叔叔自當於此主持大局，小侄無能，在此亦成不了氣候，定當衝出重圍，報訊桂林，以安變局。」

蕭東廣先是頷首，又是搖頭，長噓道：「你有此心意，殊爲難得。但不是你一個去，一個人去太危險，應當跟你的兄弟們一齊去。而且不是現在去——現在孔揚秦、沙千燈、左一洞在外面，你有三頭六臂，也衝不出去——要等我們在將臨的一場廝殺中，要是我們勝了，那你就和兄弟們衝出去，出成都，渡烏江，趕赴桂林，在權力幫未及調集第二批人手全力攻浣花蕭家前，你先去通報易人、開雁、雪魚他們，我料定他們還會派人截斷桂林與成都的聯絡，不然我們的鷹組，怎麼一個都沒有回來!?桂林那邊，怎麼也沒了訊息!?飛鴿傳書，連一隻鴿子都沒有回來!?李沉舟老謀深算，必截斷所有聯絡線網，但他意料不到，我還未死，朱俠武、唐大又恰巧在劍廬，是以來了沙千燈、左一洞、孔揚秦、華孤墳、辛虎丘五大魔頭，尚攻不下一個成都蕭家，哈哈哈哈……」

蕭秋水一揚眉，道：「伯伯，聽說還來了一個叫『無名神魔』的——」

蕭秋水語意忽歇——因爲正在此時，離他們不到三十丈遠的「觀魚閣」猛地響起了一聲驚天動地的慘呼——

康出漁的慘呼！

十一 鐵臉鐵手鐵衣鐵羅網

蕭東廣一躍七丈，再掠五丈，足一點地，又翻出六丈，吸氣再奔，轉眼已到達「觀魚閣」！

一到「觀魚閣」，一腳踢開了門，只見康劫生哭泣不已，康出漁臉孔赤黑，仰天而倒，已然氣絕。

——蕭東廣疾道：「怎麼死的？」

康劫生嗚咽道：「有一個人來，一劍刺殺爹……」

這時蕭秋水已衝入「觀魚閣」，見此情狀，也是呆住。

蕭東廣叱道：「刺在哪裡？」

康劫生道：「背後。」

蕭東廣怒道：「人在哪裡？」

康劫生一指窗口，蕭東廣回頭望去，突然之間，地上的康出漁平平彈起，手上一亮，猶如旭日東升，光焰萬丈，一時之間，蕭東廣什麼也望不見！

蕭東廣立時想自帚中拔劍，突然有人按住他的手！

康劫生就在他背後！

他想到這一點時，那烈日般的光芒，已然全沒，全沒入了他的胸膛。

他只覺天地間一片烏黑，歎了一聲，便仆倒下去，耳中聽到蕭秋水驚詫、憤怒、悲厲的聲音嘶道：「你們！——」

他很想再告訴蕭秋水些什麼，可惜已然說不出話來了。

康劫生一手按住蕭東廣要拔劍的手，另一隻手，握著一柄劍，劍鋒平指蕭秋水的咽喉。

這時蕭東廣已倒了下去。

蕭秋水尖嘯道：「伯伯！——」

這時康出漁已站了起來。

他拔劍，烈日般的光芒又乍起，再神奇一般的「颼」消失在他腰間的劍鞘中。

烈日般的光芒，赤焰般的劍。

勞山頂，觀日峰，康出漁，觀日劍！

蕭秋水撕心裂肺地叫道：「劫生！你——！」

康劫生臉無表情，道：「我會留著你，你還有用，可以要脅你父母。」

蕭秋水睚眥欲裂般怒道：「枉我信任——你！」

康出漁忽然道：「你不必驚詫，我就是『無名神魔』，『無名神魔』其實是很有名的劍客，就是我，『觀日神劍』康出漁。」

蕭秋水只覺一陣昏眩：——權力幫既能派出一個人來臥底，就可以派第二個人！——怎麼自己竟沒有想到，連足智多謀的伯伯也意料不及！

康出漁笑道：「柳五總管早知道辛虎丘不甘寂寞，常借鬧酒出去鬥劍比武，認爲蕭家必有警醒，所以先派我來，與蕭老兒交好取信，再逐個收拾，然後來個一網打盡。」

康出漁笑笑又道：「李幫主本就算無遺策。」

蕭秋水厲聲道：「你根本就沒有中毒！」

康出漁傲然道：「那當然，華孤墳的毒哪裡毒得倒我！」

難怪連唐大、張臨意都診斷不出康出漁所中之毒！

蕭秋水轉向康劫生，道：「我沒什麼話好說。但只對你，你本是我的朋友——」說到這裡，蕭秋水眼裡已有痛苦之色，「你爲什麼要這樣做？」

康劫生冷冷地道：「我沒有朋友。我只有幫主和爹爹，我根本不需要朋友。」

蕭秋水的臉容已因憤怒而扭曲，這原是他的朋友，兄弟一般的朋友，卻在權力幫的影響下，完全變了另外一個人，他發誓只要他活著的一天，定必要粉碎權力幫！

假使一個人在別人的劍下，生死於頃俄之間，還是可以有大志，還是可以爲別人著想，這個人就算別人說他年紀小，說他不懂事，說他幼稚荒誕，但他還不失爲真英雄、大丈夫、性情中人！

蕭秋水一字一句向康出漁道：「只要你叫你兒子放下劍，我將與你決一死戰！」

蕭東廣是蕭家的長輩。

蕭秋水當然要爲蕭東廣報仇。

康出漁成名極早，十五年前已名列當世七大名劍之中，蕭秋水年僅廿歲，但他一句話說出來，竟使康出漁心下也有一陣淡淡的寒意。

康出漁冷笑道：「你已被我們所制，只要劫生將劍往前一送，你必死無疑，我不必與你交手。」

蕭秋水怒道：「你想怎樣!?」

康出漁道：「我要你喊救命。」嘿嘿笑道：「救命、救命、救命地不斷喊下去，喊到在附近的令堂進來爲止。哈哈哈哈……」

蕭秋水截然道：「我不喊！」

康劫生道：「你不喊我就——」作勢把劍往前一推，想先在蕭秋水喉嚨戳出點血來，以作恫嚇之用。

就在這時，他的手突然麻木了。

他的手臂上忽然多了十七八枚細如牛毛的銀針。

蕭秋水砰地推開震驚中的康劫生，大喜呼道：「唐方！」

這時康出漁身前颼地一亮，如旭日般的亮烈芒團又飛起，直撲蕭秋水！

卻聽兩聲叱喝，一道白雪般劍光，一雙翻飛似蝶般的手，纏住了旭日神劍，鬥了起來！

蕭秋水一臉喜顏，忍不住逕自叫道：「左丘！玉函！」

康出漁千算萬算，卻不料蕭秋水原本便和鄧玉函等一齊來的，康劫生呼喊時，左丘超然等也在附近。

左丘超然一上來就用大擒拿手，配進小擒拿手，招招從側攻進，牽制康出漁的攻勢，鄧玉函一出劍到現在就沒有歇過手，到現在已攻出卅七劍，一招比一招快，一劍比一劍狠辣！

康出漁猝喫驚下，手上長劍時亮時暗，亮如旭日，暗如夕照，一亮一暗間，依然是殺著無窮，勢不可當的「觀日劍法」。

未幾，康出漁手上的光芒逐漸更亮了，而且愈來愈亮，亮燦如烈日中天，在烈日的曝曬下，鄧玉函與左丘超然，汗濕透衫。

只聽一聲清響，亂紅飛舞，劍氣縱橫，蕭秋水已拔出了扁諸神劍，加入了戰團。

泰山高，不及東海勞。

勞就是東海勞山，勞山有座觀日台，氣象萬千，在觀日台上，不少人有天下之志，但真正在觀日台上觀了十年的日，練了十年的劍，只有康出漁一人而已。

鄧玉函的南海劍法，劍走偏鋒，而且辛險奇絕，往往從別人意料不到的角度進擊，但是卻突不破那一團金亮或暗紅的劍芒。

蕭秋水的浣花劍法，意禦劍光，寫意處比寫實處更無可抵禦，而且劍虹飛逸，快如遊電，卻仍是突不破康出漁手上如烈日當空的驕厲凌威！

反而，康出漁的劍勢愈來愈威猛，愈來愈盛，正是他仗以成名的劍法「九日昇空」。

一劍九變化，一招九劍式，蕭秋水、鄧玉函都反攻爲守，被一招又一招，一劍又一劍的威力與壓力，逼得喘不過氣來。

但是康出漁也覺得處處受制，難以發揮，除了前面兩柄辛辣、精奇的劍之外，還有他身側背後一雙巧手，招招不離他的要害死穴，給他莫大的牽制。

他心知若不能一鼓作氣，以凌厲的劍勢殲滅這些年輕人，再過些時日，這些年輕人都將會有了不起的成就；甚至不必再過些時日，只要久戰不下，這些人的精氣盛旺耐強，再要制住他們，也就更不容易了。

他心中暗自慶幸，「錦江四兄弟」果然名不虛傳，但幸好唐柔已給殺了，要不然這四人配合起來，自己今天都不知是否能敵。

他的劍芒盛烈，左丘超然施了七八種擒拿手，都礙於雙目難以視物，認拿不準要穴，無法制住康出漁。

蕭秋水、鄧玉函，也是同時感覺到那劍不只是劍，而是烈日，而是太陽。

太陽的裔皇，烈日的威猛，令他們無法承受那巨大無匹的壓力。

太陽再熾烈，也有西下的時候。

康出漁劍如烈日，但日既有東昇，亦會西沈。

康出漁知道唐柔已死，卻不知還有唐方。

康劫生的手臂麻木了後，才知道自己中了暗器。

他一面大叫暗器，然而手已不聽使喚，劍往下落。

他慌忙想用左臂去拾，俯身的時候，忽然上望，只見一美麗如雪、傲拗而清定的女子，用雪玉一般的眼神，在望著他。

他只覺心中一寒，身子就頓在那兒。

只聽這女子道：「你是他們的朋友?」

康劫生情不自禁地點了點頭，這女子「哦」了一聲，輕輕搖了搖首道：

「那你最好不要去拾劍，因爲我不想殺死他們的朋友。」

康劫生捧著傷手，僵在那兒，身子半蹲半站，一時不知如何是好，只聽那女子柔聲道：「我姓唐，叫唐方。」

康劫生全身頓如坐在冰窖裡，一下子全身都冷卻了，不要說去拾劍，連站起來的勇氣，也消失了。

九個太陽，不僅驕厲於長空，而且不住躍動。

大地乾旱，宇宙荒漠，黃土地上的人民，遮袖遮不斷，揮汗揮不住。

康出漁的「觀日劍法」，已不是十五年前閒定觀日，而是自身成了太陽！

「喀登」一聲，鄧玉函的劍折爲二！

蕭秋水之所以不斷劍，因他所使的是扁諸神劍。

鄧玉函一折劍，情勢就更是凶險了。

烈陽恣威，無對無匹。

正在此時，一支銀箭射來，正中劍身，叮地一聲，劍箭齊飛！

打蛇打七寸，刺牛刺腦門。

這箭卻正中日心：

也是康出漁運力行劍的要害！

劍飛箭折，太陽不見，康出漁呆立當堂！

箭當然是唐方發出的。

唐方分神甩箭，康劫生立時拾得了劍。

這下是同時發生的，唐方一揚手，打出了三點星光！

康劫生一拾得劍，連舞七八道劍花，叮叮叮，碰開三點星光，長身而起，他一得劍後，第一件竟不是協助老父力敵眾人，而是破窗而出！

但是唐家的暗器之精之奇，是他始料未及的。

那地上的三點星光，忽又彈起，康劫生反應再快，也中了一下，砰地摔跌下來。

就在這一瞬間，康出漁也掠出！

掠出的同時，推出雙掌！

雙掌撞向左丘超然！

匆促間左丘超然無法刁手借炁，只好硬接。

這兩掌是康出漁數十年內力內氣修爲交關，全力施爲一接之下，左丘超然震飛丈外，破牆而出！

康出漁立時拾劍，少了「觀日劍」，就等於少了「觀日劍法」，少了「觀日劍法」，康出漁就不再是康出漁了。

鄧玉函也立時滾身、撈劍，他抄起的是地上蕭東廣的「古松殘闕」。

蕭秋水立時出劍，他一劍劃出去，嗤地一聲，康出漁臂上多了一道殷紅；蕭秋水一劍得手，第二劍劃出時：「噹」地一聲，劍身已被壓住，只見一團金芒，卻正是觀日神劍。

康出漁已一劍在手。

但同時間，另一劍已搶險刺到！

一柄斷劍，古松殘闕。

康出漁並沒有接劍，他立時倒飛出去！

逃！

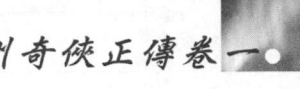

他的決定是：逃。

蕭秋水已被救，康劫生已被擒，這裡還有左丘超然、鄧玉函，還有一不知來路的唐家子弟，再打下去蕭家的人隨時會來，既無把握，便立刻撤走。

甚至連兒子都不顧了。

權力幫的人，都有這種「本色」。

狠、辣、毒、詭，必要時，什麼都可以做，任何東西都可以犧牲。

所以康出漁雖然得劍，但他立時就走。

「追！」蕭秋水大吼了一聲。

他自己也不肯定是否康出漁之敵，但如康出漁這樣的人，讓他走出去無疑等於害更多的人，他更不能容他逃走。

鄧玉函也立時追蹤出去，南海劍派的人一向是急先鋒，劍法與性格相似。

唐方射倒了康劫生，她的人也如清風般消失了。

留下來的是左丘超然。

他要留下來，留下來制住康劫生。

他要問康劫生爲何要這樣做，這樣做對不對得起朋友！

精通擒拿手的人一向比較愼重，左丘超然比起鄧玉函，自然比較細心穩重。

蕭秋水卻因爲怒，爲被騙、爲被出賣，爲信仰而憤怒，只要他覺得應該做的事情，明知九死一生，甚至必死無生，也會不惜一切，非做不可！

逃！

儘速的逃離！

既然事機敗露，又沒有把握把對方殺卻，便唯有在未張揚開來之前，先逃離險地！

只要能逃離浣花蕭家，一出大門，便可以與權力幫的人會合上，沙千燈、孔揚秦，最重要的，還有一洞神魔左常生！

他深知左常生的武功絕技，只要這人在，便絕對能剋住蕭西樓。

便在這時，他遇到蕭西樓。

他已逃到聽雨樓外，只要穿越過聽雨樓，便能逃離蕭家，然而他卻在此時遇見了蕭西樓，康出漁心中自歎倒楣，才發現自己劍未收起，而且手臂鮮血在淌著，而蕭西樓已經注視到這點。

蕭西樓身邊是朱俠武。

康出漁臉色立刻變了，但隨即他又釋然起來了。

因爲他知道蕭西樓並不知道他手刃蕭東廣的事。

他知道，但蕭西樓不知道，所以他仍佔了上風。

因此他還可以猝不及防間制住蕭西樓，反而可以藉此立了個大功，他倒覺得自己幸運了起來。

朱俠武、蕭西樓都在，自己決非二人之敵，但在猝然間下手，制住一人，便可以威脅另一人了。

他打的是蕭西樓的主意，對朱俠武深不可測的武功，他是不敢輕舉妄動的。

這時，蕭西樓閃身躍近，扶住康出漁，關切地問道：「康先生，因何……」

康出漁佯作喘息道：「我……我……權力幫中人已潛入莊內，我殺了幾個，賊子們好厲害，我也中了……中了孔揚秦一劍……」

說到這兒，忽然瞥見，樓下已奔來兩道人影，正是蕭秋水與鄧玉函。

蕭秋水與鄧玉函也看見蕭西樓在樓台上扶持康出漁，正急欲大叫，康出漁故意大聲喘息，讓自己聲音的壓下呼喊，道：「他們追來了……」用手一指。

這一指，正是指向蕭秋水與鄧玉函。

蕭西樓、朱俠武當然是隨他的指向一望。

正在此時，康出漁便出手了！

「颼」地一聲，紅日正熾，飛刺蕭西樓！

蕭秋水追近聽雨樓，猛抬頭，見自己父親與康出漁貼身而立，心裡一凜，才猛想起一天前張臨意遭暗算慘死時，父親縱論數大名劍時，論及康出漁的觀日神劍時，自己心中一動的原因。

陰陽神劍張臨意死時極其驚愕，滿目意想不到的憤然，就算是辛虎丘猝施暗算，也不致如此；而是他自己剛才還替對方醫治過，眼看活不成的病人——康出漁，忽然出手如電，日躍芒起，刺殺自己，這才教張臨意驚心動魄，死而不服。

刺殺自己和玉函的人，正是康劫生，他功力與自己相仿，故不敢戀戰，便嫁禍於唐方。

康出漁卻趁機狙殺唐大。

好辣的手段，好毒的陰謀。

蕭秋水猛抬頭，見康出漁與自己父親貼身而立，正欲高呼，但見一道厲芒，已自康出漁手上襲出，直刺蕭西樓！

蕭秋水的高呼變成了一聲撕聲裂肺的厲喊！

大變猝然來！

就在康出漁手中一團光芒暴出之際，忽然一道七彩的虹橋，不偏不倚，架住了落日，煞是燦麗！

這一劍，來得無蹤跡，卻發自蕭西樓！

蕭西樓似早有防備。

又在此時，一朵雲出岫飛來，烏雲蓋日；一張大網，罩住康出漁，收縮，套緊，康出漁立時動彈不得。

康出漁如被裝在牢籠裡的野獸一般，咆哮著用力掙扎，但朱俠武手中的網，如同他的手一般堅定，康出漁愈是掙扎，網就縮得愈緊。

鐵衣鐵臉鐵手鐵羅網。

朱俠武。

朱俠武也像早有所備。

這時蕭秋水、鄧玉函亦已趕上城頭，驚喜交集。

而聽雨樓中，又輕悄悄地閃出一人。

一個雪玉般輕柔的女子。

這一個美麗女子，康出漁一見之下，竟沒有再掙扎的勇氣，頹然鬆下了劍，把手自網外縮回來，觀日劍嗆然落地，暗如落夕。

只聽那女子道：「我先你而來。」

蕭西樓望定康出漁，一字一句地道：「沒想到你是這樣的人。」

康出漁沒有話說。

朱俠武卻說話了：「唐姑娘輕功比你好，先你而到，不過也只是來得及說出一句話而已，你就來了，我們不及細辨，只好先叫她躲起來，可惜你果真的出了手。」蕭西樓接道：「唐姑娘是說：『康出漁沒有中毒，他殺了廣伯伯——』。」

康出漁低下了頭。

要不是他太有把握，全力施暗襲，反被人所趁，他還不致於一招就被擒了下來。

朱俠武冷笑，連點他七處要穴才呼地張了網，嗖地收纏腰間，冷冷地道：「你還有什麼話好說？」

康出漁沒有說話，他千算萬算，算漏了蕭秋水不只是與蕭東廣到黃河小軒，還有鄧玉函、左丘超然，甚至唐家唐方也來了。

他更算錯了一步，唐方年紀遠比他輕，輕功卻遠比他高。

所以他無話可說。

蕭西樓：「本來我們是朋友，本來為了這點我可以放你一馬……可是你不該殺了廣哥！」

蕭秋水忍不住道：「爹！張老前輩、唐大俠也是他殺的！」

蕭西樓厲聲道：「是不是!?」

康出漁垂下了頭，這時唐方一揚手，打出一柄飛刀！

飛刀直奪康出漁的咽喉！

殺兄之仇，唐方是非報不可的！

這時半空忽又多了一柄飛刀，叮地撞在一起，跌落地上。

只聽此起彼落的一陣呼哨，四面八方又出現百餘名權力幫眾，殺向大門，浣花劍派的子弟也紛紛接戰，當先殺上來的三個人，其中一人正是飛刀神魔沙千燈。

那擊落唐方飛刀的飛刀，正是沙千燈發出的。

朱俠武一見沙千燈，只說了一句：「你的燈呢？」

這一句如一個毒招，打進沙千燈的心坎裡，沙千燈的臉色立時變了。

在昨夜的對壘中，沙千燈漸落下風，不得已破燈而遁，沙千燈素以燈爲標誌，而今燈焚人在，已是奇恥大辱，而今朱俠武輕描淡寫的提了一句，他如被針刺，一時說不出話來。

只聽一人冷笑道：「朱鐵臉，你別逞口舌之利！」

說話的人白衣如雪，背插長劍，態度灑若，正是三絕劍魔孔揚秦。

蕭西樓笑道：「不逞口舌之利，要逞刀劍之利嘛？」

這句話含有很大的挑剔，孔揚秦臉色也由雅儒變而憤慨！

因爲昨天一戰，蕭西樓與孔揚秦尚未正式比劍，蕭西樓便以步法制勝，迫退孔揚秦，這也是三絕劍魔成名以來的畢生大恨。

卻聽一人冷笑道：「你哥哥都給人殺了，你的掌門位子也坐穩了，自然不怕刀劍之利了。」

這一句話，浣花劍派弟子們聽得無不勃然大怒，廿年前，蕭東廣背叛，蕭西樓饒而不殺，而今這人這一說下來，彷彿是蕭西樓篡奪掌門之位，唆殺兄長，真是極盡蔑辱之能事。

大家都禁不住拔劍而起，蕭西樓卻反而鎮靜，一字一句地問道：「一洞神魔？」

那人長袍闊袖隨隨便便地笑道：「左右的左，無常的常，生死的生，左常生。」

那人相貌生得隨便，衣著也隨便，舉止更是隨便，竟似沒有把朱俠武、蕭西樓一干武林高手看在眼裡。

蕭西樓眼光似已收縮，道：「人說左常生是個人才，果然是個人才。」

左常生笑道：「更有人說左常生長生不死，豈止是個人才。」

蕭西樓道：「閣下是不是長生不死，待會兒便知分曉。」

左常生笑道：「待會兒老兄名號蕭西樓，不要唸成笑死螻才好。」

朱俠武忽然搶前一步，道：「蕭兄，此人交給我了。」

蕭西樓一怔道：「莫非朱兄覺得我非其所敵？」

朱俠武道：「不是非其所敵，而是這人；我選定了，你不該搶我的生意。」

——其實誰都看得出來，在三個來敵中，左常生的武功最神祕莫測，亦即是最難以應付的一個。

——然而一洞神魔卻專挑蕭西樓。

——莫非他已有必勝之把握？

——不管是不是，朱俠武卻先挑上了他。

左常生那不在意的臉容，一下了子變得如一條繃緊的弦！

彎弓射雕，繃緊的弦。

朱俠武突然就出了手。

就在左常生從不在乎到在乎，一百八十度轉變之際，驟然出了手！

要是弓，弓尚未張。

要是弦，弦未拉緊。

朱俠武一招出手，那張網像天羅一般地罩了下去，左常生就是那網中的魚！

可是網忽然裂了。

左常生手上多了兩面鈸一樣的兵器，但在鈸沿上都是尖銳無比的齒輪。網一罩下時，左常生就推出雙輪，雙輪一轉，綱索斷裂，寬大袍影一閃，左常生破網而出！

左常生與朱俠武的惡鬥方才開始，蕭秋水一方面著急，一方面估量情勢，發展頗不樂觀。

朱俠武戰左常生，誰勝誰敗？

要是父親力敵孔揚秦，那又有誰能制住沙千燈？

自己？還有玉函？或者加上左丘？

這時聽雨樓上又出現一個人，全身黝黑，臉目蒼老，這個人一上來時，鄧玉函就震一震。

然後鄧玉函就附嘴在他耳邊，沈重地道：「南宮松篁，百毒神魔唯一弟子。」

——沙風、沙雲、沙雷、沙電，是飛刀神魔沙千燈的弟子。他為人極其專橫，所以連他的弟子，也得改姓沙，但其中三人已被陰陽神劍張臨意所殺。

——「無形」、「兇手」、秤千金、管八方，是鐵腕神魔溥天義的助手，已被「錦江四兄弟」所殲滅，但他們也喪失了結義兄弟唐柔。

——齊門金刀齊青峰、浪花刀客穆浪山、雪山快刀厲雪花、地趟刀手堂三絕，是「一刀斬千軍」長刀神魔孫人屠座下四大刀手，已在其他戰役中給摧毀。

——辛虎丘的女弟子，已派往桂林；康出漁的弟子，也正是他的兒子康劫生，爲左丘超然所擒。

——只是「一洞神魔」左常生的手下呢？還有「三絕劍魔」的三大劍手呢？

——他們來了，還是沒來？出現了，還是沒有出現？

——百毒神魔華孤墳的弟子南宮松篁，唐方可又應付得來？

蕭秋水想到這裡：思想就像在漩渦裡打轉，一直翻沖不出去：唐方、唐方、唐方擋不擋得住南宮松篁？

就在這時，蕭西樓忽然在他耳邊低沈而迅急地道：

「一有機會，你就衝出去，到桂林去，把分局的人都調來集中。記住，不可意氣用事，以大局爲重！」

蕭西樓一說完，又退身注視場中的惡鬥，蕭秋水卻整個人都呆住了。

左常生裂網而去，朱俠武連眼也不眨一下，搶身而上，左掌、右拳、左腿、右腳，都打了出去，手腳的招式都完全不同，左掌是垂雲山的「穿天掌」，右拳是正宗少林伏虎拳，左腿是當年「千里獨行」左天德的「活殺腿法」，右腳是「掃堂腿」中的「狂風掃落葉」！

一個人要同時攻出兩手兩腳，是絕不容易的。

何況手腳所施的武功招式，門派宗別又全然不同。

左常生臉色變了，這次是真的變了色。

他的雙鈸立時迎向朱俠武的雙手，狠狠地剁下去。

朱俠武的雙手攻勢立時隱滅，鐵手的手畢竟不是鐵鑄的。

但是朱俠武的雙腳還是踹踢出去！

兩腳一齊踢在左常生的肚子上。

走!?

蕭秋水是從來都沒有想過，在面臨大敵時，自己要先「走」！

不，他不走！

他的家人，他的朋友，都在這裡，他的敵人，他的仇人，也在這裡，他決不走，也絕不能走！

可是父親卻要他走，「以大局爲重」！

面對溥天義時，蕭秋水沒有畏懼；面對康出漁時，蕭秋水沒有膽怯；而今遇見這一個抉擇，卻讓他冷汗淋漓。

這時，他感覺到一雙眼睛，向他瞟了一瞟，他急急看過去時，那劉海已如流蘇一般低垂，那髮仍像黑色一樣濃，那張側近的俏臉，蕭秋水沒有真的望見唐方的眼神，可是他肯定有一種關切，如一層輕柔的暖衣，披蓋在他的身上、心頭。

朱俠武外號「鐵手鐵衣鐵臉鐵羅網」，這外號與他的腳無關。

一個殺手，往往無名的，比有名的更可怕，因爲無名的教人才更無從防禦。

朱俠武的雙腿，傳說十九歲時已踢死一頭白額虎。

然後距離他的腳踢死一頭白額虎整整十年，他才又現江湖。

他一出道，就是朝廷公門，公認的第一流罕見的好手。

他出道迄今十六年，據說只殺了十一人，這十一人無不是殺人不眨眼，十惡不赦，又無人能制之的黑道高手。

朱俠武從來沒有敗過。

他又名「天羅地網」，真是天網恢恢，疏而不漏。

但是他的網，今日卻破了。

他雙腿踢出去，也踢到了無可名狀的驚駭！

他兩腳踢中左常生的肚子，踢裂了衣袍，然而衣袍裡竟是一個空了的軀殼！

左常生沒有肚子！

左常生沒有小腹！！

朱俠武怎麼也料不到這一著，他雙腳踢了個空！

像一個人一腳踏在一個大洞裡，所不同的，朱俠武是雙腳一齊踩在一個陷阱中！

衣衫裂開，閃電般一瞥，左常生是沒有肚子的人！衣衫掀處，他的肚子肉已腐毀，臭氣熏天，紫黑一片，只有腰脊接連著上下身軀！

誰也沒見過這種人，誰也沒遇過這種事！

朱俠武雙腳踢空，左常生雙鈸衝出！

右鈸上，打臉門，左鈸下，插前胸！

一招必殺，一擊必死！

朱俠武猝不及防，怎麼也避不了！

鋼鈸打在他臉上，打個正中！

鈸刃刺入他的前胸，刺個結實！

驚人的是，鈸刃竟刺不透朱俠武的衣衫，而朱俠武臉上喫了一記，五官溢血，卻仍不倒下！

這不可能的！

只有左常生才清清楚楚地知道，他的鈸沿鋼刃，比利刀還鋒銳，他的鋼鈸威力，一記打下去，足可開碑裂石！

何況打的是朱俠武的臉門與前襟！

他馬上閃過朱俠武他的號「鐵手鐵臉鐵衣鐵羅網」。

「鐵羅網」已被他所破，但鐵羅網只是朱俠武綽號中的最後一項而已。

還有鐵臉，還有鐵衣！

他的鈸正切在朱俠武的臉上，他的鈸刀正割在朱俠武的衣上！

還有鐵手!?

他驚覺已遲，朱俠武突然消失的雙拳又突然出現，雙拳正打在他的左右太陽穴上！

少林正宗，「雙撞鐘鳴」！

他們距離本近，左常生又因得勝大意，這兩拳，便要了他的命！

十二 我要去那兒找我的兄弟

大變驟然來！

由左常生遇險，到朱俠武中招，又到左常生危殆，大家一時都呆住了，怔住了，一時措手不及。

左常生倒下去後，朱俠武搖搖幌幌走了七八步，一個咕嚕倒栽了下去。

蕭西樓急忙撲出，撲住朱俠武，只見朱俠武七孔流血，臉色紫金，胸膛殷紅一片，已是出氣多，入氣少。

他的臉縱是鐵鑄的，大概也給左常生一鈸震碎了骨骼；他的衣衫縱是鐵鑴的，也給左常生一鈸捺斷了血脈。

但憑鐵臉與鐵衣，卻使他有餘力先擊斃了左常生，方才倒下。

蕭西樓含著淚，迅速點了他幾處穴道，把解藥拋給蕭秋水，要蕭秋水替他止血，然後緩緩地起身，緩緩地抬頭，一隻手，卻已搭上了劍柄。

孔揚秦一隻手，也搭上了劍鍔，暗暗歎道：「可惜可惜。」

蕭西樓沒有說話，也像沒有聽到一般。

兩天前，蕭夫人、康出漁、唐大、朱俠武在一起應敵，而今，蕭夫人受傷，康出漁背叛，唐大被狙殺。

這兩天來，朱俠武一直在他身旁，在他疲乏時替他主持大局，在他應敵時替他擋前鋒。

而今，連朱俠武也身受重傷，生死未卜。

蕭西樓的心情是沈重的，也是孤獨與落寞的。

他仗劍而立，長髯無風自動，只要他在的一天，就算只剩下一個人，也絕不容人侵犯浣花劍派，蕭家劍廬！

沙千燈卻道：「可惜什麼？」

沙千燈是得意非凡的，令他挫敗的，使他羞辱的，是朱俠武，然而朱俠武已經倒下，縱犧牲了左常生，也是值得的。

孔揚秦道：「老左自少的腸子生滿了蛔蟲，胃部又潰瘍蛀爛，所以給幫裡的『藥王』把他的腸胃全都割去，但他利用了身體這個缺憾，成了大名鼎鼎的『一洞神魔』，把弱點反成了他的殺手鐧……」

「藥王」是「權力幫」幫主李沉舟座下幫內八大天王——「鬼王」、「刀王」、「劍王」、「火王」、「蛇王」、「水王」、「人王」與「藥王」之一。

「藥王」的醫術，是當今醫術排行第二的，他醫人的手段，確也匪夷所思。

昔稱華佗替曹操治頭痛，即開腦下藥，爲關羽療傷，也刮骨去毒，而今「藥王」切除左常生腸胃，居然還能生存，一方面是醫術令人咋舌，一方面是左常生的生命力，確也夠強夠韌。

然而左常生卻死於朱俠武雙拳之下。

孔揚秦歎道：「可惜他大難不死，仍沒有後福，朱老兄的鐵拳，也未免太霸道一些了……」

左常生身患奇疾，居然殘身而活，並練成奇技，確實人間英傑，不少人是死於左常生這奇特的缺陷下，只可惜今天他遇到的是朱俠武。

一個人練功到臉上，而且能練成「鐵布衫」，一定花出過不少的血汗，付出過極大的代價。

左常生有耐力，但朱俠武更是一個有魄力的人。

左常生死在朱俠武手下，其實死得並不冤。

孔揚秦繼續道：「只是朱老兄一倒，我們這邊雖缺了左一洞，但我和沙兄是兩個，你蕭大俠卻只有一人了……」一面說著，一面拔出了如白布一般的白劍。

時過正午，已近黃昏。

陽光自斜西射來，白劍一片雪亮如透明。

孔揚秦的臉色完全莊嚴、凝肅，說：「康兄，我的三絕劍法起手式，比起你的觀日劍法，如何？」

蕭西樓忽然道：「一齊上吧。」

孔揚秦揚眉道：「哦？」

蕭西樓整然道：「你不必指東話西，吸引我的注意力，其實只要我一出手，沙先生的飛刀絕不會在你長劍之後趕到的。」

孔揚秦一時倒是臉紅了紅，說不出話來；沙千燈卻大笑道：「好！好！痛快！痛快！蕭西樓不愧爲蕭西樓，這就是我們剩下我和孔兄，而你只剩下你之不同了！」

忽聽一個清揚嬌俏的語聲道：「還有我。我是唐家唐方。」

沙千燈乜著眼睛道：「妳是姓唐的嘛？我看妳是姓蕭的吧？」

唐方的臉色變了，變得煞白，這白皙自有一種驚心動魄的美，孔揚秦低聲向沙千燈疾道：「我們只對蕭家，不必開罪唐門。」

唐方作碎玉金聲：「你們殺了我柔弟、唐大哥，蜀中唐門，將與權力幫不死不休！」

孔揚秦也變色道：「唐姑娘，這句話可是妳唐門先說的哦！」

這句話本是唐方怒極而言，但自古紅嬌也有一種傾國傾城的俏殺。四川唐家，四百餘年基業，子弟族親，已自成一城，暗器絕技，稱絕天下；權力幫，是爲天下第一大幫派，門眾之多，遍佈天下，外堂得力者有九天十地，十九神魔，內堂鼎力者，還有八大天王和一殺、雙翅、三鳳凰；智囊柳隨風，嬌妻趙師容，幫主李沉舟，都是世間人傑；一幫一門，本不到非戰不可時，絕不致相互火拚，玉石俱焚，但唐方一句言語，落地作金石之聲，竟亦有褒姒一笑的烽火，但比褒姒正氣，掀起的不是狎戲諸侯，而是武林中幫派火拚的一場血腥風雨。

沙千燈冷笑道：「丫頭，妳道行再高，也高不過唐老大，現在跟我鬥，無疑是送死，只是妳這般嬌俏，我也捨不得殺，不如討來做個——」

唐方的臉由白泛起了緋紅，她沒料到，以「飛刀神魔」沙千燈的前輩身份，居然說出了這種不顧廉恥的話來！

就在這時，只聽一聲斷喝，蕭秋水已連人帶劍衝了過去！

蕭西樓要他趁亂逃了出去，他沒有逃。

他不但沒逃。反而第一個衝了過去。

沙千燈開始是著實喫了一驚，隨而眼睛閃動著狡黠的厲芒，大概是他已有把握讓蕭秋水的衝來等於送死的把握吧？

就在此時，忽然一個低沈的聲音響起：「住手。」

蕭秋水衝到一半，居然止住了，不是因爲那一聲喝止，而是他瞥見了那喝止的人。

城樓的陰影下，立著一個人，他手上的劍，如陰影一般黝黑，又彷彿根本不存在。

這人竟是：

陰陽神劍

張臨意！

康出漁仍趴在地上，嗄聲驚叫：「張……張臨意！」

這一聲呼喚，使沙千燈、孔揚秦變了臉色。

陰陽劍客張臨意，成名猶在當世七大名劍之先，出道也比沙千燈等人早，武功呢？

這情勢完全變了。

本來孔揚秦、沙千燈顧忌的只是蕭西樓，現在卻多了張臨意！

何況還有唐方、蕭秋水、鄧玉函！

孔揚秦、沙千燈的目光收縮，竟閃動著一絲惶亂之色。

就在這時，地上有一人突然躍起！

一躍起，手腳並施，解了康出漁身上的穴道！

這下事出猝然，蕭西樓不及阻攔，這人一解開康出漁的穴道，卻又倒栽下來，力氣已竭，康出漁一旦得脫，一手扶起此人，一掠三丈，倉惶急道：「扯呼！」

「扯呼」就是逃的意思。

康出漁殺過張臨意，卻見張臨意就在前面，真是心魄俱寒，三魂去了七魄，而且他喫敗在先，鬥志全消，這一聲「扯呼」，更使沙千燈、孔揚秦心亂意慌，不禁退了一步。

既退了一步，便忍不住返身就逃。

那地上躍起的人是左常生！

左常生沒有死，一個人可以給切除了腸胃仍能活著，他的生命耐力就必然很強。

也不是左常生能禁受得住朱俠武鐵手一擊，最重要的是，左常生先擊中朱俠武，使朱俠武重傷之下，功力大打折扣！

所以朱俠武只是擊昏了左常生，甚至可說把他擊得重傷，但這一擊並沒有殺了一洞神魔！

左常生真是「常生」。

左常生縱不死，但也無力再戰。甚至也沒力逃遁，他轉醒後，唯一方法是先救他身側的康出漁，基於相救之情，康出漁一定會幫他逃離的。

他這一著果然算對了。

權力幫的神魔現在雖有四個，但左常生傷不能戰，康出漁心無鬥志，孔揚秦、沙千燈更無法戀戰，四人一逃，剩下的權力幫眾，更是潰不成軍，紛紛撤退，被擒殺大半，僅剩五六十人退入林中。

權力幫一退，五路浣花劍派的組長向蕭西樓報告戰況，蕭西樓一一點派了之後，撫髯笑道：「夫人，蕭家劍廬，今日得保，全仗妳這一招耍得漂亮。」

只聽「張臨意」清笑道：「卻仍瞞不過您。」

「張臨意」緩緩掀開臉部的易容之物，赫然竟是蕭夫人孫慧珊！

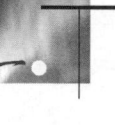

蕭夫人的父親原是「十字劍派」的老掌門人「十字慧劍」孫天庭，夫人就是江湖上易容三大宗師「慕容、上官、費」的費家費宮娥。

費家易容，天下排行第三，她的女兒，自然也是易容的高手了。

孫慧珊見大局不妙，便想出這易容之策，先求退敵；但易容不過是精微而成功的喬裝打扮，若不是站在暗處，又欺康出漁驚心動魄之際，加上孔揚秦、沙千燈、左常生等又並未真的見過張臨意，才能嚇退這四大神魔。

只聽蕭西樓歎道：「可惜，可惜這只是一時退敵之計，苟安一時，這四名神魔再來犯時，我們又如何抵擋？」

蕭夫人道：「不管如何，康出漁等一退，事後定必發現張老前輩不可能未死，一定會再來犯……但在此刻，保持體力要緊。」蕭夫人莞爾道：「第一，要替朱大俠治傷；第二，要先飽喫一頓；天大的事，都要喫了飯之後再說。」

唐方凝注著這當年的俠女蕭夫人孫慧珊，像春風一般掠過人們本來憂患的心頭，心裡不油然起了深心的敬慕。

蕭秋水、鄧玉函、唐方去「黃河小軒」邀左丘超然共同進食，卻見康劫生已然不見，左丘超然只說了一句話：

「我放了他，是我不對。沒有得過老大和老三的同意，你們處置我吧。」

鄧玉函鐵青著臉，沒有作聲。

蕭秋水忍不住道：「我們知道你的心情。要是看守劫生的是我們，我們說不定也會這樣做。」

唐方瞧著他們，忍不住問了一句：「為什麼你要放了他？」

左丘超然恭然道：「因為他是我們的朋友。」

鄧玉函道：「甚至已經可以說是兄弟。」

蕭秋水道：「一朝是兄弟，一生是兄弟。」

唐方歎了一聲，悠悠道：「我真不瞭解。」

鄧玉函忽然道：「既一夕是兄弟，永遠是兄弟：他就不該出賣我們！」

他握劍的手緊了緊，狠狠地道：「尤其是出賣兄弟的兄弟，我見了，一定要殺！」

在飯桌上，大家都很愉快，但在喫完之後，大家都沈默了起來。

時候無多了，權力幫下一輪攻勢在什麼時候呢？

朱俠武在蕭西樓悉心救治下，性命無大礙，但已失去了作戰能力，而蕭西樓足足派了五十六名虎組高手去維護他的安危。

權力幫的下一輪攻擊，還是會來的。

蕭西樓又要重提那一件事了，這次的事件卻增多了人數：

「秋水，你一定要逃出去，到桂林去，把孟師叔、易人、開雁都請回來，聽說玉平兄、唐剛、唐朋兄也在那兒，唯有等他們趕到，我們才有能力與權力幫決一死戰！」

「孟師叔」就是蕭西樓的師弟，「劍雙飛」孟相逢。

易人就是蕭易人，蕭家三兄弟中，最露鋒芒的老大。

開雁就是蕭開雁，蕭家三兄弟中最沈默寡言的老二。

「玉平兄」就是鄧玉函的哥哥，南海劍派掌門鄧玉平。

唐剛是唐家年輕一代武功招式暗器手法最剛猛者。唐朋則是唐家年輕一代最交遊廣闊的年輕高手。

蕭西樓計劃的是，集中兵力，對抗權力幫，以免被逐個擊破。

蕭秋水沈吟道：「爹，我們不如先集中這兒的人手，把包圍者一一擊殺，才一齊去桂林……」

蕭西樓蹙眉怒道：「胡說！這兒是祖祠之處，怎可隨便易據！而且以現今情況論，權力幫高手比我們多，他們之所以不敢冒然搶攻，一因辛虎丘已死，康出漁身分又被識破，他們已不知我們的底蘊，以爲張臨意前輩還在，方才不敢輕犯；二因他們帶來的幫眾，死傷大半，所剩無幾，在下一批兵力未援及之前，亦不敢斷然猛攻的。可是這樣耗下去，他們的兵力定必趕到，與其在此處等死，我們不如有人衝出去，去召集武林同道，共殲巨仇。武林中人雖憚忌權力幫已久，但不見得就無俠義中人拔刀相助，這樣總比大家都在這裡困獸之鬥一般無望好！就算無人回援，你衝出去把我們力拒權力幫的事公諸天下，也可討個公道，教人知道有一批不屈於強權的人，敢捋權力幫的虎鬚，我們多支持得一天，別人就知道，權力幫也不是無對無敵的，更比在這兒一齊等死得好！」

蕭秋水儆然道：「是，爹爹。」

蕭西樓長歎道：「爲父也知道你的個性，在這憂患與共的時刻，不忍相離。但是你一定要離開，蕭家才有救，浣花劍派才有救，在這兒仗義援手的武林同道才有望！你不要耽心這裡，到萬不得已時，我們還有辦法……」

蕭秋水熱血塡膺，霍然而起，大聲道：「爹爹，我去！」

蕭西樓慨然道：「就算你去，也不一定能逃得出去，還需要人手，也需要計劃。在這兒雖是死地，但不失爲固守之地，且仍有一線活路，衝出去後，敵暗我明，敵眾我寡，更加危險了。」

鄧玉函厲聲疾道：「我也去！」

左丘超然低聲接道：「我和老大、老三齊去。」

忽聽一個清脆的聲音也接著道：「我們一起去。」

這聲音一起，大家都靜下來，蕭秋水更是一陣好沒來由的臉熱心跳，只聽唐方接下去道：「剛哥、朋弟，都在那兒，我一齊去，比較好說話。」

蕭夫人欣笑道：「唐姑娘肯一齊去，那就最好不過了。唐姑娘的暗器，百發百中，有姑娘一齊衝出去，能化險爲夷的希望就大多了。」

蕭秋水猶疑道：「只是唐姑娘一走，這兒豈不少了個得力幫手……況且……況且援途……」

蕭秋水本來想說的是衝出去之後，征途更爲凶險，心裡雖想唐方去，但又希望唐方不去，可能會安全得多了。

蕭夫人笑叱道：「唐姑娘一手暗器，比你高明，用不著你耽心，但出門女不如男方便，你們多多照顧她便是；至於這裡，權力幫硬要搶攻，縱多了唐姑娘援手，也於事無補……」

蕭西樓接道：「就算是這樣，如果明目張膽地衝出去，難免跟權力幫硬拚；應須佈下疑陣，聲東擊西，陳倉暗渡，才有希望突破權力幫的防線，越過四川，經過貴州，直達廣西，趕赴桂林。」

唐方微笑貝齒微現，盈盈笑道：「還向世伯請教，衝破權力幫包圍之法。」

蕭西樓撫髯呵呵長笑，蕭夫人卻向唐方笑道：「唐姑娘妳真是，真是唐家的福氣，聰明伶俐，真是福氣……」

日暮蒼茫，又是夜近。

鄧玉函、左丘超然都是勁裝打扮，肩上背了個小小的包袱，他們的臉容凜烈而莊嚴，因爲一場突圍，一場廝殺，頃刻間便會進行。

唐方回復了她第一次出現時的勁裝，衣黑如髮，膚白如雪，在她身上形成了何其美麗的對比。

蕭西樓與蕭秋水併立在一起，他們父子從未感覺到那麼親近過。在風中，高樓上，極目望遠，衣袂飄飛。

蕭西樓雖然沒有側首去看他的兒子，但在心裡，第一次感覺到，他一直目爲頑劣愛玩，好弄文墨的小兒子，長大了，懂事了，要去挑起一個家族的重擔，要去振興一個門派的聲望，要去仗劍行千里，要去單騎闖黑幕了！

他不由心裡暗自一聲長歎，平時他確是太少去瞭解這什麼朋友都交的兒子；而在這一次患難中，他這兒子的朋友們，卻跟他數十年的深交一樣，雖有叛徒，但也有忠心赤膽，爲朋友兩肋插刀，既毫不變色，亦絕不退縮的。

秋水還有更大的可塑性；蕭西樓心中想，可是再過一刻，這孩子就要出去冒最大的風險了。

蕭秋水心中也有一種大氣，無名目的大志，他跟父親併立在一起，是第一次，幾乎能感受到蕭西樓昔日劍氣縱橫，名列七大奇劍的意氣風發，也能感受到此刻蕭西樓遭困劍廬，挺劍死守的蕭索與落寞。

此際日暮西沈，殘霞滿空，是作戰的第二天。

極目眺望，前山一片樹林，樹林裡不知有多少敵人，多少埋伏。

蕭秋水豪氣頓生，忽然想起年前與自己兄弟們一次即席唱和揮就的曲詞句子：

我要衝出去，到了千里飛砂的高原
妳要我留住時間
我說連空間都是殘忍的
我要去那兒找我的兄弟
因為他是我的豪壯
因為他是我的寂寞

殘霞滿天，暮泣蒼茫，黑黝的樹林後面是什麼？黑漆的天空後面又是什麼？可是蕭秋水在心裡長吟不已，時間隔閡，空間殘忍，但蕭秋水還是要衝出去，傲嘯天下。

夜色已全然降臨，大地昏沈一片。

「是時候了，」蕭西樓說，蕭夫人忽然走上前去，一連說了兩聲：「要保重，要保重啊……」下面不知還要說些什麼，蕭西樓黑衣袖一舉，只聽喊殺沖天，只見燈火通明，一列龍組劍手，右手劍，左手火炬如火蛇一般迅速蔓延衝殺到坡下。

蕭西樓、孫慧珊提劍趕了上去，拋下一句：「我們全力衝向東南面，一旦東南面交戰，你們立即全力衝破西北面，切記切記！」

蕭秋水滿目是淚，只見浣花劍派的精銳，在父母親長劍的引領下，迅速衝下坡去、衝近樹林，突聽胡哨四起，東南面樹林都是燭火，湧出百餘名權力幫徒，廝殺了起來！

蕭秋水手裡緊緊握著劍柄，真想立即衝下去，身形甫動之際，忽覺有人一扯自己的衣角，蕭秋水回首一看，只見黑夜中明亮的雙眸，向他搖了搖頭。

就在這時，下衝的浣花劍派高手去勢已被截住，但東南面的權力幫徒顯然所受的壓力太大，不消一刻，只聽異聲四起，西北面又擁出七八十名權力幫眾，極力反攻浣花劍派。

殺聲喧天，然而進退有序，浣花劍派死一人，即抬走一人；傷一人，即救走一人，然後又回來作戰。權力幫則踏著自己同伴的屍體，死力圍殺，不讓浣花劍派的人下山一步。

蕭秋水多想過去與父母一齊衝殺，就在這時，唐方突叱：「現在！」

一說完，飛身上馬，左丘超然、鄧玉函二人一架，支起蕭秋水，同時掠起，飛落三匹馬上，四馬長嘶，樓門大開，四匹百中挑一的駿馬良駒，同時怒鳴人立，如矢衝出！

凜風大力地擊著他們的胸膛，是個無星無月，烏雲湧動的夜晚，四周都是械鬥的呼嘷，四周都是暗器、流星、疾雨，蕭秋水也不知身上淌的是雨水，還是冷汗，忍不住高呼：「你們在不在!?」

「在，」「在。」「在！」此起彼落的聲音傳來，三匹快馬的蹄聲依然在附近！

就在此時，「呀」地一聲，唐方一聲倉惶的嬌叱，跟著下來是三四聲慘呼，然後又是兵器碰擊之聲，顯然是唐方已與人交上了手，不知安危如何！

這時天色太黑，細雨打入眼簾，都看不清楚，蕭秋水勒馬回首，便發現有七八種兵器向他招呼過來，他一面擋一面反擊，一面直呼大喊：

「左丘！玉函！唐姑娘那邊危險！」

只聽左右應得一聲，馬蹄急奔，不到三步，忽然止住，然後是兵器之聲，跟著是「喀喇——」幾聲，顯然是左丘超然用擒拿手傷了人。

蕭秋水心中一喜，卻因分心而喫了一鞭，蕭秋水猛省起責任在身，猛起反擊，刺傷了兩人，這時便聽得鄧玉函一聲怒喝，「叮叮叮叮」連響，顯然快劍都被敵人的兵器撐架過去了。

蕭秋水心中一急，耳邊隱約傳來父親叱喝之聲，頓想起母親傷腿，而今仍仗劍苦拚，把自己的敵人吸引過去，心痛如絞，長劍揮去，重創了一使月牙鏟的殺手，忽聞唐方一聲惶急的驚呼，蕭秋水迴劍過去，又傷了一名使鞭的，但背上卻中了一記跨虎籃，撞跌七八步！

這時猛地撞來一人，蕭秋水發狠一劍刺出，那人一閃，蕭秋水一劍三式，矢志要迫此人於死路！

沒料到此人武功甚高，竟空手扣扳住劍鋒，兩人掙持不下，蕭秋水腿上又中了一鉤，卻聽那對手也「呀」了一聲，蕭秋水失聲道：

「你是二弟！」

那人也忙鬆手道：「老大，是我——」一語未畢，又給兵器聲音切斷了一切語言。

天黑無情，風雨急切，權力幫的包圍，卻毫不鬆弛，蕭秋水大吼一聲，浣花劍法在黑夜中更使得如繽紛花雨，當者披靡，傷了一人，迫退三人，只剩下一支銅棍，兩柄單刀，一支鐵鑌杖，一雙喪門棍，毫不放鬆地與他纏戰。

風聲雨聲廝殺聲，誰也不知誰是否仍然活著，仍然苦戰？

蕭秋水大吼道：「唐姑娘，三弟——！」

沒有回應。

忽聽也是一聲隱約的呼聲：「三弟，唐姑娘——」正是左丘超然急切的呼聲。

天怒人憤，蕭秋水大吼道：「我們衝出去，先衝出去再說——！」

雨忽然加大，而且急，一個閃電下來，蕭秋水用手一抹，猛見自己一手都是血！

就在這時，他的左肩又中了一傘，一連跌撞七八步，劍迴脅刺，把追殺他的人刺了一記，猛站直，又是一個電光，只見五六名如兇神惡煞、披頭散髮的權力幫徒，揮刃向他攻到！

——二弟、三弟，你在哪裡？

——唐柔，唐大，我要替你們報仇！

——唐姑娘，妳安好麼？妳安好麼！

雨過天晴，又是黎明。

可是也是泥濘。

蕭秋水在泥濘裡，一身都是血污，扶著竹子走著。

竹子在晨陽下，露濕點點，說不盡的翠綠。

好美的竹子，好活的生機！

但是蕭秋水身上都是傷，但外傷並不重要，重要的是他內心的悲苦——。

他用劍拄著地，用手抹去額上的汗血，抬頭望旭日，溫煦且祥定，可是——。

——二弟、三弟、唐姑娘，你們在哪裡？

他也不知道自己怎樣闖了出來，怎樣殺出重圍，怎樣來到這片竹林，怎樣從黑夜戰到天亮。

他只知道林子裡都是敵人，都是埋伏，都是暗器和伏擊，他還記得有一次被長索絆倒，眼看就死於一人的倭刀之下，忽然三道寒星打入那人胸腹之間，那人就拋刀而倒，那精巧而細小的暗器，那暗器會不會是來自唐方？

——唐方唐方妳可好？

——妳可好？

——唉。

他雖衝了出來，可是他的兄弟呢？他的朋友呢？

唉。左丘。唉。玉函。

想到這裡，他簡直要支持不住，要倒下去了，就在這時，他聽到一陣清揚至極的笛聲。

——蕭秋水你不能倒。

——浣花劍派的安危還繫在你的身上。

蕭秋水強振精神，才知道他負傷殺到的地方，便是聞名天下、荷花結子、丹桂飄香的新都桂湖。

十三 二胡・笛子・琴

秋色艷湖濱，桂花香滿城。
香風吹不斷，冷露聽無聲。
撲鼻心先醉，當頭月更明。
芙蓉千萬朵，臨水笑相迎。

這便是桂湖秋色，清美迷人，

但桂湖又豈僅止於秋色？豈僅止於月色？

華陽國志記載：「蜀以成都、廣都、新都爲三都，號名城。」

新都的桂湖，濃綠艷紅，柳暗花明，猶有小西湖之稱。

笛聲清音，傳自綠蔭深處。

蕭秋水柱劍抬頭，舉目清潭如碧，紅柱綠瓦，一片新喜的景意，霧氣還氤氳在潭上，猶未散去，潭上荷葉清蓮，新遇晨曦。

只見桂湖上一道金紅的橋道，直搭到湖心去，給人一種在蔭涼花景中輕曼絢麗的感覺。

蕭秋水自幼長在成都，當然知道那就是「杭秋橋」。

笛聲就從「杭秋橋」那端悠悠傳來。

蕭秋水只覺在煩躁中一片清涼，禁不住蹣跚著往「杭秋橋」走去。

碧湖映潭，何其新翠。

那湖上的水，深邃而寧靜，像一面光滑的古鏡，鏡上沒有魚波。

杭秋橋盡處是桂香柳影的「聆香閣」。

這裡水閣旁的桂樹，有六百多株，卻有上五百多年的歷史，還有一株丹桂王。

草亭如蓋映清流。

亭上有人，笛聲揚起，悠悠裊裊，正是共長天一色，遼遠方盡，那二胡卻哀怨方新地接奏下去。

啊，親情、感情、遠景、兄弟、朋友，一一都也許哀傷地在樂譜中點描著，讓人深心的愴痛。

蕭秋水禁不住往「聆香閣」上走去。

「聆香閣」中有三個人。

蕭秋水快要走近的時候，那二胡已愈低愈沈，終渺不見。

然後那清婉鏗鏘的揚琴聲又響起。

琤琮宛若流水，激在石上；如將軍上馬時的環佩，繫在鞍上。

樂音中有清婉，亦有壯志豪情，要拔劍去聞雞起舞。

蕭秋水聽著，不覺熱血盈胸。

他本是性情中人，喜詩詞，愛音樂，更嗜遨遊天下，結交四方。

現只見：閣中亭上，有三個人，兩個男子，一個女子。

女子正吹笛子，相貌平凡，手持一異綠得清澈的短笛，笛子很粗，但笛孔很大，與一般笛子，很不相同。

灰袍男子拉二胡，胡琴古舊，稜稜高瘦，肩膀低垂，看上去只不過二十來歲，但他的神情，如五六十歲的老人，已了無生機。

現在彈奏的是一白袍男子，這男子稍爲清俊，相貌亦覺稚嫩，膝上的揚琴又寬又長，所發出的樂音，卻是高山流水，清奇無比。

一曲劇終，蕭秋水忍不住拍手叫好，才發覺臉上已掛了兩道長淚。

白袍男子雙手一收，姿勢極是嫻恬，舉目笑道：「幸蒙尊駕雅賞，爲何不移尊入閣一敘？」

蕭秋水笑道：「在下路過此地，能聞清音，實是萬幸，不敢以俗步驚擾先生雅奏。」

那女子忽然道：「見君眉宇，聽君言語，公子可是受人追殺，迫來此地？」

蕭秋水一怔，擲劍長歎道：「正是。在下走避倉惶，又與同行兄弟友儕失散，內心悲苦，無復可喻。」

灰袍男子緩緩道：「兄台既然身逢大難，又有緣得此相見，蒙兄賞聽，吾輩當再奏一首，以解兄台內心積鬱。」

白衣男子與綠笛女子都點頭說好。蕭秋水見三人如此儒雅，且又投緣，更喜所奏之樂，心中很是欣喜，當下道：「在下既將遠行，難卜生死，能在陽關西出之前，再聽三位仙樂，是在下之福也。蓋所願求，祈聽雅奏。」

綠笛女子斂衽道：「公子客氣。」

白衣男子琤琮地調了兩下弦，舒身道：「請兄指正。」

蕭秋水亦回禮恭敬道：「豈敢豈敢。」

灰袍男子緩緩地提高二胡，置於腿間，緩緩道：「那我們開始了。」

白衣男子與綠笛女子齊道：「好！」

突然之間，自琴、自笛、自胡，抽出了三柄清亮的快劍，水濺一般刺到了蕭秋水的咽喉！

三柄鋒銳的劍尖，猶如長線一點，都抵在蕭秋水的咽喉上！

蕭秋水沒有避，也來不及避！

蕭秋水連眼都沒有眨，他驚愣，他詫異，但他沒有害怕。

蕭秋水沒有說話。他的劍還插在亭中地上。

白袍男子肅然道：「好，好漢！」

綠笛女子道：「你不怕死？」

蕭秋水道：「怕。我最怕就是死。」

綠笛女子奇道：「爲何你現在不怕？」

蕭秋水端然道：「怕還是會死。」

綠笛女子道：「要是我們覺得你怕，就不殺你呢？」

蕭秋水道：「我蕭某人要生要死，不需要別人來決定！」

綠笛女子見他既無自負、亦無自卑的神情，忍不住道：「現在也是？」

蕭秋水道：「現在也是。」

綠笛女子眼中抹過一絲迷茫的神色，喃喃道：「是……是……我也是……」

白袍少年忽然接道：「我佩服你。」

蕭秋水正色道：「我也佩服你們。」

白袍少年奇道：「爲什麼？」

蕭秋水笑道：「不是佩服你們的劍快，而是佩服你們的音樂好。」悠然了一會又接道：「那還是很好很好，很好的音樂。爲什麼你們要個別吹奏，而不和奏？剛才一擊，已足可見出你們出劍配合高妙，了無形跡，是絕對能合奏出更好的音樂的。」

白袍少年與綠笛女子聽了這一席話，眼裡都綻放出熾熱的光芒，連握劍的手也抖了一抖，只有灰袍男子還穩穩地握著劍，但也抬了一抬目。

那目中的神采亦是奮烈的。

白袍少年忍不住道：「你不怨我們？」

蕭秋水奇道：「怨你們什麼？」

白袍少年道：「你是被我們用計而擒，現在只要我手上一送，你就——」

蕭秋水坦然笑道：「有什麼好怨！你們是用音樂吸引我，也就是用音樂擊敗了我，敗就是敗，有什麼好怨！」頓了一頓，喘然道：

「可惜，可惜我身上還有任務未了……」

白袍男子難過地道：「但我們還是騙了你，」低下頭去，咬著嘴唇，道：「而且還要殺死你。」

蕭秋水默然一陣，道：「我知道。」

白袍男子忍不住道：「你知道我們爲什麼要殺你嗎？」

蕭秋水苦笑道：「不知道——不過，我想，你們一定有你們的理由的。」

白袍男子黯然道：「因爲……因爲……因爲我們就是三絕神劍的三名同門：笛劍江秀音，琴劍溫艷陽，胡劍登雕樑。」

蕭秋水失聲道：「你們……你們就是『三才劍客』！」

白袍男子點頭，道：「三劍聯手，江湖莫敵！」

灰袍男子突然說話了，一說就是喝道：

「收劍！」

三柄劍又神奇般消失了，消失在他們的琴下、胡琴裡、笛子中。

蕭秋水摸摸咽喉，抱拳道：「既是孔揚秦同門，敢問因何不殺？」

灰袍男子沈聲道：「因我們看得出來，你是條漢子，而且也是知音人，對知音人，我們要給他一個公道，但是掌門之命難違，還是要殺！」

蕭秋水一怔道：「那是——？」

灰袍男子道：「拔你的劍。」

蕭秋水緩緩把劍拔出，灰袍男子目光收縮，道：「扁諸神劍？」

蕭秋水道：「正是。」

灰袍男子脫口道：「好劍！」

蕭秋水道：「你們是權力幫中的？」

灰袍男子道：「不是。我們自小無父無母，加入了三絕劍派一門，所以掌門要我們做什麼，便得做什麼。」

蕭秋水道：「聞三位琴音笛韻，當非匪患之輩，難道孔揚秦所作所爲，不是權力幫傀儡？難道權力幫向來爲非作歹，三位充耳不聞!?」

灰袍男子沈默良久，終於道：「吾等非冷血之徒，然恩深如海，不能相忘。」

蕭秋水長歎一聲道：「哦。」

灰袍男子道：「我知你心中不服，但二十二年前，若無孔掌門人，我們又豈有今日？身不由己啊，身不由己！」

蕭秋水靜靜聽完了之後，忽然道：「你們的心情，我很瞭解。只是音樂如溪流，自見格韻，若清濁不分，既未能清心，又清韶何來呢？」

灰袍男子進了一步，忽然厲聲道：「多說無異！我們練劍，向以三人合擊，這是我最後提醒兄台之事！」

蕭秋水爽然道：「承兄抬愛點醒，在我未死之前，還是要勸三位，摧陷廓清，存正辟邪，方為音樂之道，三人合奏，如劍合擊，更有奇境。」

語鋒一挫，抱拳道：「三位聯手，在下當知非所能敵，生死有命，富貴在天，請各位手下不必容情，若在下不幸戰敗，乃藝不如人，絕不怨懟三位！」

語鋒一落，提劍虛刺！

劍指灰衣人，灰衣人身形往後一長，錚地自二胡中抽出長劍。

蕭秋水一招虛刺，也不追擊，抱一歸元。

灰衣人長劍抽出，也不變招，一彈，劍勢直走蕭秋水脅下要害！

蕭秋水劍身一黏，一招「移花劫玉」，以浣花劍派的輕巧，帶過灰衣人灑落的一劍！

沒料他的劍方才黏上去，灰衣人的劍忽然變成了三柄，三柄長劍若水無骨，颼颼颼颼幾聲，蕭秋水情知壓力太大，劍招太銳，即收劍飛退，但胸腹之間的衣衫，已被劍氣殺得片片破碎。

灰衣人冷冷一句：「得罪！」挺劍又遊身而上，另外綠笛少女江秀音，白衣少年溫艷陽的劍，也同時自其他兩個角度刺到！

蕭秋水抖擻神威，浣花劍派以招式繁複精奇爲主，一連刺、戳、點、捺、掣、攔、劃、割，刺出了八招二十七劍！

三才劍客擋了廿七劍，還了三劍。

這是第一回合。

第二回合就不同了。

主動攻擊還是蕭秋水，他攻出了五招十九劍，對方還了十一劍！

第三回合就更糟了。

蕭秋水攻了三招十劍，對方反擊了十三劍！

到了第四個回合，蕭秋水接了廿一劍，才還了六劍。

第五回合，蕭秋水只反攻過一劍。

第五個回合之後，蕭秋水就完全落於下風，連反擊的機會也沒有。

第七回合、第八回合、第九回合、第十回合……蕭秋水額上已滲出了汗水，所有的傷口，都在作痛，週遭的劍尖，都在他劍身的左招右架時形成一種「叮叮叮叮叮叮叮叮」連響之聲。

蕭秋水的劍愈彈愈快，對方三人的劍也愈刺愈快，就像三隻不同顏色的蜻蜓，把水上點得起了一個又一個的漣漪。

不可戀戰。

蕭秋水猛地一劍橫掃，帶過三柄長劍，一連「叮叮」之聲響了卅一次，原來這一帶之下，對方三人已刺出三十一劍，都刺在蕭秋水的劍身上，猶如音樂一樣，煞是好聽。

蕭秋水長身而起，如飛鶴一般，正要掠出長亭！

但三點劍尖半空追刺，分成三個角度，卻自同一方向刺來！

蕭秋水人在半空，本避無可避，但浣花劍派的武功，確有其獨到之處，蕭秋水一招「花落無憑」，忽然身子脫力，猶如海天一線，平平跌落下來！

那三柄劍就在他眼前、鼻尖、胸襟「嗤嗤嗤」地閃過。

「飛花無憑」乃蕭棲梧觀落花，時隨風起，時隨風落，人生去來，無常無依，所以創出這一套身法，突如風吹，起伏無棲。三才劍客雖劍法自琴、胡、笛中悟理，但變化上卻與浣花劍派的劍招各有擅長，以悟性及氣質論，以一戰一，蕭秋水可穩勝三人中任何一人，縱二人合擊亦可應付，但以三人力戰蕭秋水一人，蕭秋水就遠非所敵了。

這三劍一起疾點，蕭秋水即刻陡落平跌，但在同時間，三點劍尖立時往下刺到！

三支劍鋒劃空「颼颼」之聲，蕭秋水足尖才告沾地，三劍已在他眼、鼻、胸三寸之遙！

蕭秋水甚至無法等到足跟著地，他的「鐵板橋」已倒彎過去，後腦沾地，三劍險險刺空！

這一下「鐵板橋」，彎成如一道拱橋，應變之急，姿態之妙，世所難見；但三才劍客劍勢突分，三人忽然急傾，向前俯身，居然劍越蕭秋水頭頂，三劍反刺蕭秋水背心，三人的姿勢，與蕭秋水平胸而立，只是一向後彎，一向前傾，姿采之妙，從遠遠帶著水光霧氣望過去，紅亭中的四人鬥劍好不美妙，只是殺著卻盡在裡頭。

蕭秋水退無退地，進無進處，這三劍反刺，未著前忽然三劍劍身交錯一起，發出了一聲三種樂音的劍擊之聲，三劍一分，如一劍三刃，以三道死角，擊殺蕭秋水。

蕭秋水足跟未著地，人未平衡，劍路已被對方三個身子封死，背後三道劍路，又無可抵禦，除一死外，別無可能！

就在這時，忽聽「嗆啷啷啷啷」一陣連響，黑影頓清，旭日重現，蕭秋水忽覺得眼前一亮，劍氣突去，猛吸一口氣，一個「鯉魚打挺」躍了起來，只見澄湖碧水，人影熟撚，忍不住歡愉無限，長嘯起來，一身污血，化為清明！

笛劍江秀音的劍鋒，就連在笛身上。

所以她每一劍劃出，笛孔破空，因而都帶笛韻！

但是眼看她的劍刃就要刺中蕭秋水命門死穴上時，她不禁暗自發出悠悠一聲哀歎。

她喜歡這個瀟灑，然而豪俠精悍的青年人。

可是她突然發覺了一件事！

她的笛韻忽然換成了殺聲！

一柄雪亮如尖片的劍，在她以爲不可能的情形，一振間攻出一十七劍！

她能在一振間刺出十三劍，可以說是三才劍客中最快的。

可是對方比她還多攻出四劍！

「嗆啷啷啷啷」的聲音，就是二人互拚劍鋒，交擊下響起來的！

可是對方多了四劍，而且突如其來，第一劍震飛了綠笛，第二劍刺傷了手腕，第三劍封死了退路，第四劍劍尖突然止住。

而劍尖就停在她的咽喉上。

江秀音閉起雙眼，卻發現對方毫無動靜，緩緩睜開雙目，只見一白衣、驕傲、無情的年輕人，手上穩如磐石，長劍平指，劍尖指在她咽喉上，眼睛眨也不眨，望定了她。

江秀音也不知爲什麼，竟然臉上一熱，猛掠過一人的名字，喫驚道：

「南海劍派，鄧玉平!?」

那年輕人眼角似有了笑意，已不如開始時那麼無情，緩緩搖了搖頭，道：

「不是鄧玉平，是鄧玉函。」

鄧玉平，鄧玉函。

人說南海劍派掌門年輕俊秀，風流倜儻，年方廿七，已是一派掌門，南海劍派到了他手上，不但發揚光大，而且長袖善舞，從遠霸外島，到侵佔中原，是一個雄才大略的人。

鄧玉平的身邊充滿了令人心動的傳說。

然而鄧玉平也有個出名的弟弟，就是鄧玉函。

年輕的人都聽過他們兄弟的傳說，年輕的少女尤是。

江秀音當然聽說過鄧玉平，亦聽說過鄧玉函，而今站在她眼前，打落了她的劍，用劍指住她咽喉的快劍者，臉容冷峻、倨傲，但又十分無邪，眉宇間略帶微愁的人，就是鄧玉函，這消息令她震住，且也怔住。

……鄧玉函？

白袍少年的劍招最好，因爲三人中，他最有悟性，而且最驕傲。驕傲的人都較注重殺著與花式，劍法多走偏鋒、繁複或怪異。

可惜他撞上的不是鄧玉函。

鄧玉函也是個驕傲的人。

鄧玉函一生中只服兩個人：

一個是哥哥鄧玉平。

一個是兄長蕭秋水。

白袍少年溫艷陽眼看一劍要命中蕭秋水時，他心中亦有惋惜之情，這惋惜之情使他劍法緩了緩，劍勁也稍鬆了鬆。

就在這時，他忽然感覺到長劍劍尖被人雙指所挾！

他立即反轉劍尖，這一著能把對方二指割斷！

但就在他變招的刹那，那人的手已改搭在他的劍身上！

他一扭之力，如嵌磐石之央，絲毫未動！

他心裡一凜，連忙抽劍，但對方已搭上了他的手腕！

他的手腕立時如被鐵箍扣住！

他此驚非同小可，抬頭一望，蕭秋水已不見，換來一個又高又瘦、看來懶洋洋的散慢漢子！

但於一瞥之間，那人另一隻手已搭上他的手臂。

他的手臂立時酸了，劍鏘然落地。

但他另一隻空著的手已揚起揚琴，往來人天靈蓋拍打下去！

不過他的手才揚起，那人另一隻手又扣住他的脈門！

原先那隻手已從他手臂改成捏住他肩膊關節！

溫艷陽驚懼莫已，那人還是懶懶散散的，但刹那間已從「太極擒拿手」改換成「八卦擒拿掌」，換了七八種擒拿方式，拑拿住他全身十七道大小要穴，溫艷陽連一根手指都動彈不得，只有苦笑道：「你是誰？」

那懶漢懶洋洋道：

「我……的……名……字……很……長……我……叫……左、丘、超、然……」

複姓左丘，名爲超然。

左丘超然是個懶人，所以蕭秋水、鄧玉函、唐柔、鐵星月、邱南顧、康劫生等人戲稱他爲「散骨大仙」。

左丘超然懶起來，連喫飯都懶。

甚至連睡覺都懶。

但是左丘超然是天下擒拿第一手項釋儒與鷹爪王雷鋒唯一嫡傳門徒，他七歲練起，十三歲時一雙手，連禿鷹爪子都抓之不傷，十五歲就把黑道上大名鼎鼎的「鐵環扣」佟振北雙手拗斷，十七歲時在「鷹爪門」中，仍屬最年輕的一代，但門中高手，見之無不尊爲「小師叔」，十九歲時認識蕭秋水，結爲莫逆之交。

無論誰雙手沾上他，都要倒楣。

當日之時，若不是左丘超然一雙手扣住鐵腕神魔溥天義雙手，蕭秋水還真未必能成功地刺殺了他。

三人中武功最高，內力最厚，應變最快，智謀最得者，其實是胡劍登雕樑。

登雕樑也較爲無情。

也許他年歲也比較大，身分也較爲高，也許是因爲閱歷與責任之故，他雖然也惜重蕭秋水，但下手卻絕不容情！

但在突然之間，他聽到一聲叱喝：「著！」

一道白光閃來，他才意識到剛才那一聲清叱是出自女子口音時，白芒已沒入他的胸襟！

他僅及時閃了閃，但一柄七寸飛刀，已沒入了他的臂膀裡。

他臉色慘白，長劍一鬆，左手撫臂，血滲灰衣。

但他哼也不哼一聲。

他眼前出現了一個少女，若不是伊穿著勁裝誰也料不到能使這樣迅速及準確的暗器者居然是個女子。

這女子清明的眼睛望著他。

登雕樑撫臂恨聲道：「唐家？」

這女子點點頭，道：「唐方。」

「唐方。」

蕭秋水忍不住愉悅地叫道：「唐方，唐方。」忍不住過去要握她的手。

唐方也情不自禁伸出手來讓他握。旭日已成晨曦，水氣滿散，日暖水清，紅橋媛媛，他們的情感自然得就像青天白日，水映亭雲。

蕭秋水還是忍不住叫道：「二弟！三弟！你們都來了呵！你們都來了呵！」

左丘超然道：「只要不死，自然都來了。」

鄧玉函也笑道：「來得還算及時。」

唐方忽然道：「這三人，殺還是不殺？」

蕭秋水怔了怔，道：「當然不殺。」

唐方笑道：「爲何不殺？」

蕭秋水搔搔頭道：「好像……好像是因爲……因爲剛才他們也沒有殺我……不，不不不不，我太高興了，高興得連話都不知該怎麼說，連理由都不知道了……」

唐方笑道：「我知道了……」又向登雕樑道：「你走吧！」

蕭秋水忍不住問了一句：「妳……妳真的放了他？」唐方回眸道：「你說不殺，我就不殺。」

然後她忽然臉飛紅了起來，那紅彩就如晨暈一般自然，自然得像綠，漂亮得像紅，處處皆是風景。

唐方悠悠又道：「其實要不是登兄專注出劍要殺蕭兄，我還絕對不能出手就傷得了登兄。」

登雕樑赧然道：「唐姑娘，妳這一刀我也許接得下，但登某也知接不下妳下一刀。」

左丘超然也笑道：「溫老弟，我的擒拿手要不是先發制人，先扣制住你長劍，恐怕勝負迄今尚未分哩。」

溫艷陽臉紅了一紅，道：「以一對一，我非你之敵。」

鄧玉函沒有說話，只是緩緩地收了劍，向江秀音長揖了一下。

江秀音回頭就走。

蕭秋水忙道：「承蒙三位適才不殺之恩，今後兩不相欠。三位亦知，我兩位拜弟及唐姑娘已經到來，三位要殺我等絕無希望。三位器識、胸襟、品格，都屬上乘，為何要附蛆到底，而不棄暗投明？大義滅親，乃大俠之勇！唯舉世濁流，君等何不仗仙樂清耳，亦清人世？此次別後，或再追狙，在下等亦無怨懟。然三位恩怨分明，勝敗不狎，乃真君子也，為何不揚名立世，替江湖上清出一條坦蕩之道？何苦甘心附麗權魔，自敗身名於當世!?」

溫艷陽聽得這番話，年輕的目中一片茫然；登雕樑卻長揖到地，也不打話，返身便行，終在遠處消失。

他們又重逢了！

陽光滿地，風動葉搖，紅亭綠瓦，簡直像婉麗的畫圖一般。

你想他們該有多高興？

可是他們不能光只是高興，前路茫茫，還在等著他們四人去披荊斬棘。

所以他們歡笑、互問、暢談，然後：

繼續向前走。

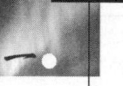

丙 第三天以後

十四 笑飲一杯酒・殺人都市中

五月十七。
六龍生氣，大明天恩。
忌：出行動土安葬。
初七巳亥木危制亢。
宜：結網取魚。
遊禍天地橫天朱雀。
沖煞二十六西。

穿過四川省，即進入貴州。

到了貴州，他們意欲取道黃果飛瀑，渡烏江，不久即可進入廣西省。

入廣西，就可以到桂林。

抵桂林，就可以見著孟相逢、蕭易人、蕭開雁、唐朋、唐剛、鄧玉平……可是真的那般順利麼？桂林的浣花分舵，真的有這般平靖麼？

……

這日，他們來到了貴州甲秀樓。

一路平安，但心中，卻是惴惴不安。

所幸他們是天性樂觀的人，何況，他們又在一起，雖然心急如焚，但心裡還是很快樂，就算天塌下來，也一樣當作被蓋取暖。

水從碧玉環中出，

人在青蓮瓣裡行。

南明河上，就是名聞天下的甲秀樓。

甲秀樓，真是甲秀天下，橫跨河上還有一道霽虹橋，登樓眺望，前臨芳杜洲，北接浮玉橋，南臨萬佛寺、翠微閣，菁華匯集，美不勝收。

他們一行四人，就在甲秀樓上充饑，因事急如燃眉，也無心賞景，只偶爾開幾句玩笑罷了。

霽虹橋上，可以看見光采奪目的甲秀樓，亦可以俯望南明河的淺淺清流。

他們四人走過。

鄧玉函說：「我餓了。」

左丘超然笑道：「人家的傳奇裡，俠客們都是高來高去，銀兩花不盡，肚子不會餓，可是我們……嘿……肚子吱咕叫，銀兩又在突圍時掉光了，哈！哈！」說到無奈，只好乾笑幾聲。

蕭秋水淡淡地道：「難怪我們的遭遇，不會被錄在傳記裡了。」

唐方忽然激動地道：「不，你們一定會被記下，」大家站住，錯愕地望著她：「你們少年時就敢惹權力幫，衝出劍廬求援，對三才劍客饒而不殺，身上連一個錢也沒有，還上甲秀樓大喫……」唐方眼神裡充滿著光采，熾烈地道：「你們這些雖然不像故事中的大俠、俠女，但是你們更親切、更真實、更人間……」

大家都怔住了。鄧玉函忍不住道：「唐方，難得妳相處時短，卻這般了解我們……江湖上卻有不少人說我們是無行浪子哩。」

蕭秋水卻柔聲道：「唐方，我們被記下，那妳也將被記下。」

唐方抿嘴一笑，終於忍不住要笑個痛快，就像一朵花綻放，盡是芳心可可。

左丘超然接道：「好。從今以後，我們都不叫唐姑娘了，要直呼妳唐方囉！」

唐方笑道：「這當然。嗯，聽說除康劫生外，你們另外的好兄弟，鐵星月與邱南顧也要來嗎？」

鄧玉函道：「正是。可是他們向不失約，而今未至，很可能是遭了權力幫的……」

左丘超然接道：「不。我在放走劫生前有一條件，就是問明老鐵和小邱的下落。

據說是他們三次想自外攻人，但皆被擋了下來，之後便生死不明了……」

蕭秋水長歎道：「老鐵莽直衝動，但願小邱能制住他的野性。」

左丘超然卻搖首道：「可惜小邱也是瘋瘋癲癲的。」

唐方側首問道：「聽說你們對鐵星月及邱南顧的感情，似乎比劫生要好？」

蕭秋水、左丘超然、鄧玉函三人幾乎異口同聲道：「要好多了！」

左丘超然笑道：「老鐵最喜歡放屁……」

鄧玉函笑道：「小邱什麼都好，卻是怕鬼……」

蕭秋水忍不住也笑道：「他們倆，真是一對活寶。有他們在的地方，天下大亂！」

他們談笑著走進甲秀樓，叫了幾道小菜，大嚼起來。

甲秀樓本是名樓，是風景而不是飯店，但有錢有勢的人卻把它買了下來，換上個招牌，在這兒喫東西，自然都會貴一些，他們沒有錢，但唐方從髻上摘下了一枚金釵，這金釵價值不菲，何況金釵上還刻有一個小小的「唐」字。

唐家的東西都是值得人信賴的。

奇怪的是這家店子的招牌竟空白無一字。

蕭秋水、唐方、左丘超然、鄧玉函四人走進了甲秀樓，叫過了菜，菜送上來的時候，蕭秋水就要起筷，然而唐方卻阻止了他，做了一件事。

就是摘取髮上的銀針，在每道菜裡沾了一沾。

唐方的髮上飾有銀針與金釵，金釵可以作暗器，銀針則探毒。菜裡沒有毒。

蕭秋水道：「唐姑娘真是心細如髮，三才劍客既截擊我於桂湖，這一路上去桂林，絕不可能平靜無波的，真的還是小心點兒好。」

左丘超然慢條斯理道：「百毒神魔的嫡傳弟子與一洞神魔座下的兩個寶貝，只怕也會跟上來。」

鄧玉函冷笑道：「不怕他不來，要是南宮松篁來，說什麼我也把他誅之於劍下！」

唐方悠然道：「這些人還不怎樣，要是康出漁、沙千燈等來了。倒是不易應付。」

蕭秋水道：「不過要是他們追來了，也等於是替浣花派引開了部分強敵。」

四人噢噢談談，日正午陽，憩靜如畫。

這時一位夥計走了近來，腳下似給痰盂絆了絆，身子砰地撞在蕭秋水等人的檯角上，手也立時砰地按在桌子上！

蕭秋水眼尖，喝道：

「此人易容！」

那人長身而起，倒竄出去！

他倒竄的身形恰好閃過蕭秋水一劍！

可是卻閃不過左丘超然的手。

左丘超然一手揪住他的衣領，虎爪抓臉！

那人竭力一閃，一張臉皮竟被抓了下來，跟著「嘶」地一聲，那人衣領撕破，翻身而出，正要搶出窗外。

窗外是南明河！

蕭秋水的母親是孫慧珊。

孫慧珊家學淵源，父親是當今十字劍派之老掌門十字慧劍孫天庭，母親則是天下易容大家「慕容．上官．費」中排行第三的費宮娥。

孫慧珊雖是女子，但卻喜弄槍玩刀，對十字慧劍練得直追孫天庭，然對母親之易容術，卻不感興趣。

孫天庭自是高興得笑呵呵，費宮娥卻無可奈何。雖則如此，蕭夫人孫慧珊的易容術，亦有她母親的二、三成本領，這二、三成本領，在江湖上已是了不得、不得了的了，至少可以把「九天十地，十九人魔」中的康出漁、沙千燈、孔揚秦也騙倒，以為陰陽神劍張臨意復活了。

蕭秋水是磊落男子，不喜易容，易容本領，根本沒學，對浣花派的劍法，卻自有悟性，也自創一格。

他自幼心奇穎，性格好奇且耳濡目染下，對易容術也頗曉些微，雖只有他母親的一、二成本領，但天下三大易容高手的子弟，還會差到哪裡去？他這一下本領，至少必遠在一般宵小易容術之上。

所以那夥計行來時，他本不甚覺意，但待那人一摔，他立時警覺，立時瞥見此人耳後有一道黏痕，便叫了起來，要大家小心，那人一逃，即作賊心虛，他便立時出劍！

原來一般不精之易容術，耳際頸邊總留一道縫痕，蕭秋水懂得易容，自然一看就給他看出來了。

蕭秋水一出手，第二個出手的就是左丘超然。

擒拿手本就講求反應快，快得像自然一般，因爲擒拿的時候，要制勝於人，則必須要比意識還快，不但運用到潛意識，甚至要無意識間出手也一樣可以制人於死地才算到家。

所以練擒拿手的人，一招一式，無不練習千百遍，但這點在左丘超然來說，每招每式，從小到大，莫不練過十萬遍以上。

甚至一個細節、一根指頭、一個姿態，也是要苦學，因爲擒拿手看來握拿之間便能制人，但如遇到高手，你不通變化，只求一招一式硬使，那等於是送上前去挨揍而已。

來人雖扯破衣衫，脫身而逃，但臉上易容，也給撕了下來，這人翻身就要出去，這時撲面陽光，湖清水明，只聽鄧玉函叫道：

「南宮松篁！」

南宮松篁！

百毒神魔華孤墳的嫡傳弟子：南宮松篁！

華孤墳被唐門唐大所殺，但唐大因一時大意，爲毒所制，卻死於康出漁和辛虎丘的暗殺，也可以說是間接死於華孤墳之手的。

唐大倒下後，鄧玉函曾與南宮松篁對峙過，差一些就著了南宮松篁的道兒。

想起那一場對峙，鄧玉函猶有餘悸，對南宮松篁，卻是化了灰也識得他！

在認出來的同時，鄧玉函就出了劍！

南宮松篁一旦被認了出來，立即就逃，連毒也不及施放！

他避過蕭秋水一劍，掙脫左丘超然的雙手，立即掠出窗外。

長空幻起一道血箭。

南宮松篁顯然已中劍。

南宮松篁本來要落到霽虹橋上，然而卻失足墮入河中。

清澈的流水，立即冒上一股紅泉。

然後唐方就出手了。

唐家的女子素來不會婦人之仁到放虎歸山的。

唐方如燕子一般，掠過藍天，自上而下，打出了幾點一閃而沒的黑點，射入了河中，然而巧妙地一側，如燕子剪翅一般，又飛回甲秀樓中。

河裡冒出的不是一道血泉，而是五、六股殷紅湧上。

誰都知道，在這世界上，再也沒有，沒有南宮松篁這個人了。

唐方輕盈地坐了下來，蕭秋水歎了一聲，道：「我現在才真正感受到『笑飲一杯酒，殺人都市中』的滋味。以前以爲這是豪邁行止，後來想及被殺者的心情，卻又是另一般滋味，死者的悲落卻造成了殺人者的意氣風發。唉！」

鄧玉函沈默了一會，道：「不過南宮松篁這種人，確實該死。」

左丘超然道：「快快喫吧，喫飽了好趕路，早日到桂林，早日好。」

唐方搖首笑道：「你們喫吧，我已飽了。」

三人又喫了一些，忽聽一人笑道：

「喫吧，喫吧，再喫多一些，黃泉路，路不遠，寧作飽死，不做餓鬼。」

蕭秋水等人喫了一驚，只見對面桌上，坐了一位彪形大漢，足有七尺高，一身肌肉賁起，瞪目虬髯，卻正在冷笑著，一面拿出了兩根細針。

原來蕭秋水等人，一進來就已看見此人，此人雖牛高馬大，但在真正的武林中人眼中，體積的龐大是毫不足道的，愈是高手，容態反而愈是平凡。

而今這大漢並不使蕭秋水等人喫驚，喫驚的是他取出兩根細針，分左右握著，顯然就是他的武器。

一個這般彪形大漢的武器居然是一雙繡花針，這就不平凡了。

唐方思想起一人，失聲道：「『不見天日』柳有孔：柳雙洞？」

大漢暴笑道：「不見天日，就是本人，哈哈哈哈……我這雙繡花針，不繡鴛鴦不繡花只刺瞎子兩個洞，好姑娘，我把他們幾個刺成瞎子後，再來跟妳抵死纏綿……」

唐方臉色怒白，雙肩一牽，立即就要發出暗器，但背後陡然響起一陣巨大的風聲，其中夾雜著一絲尖銳的厲聲，狂襲而來！

蕭秋水沒有出手。

鄧玉函也沒有出手。

連左丘超然也不動手。

爲什麼!?

唐方來不及施放暗器，前有桌子，後有暗襲，飛身而起，柳雙洞的雙根針閃電般在她「環跳」、「四白」二穴刺了一下，唐方就摔倒下去。

唐方跌在地上，秀髮如雲，鋪在地上，柳雙洞竟看得痴了。唐方倒下去才看見背後暗算她的人。

一個商賈打扮的胖子，拿著一根長棍，奇怪的是長棍起端比一般的棍子都粗，如碗口般大，但棍子很長，愈到尖端愈細，到最後細如牛毛一般。

這根棒子可以使出棍法，但亦可以當作劍使。

拿這種武器的人，武林中只有一個人，就是「咽喉穿洞」鍾無離：鍾壹窟！

柳有孔、鍾無離是「一洞神魔」左常生座下兩員大將。

左常生是肚子一個大洞，他以這點殘缺來殺人，所以外號稱作「一洞神魔」。

然而他手邊這兩員哼哈二將，柳有孔與鍾無離，都是要人穿洞，眼睛穿洞及咽喉破洞，所以又名柳雙洞與鍾壹窟，都是武林中極其可怕的辣手人物。

唐方料不到還有權力幫的人在店裡，是因爲她料不到權力幫的人竟眼看南宮松篁被殺而袖手不救。

以唐方的武功，縱受暗算，兩方夾擊，也不致於敗於頃刻，這更是因爲她料不到蕭秋水、左丘超然、鄧玉函等，竟沒有在千鈞一髮之際出手牽制住這兩個惡客！

爲什麼他們不出手？

唐方知道時已經遲了。

因爲她也看見了蕭秋水、左丘超然、鄧玉函他們。

他們已倒了下去，手不能動，口不能言，但眼神是急切的、焦慮的。

爲什麼他們會倒下去呢？

一想到這點，唐方就明白了。

那一拍，南宮松篁迫近桌子時假裝摔倒前的一拍。

這一拍，已在菜餚中佈下了毒。

卻唯獨唐方未喫，其他喫的人都中了毒。

唐方這時氣得簡直要哭了，但她緊咬著唇，咬得下唇都白了，就是不哭。

多年唐家的教塾告訴她：要堅強、不能在敵人面前哭。

所以她不哭。

鍾無離的第一句話是得意非凡、狂妄自大的，但確也解了唐方心中的疑團。

「你們雖殺得了南宮松篁，卻不料他一拍間下了毒，他料不到我們見死不救，卻造成我們的得手，因你們中毒！哈哈哈哈……」

柳有孔也妄笑道：「你知道這是什麼毒？其實沒什麼！就是軟麻散而已！而你們現在，嘿，有腳，不能走，有手，不能打，有口，不能言。愈輕的毒愈易下，憑南宮松篁那死鬼，一拍間也下不了什麼重毒！嘿，嘿，嘿？」

鍾無離也笑的得意十分：「而且這種毒啊，藥力只一盞茶的時間，就消失了，但我們呢？哪——」一俯身，一探手，轉眼間封了蕭秋水「啞穴」、「淵液穴」、「京門穴」、「大椎穴」，再回頭，照板照眼地也點了左丘超然的穴道，那邊的柳有孔也點了鄧玉函的穴道，接道：

「眼看你們功力又恢復，但又被我們點了穴道，還是不能動、不能打、不能叫、不能生、不死，哈哈哈哈……」

笑聲一斂，又道：「其實你們怎樣都逃不出我們手掌的，就算逃得過這一關，下一關由我們幫裡的神君出手，你們怎逃得了！哈！哈哈！」

鍾無離揚揚鐵杵，又加了一句：「而我們要你們怎樣，你們就得怎樣，哈哈哈……」

柳有孔一雙怪眼，打量著唐方，瞇眼笑道：「尤其是這位如花似雪的大姑娘嘛——」忽見唐方臉色煞白，一雙清水分明的眼睛大現殺機，美麗得讓人動心中竟隱透俏殺，不禁一噎，竟說不下去，卻側首見蕭秋水望來，嘴唇溢血的，顯然因怒極而齒噬及唇，以致滲出血來，柳有孔勃然大怒：「好！你這臭小子敢情看我不順眼，我就要毀了你雙眼！」

說著一步過去，提針便刺！

這一刺，就要把蕭秋水刺成一個臉上有兩個血洞的瞎子！

忽聽樓下有人大聲道：「我們一直攻不進去，真他媽的彆氣死了！」

另一人聲音甚是尖銳，道：「死了死了，又不見得你真的死了！」

這兩聲對話語音宛若破鑼，人仍在霽虹橋上，但語音猶在樓上，簡直像打鐘敲鼓一般，鍾無離、柳有孔二人對望一眼，迅速地行動起來，一連拖了七八面桌布，然後把蕭、左丘、鄧、唐四人踢到一張桌底下，用桌布蓋了起來，又壓放幾張凳子之類的東西，就像這間茶樓上忽然有那麼一個擺置貯物的地方。

鍾無離壓低聲道：「你們暫且待著，我們看清楚對方來路後，做掉他們，再與你們同樂。」

四人在桌底下擠在一起，心中無限淒苦。唐方恰巧頭枕在蕭秋水胸前，髮絲如雪，幽香若蘭，蕭秋水心中一蕩，忙斂定心神，暗罵自己：這是生死關頭，豈可如此輕薄！頓感無限赧然。

這時樓下的人又說話了：「咦，這裡有座茶樓。」

另一人沒好氣道：「瞎的呀你！這偌大的一座樓，你現在才看到！」

原先那聲音粗重的人道：「嘿！我也是早看到了呀！就怕你瞎，只故意說給你聽罷了！我還知道這樓叫做什麼呢？叫做甲秀樓！」

第二個聲音尖銳的人怪叫道：「當然知道叫什麼樓了！大大個『甲秀樓』寫在上面，三里以外也看見啦！還用得著你說！」

那粗聲大漢怒道：「我又不是說給你聽！」

那尖聲大漢反駁：「那這裡又沒有別人，你是說給鬼聽了！」

粗聲大漢道：「那邊有條狗，我是說給狗聽！」

尖聲大漢道：「哦！你會講狗話，一定是狗了！」

大漢粗聲道：「我現在就對著狗講話！」

大漢尖聲道：「這狗話跟人話倒蠻像的嘛！」

粗聲大漢怒道：「放屁！」

尖聲大漢也叱道：「你放狗屁！」

粗聲大漢怒不可抑：「狗放屁！」

尖聲大漢也怒極：「你屁放狗！」

忽然一陣靜默，粗聲大漢竟搶天呼地地笑了起來，一笑不可抑，大家都覺納悶，只聽那尖聲大漢沒好氣地道：「他媽的！笑什麼笑！笑你沒有嘴巴啊!?」

那粗聲大漢像笑得接不上氣，邊喘邊道：「哈……你……你輸了……哈哈哈……」

尖聲大漢忍無可忍，怒喝一聲，這聲音把遠在樓上，但因穴道被封，無法運功的四人，震得跳了一跳，可見這大漢內功之精深。

「我有什麼輸!?你說！你說!!你快給我他媽的說!!!」

那粗聲大漢在尖聲大漢大喝時，依然笑得死去活來，把對方喝問，置之囫圇，此刻忍笑喘道：

「哈……屁……屁那裡可以放……放狗……你……你說錯話了。我們說過……哈哈……罵架可以，但不通便不可以……你……你剛才就罵得狗屁不通。……哈……所以你輸了……哈哈……」

尖聲大漢忽然大笑起來，笑得天驚動地，連樓上的柳雙洞，鍾壹窟也變了臉色。

這次輪到粗聲大漢笑不出了，怔怔地望了一會，跺足怒道：「你又笑什麼!?」

尖聲大漢逕自在笑，粗聲大漢忽然怒喝一聲，呼地打出一拳，尖聲大漢聲音陡止，也呼地打出一拳，只聽「蓬」地一聲。兩人一時都笑不出。

這下樓上的鍾、柳二人，相覷了一眼，手上的兵器不禁都緊了緊，從剛才兩名大漢對打一拳的拳風裡，可以得知這兩人拳勢之霸道，真可說是無堅不摧！

只聽尖聲大漢怒道：「我爲什麼不可以笑！」

粗聲大漢暴躁地道：「因爲你沒有理由笑，我笑就可以！」

尖聲大漢詫而問道：「爲什麼你笑就可以？」

粗聲大漢桀桀笑道：「因爲我有理由笑啊，蠢材！」

尖聲大漢怒道：「我當然也有理由笑啊！」

粗聲大漢奇道：「你已經輸了，哪裡有理由可笑!?」

尖聲大漢哼聲道：「誰說的!?屁明明可以放狗，不信，我放給你看！」

粗聲大漢嘿聲道：「屁哪裡可以看！又不是脫褲子放屁！」

尖聲大漢怪聲道：「那你不看，可以聽啊，請君爲我傾耳聽，聽好了啊——？」

說到這裡，忽然「蓬」地一聲，然而這聲音又有點像「汪」地一聲，像一隻睡著的狗忽被人一腳踢起，悶嗥起來一般，然後聲音之大，他們人還在霽虹橋端，甲秀樓上卻清晰可聞。

唐方雖身在險境，聽來都不覺好笑，這兩人怎麼如此憨直，說放就放，相隔如此之遠，猶聞巨聲，如在面前，那還得了!?她遊目可以看見蕭秋水、左丘超然、鄧玉函幾人，雖無法語言，亦無法動彈，卻看見蕭、左丘、鄧等人目中，卻有一種很奇怪的神色。

這眼神似有笑意，又有欣慰，既發神采，又是焦急，更像有莫大的喜悅，要告訴她什麼，但偏偏又說不出話來。

唐方百思不得其解，但又無法詢問，但見三人似十分留意樓下那兩個莽漢九不搭八的對話。

唐方不禁也留神地聽下去。

只聽那粗聲大漢怪叫一聲，捏著鼻子直嚷嚷道：「好臭，他媽的好臭！」

那尖聲大漢笑道：「豈敢，豈敢，天下放屁第一臭者，是屁王，不是我。」

粗聲大漢一呆，問道：「誰是屁王？」

尖聲大漢笑道：「屁王鐵星月，就是閣下你啊！」

那粗聲大漢不怒反笑道：「這還差不多，鐵咀雞邱南顧。鬥口你還可以，但要論放屁，你還不是我對手。」

尖聲大漢笑道：「這點當然。」

唐方心中一亮。

她現在終於了解蕭秋水等人的眼神要告訴她些什麼了。

原來樓下的兩人，就是：

鐵星月！

邱南顧！

蕭秋水的好兄弟！

蕭秋水等人從唐方恍悟的眼神，也知道她瞭解了，所以眼色更是欣悅。

可是更令他們耽心的是：

這魯莽的鐵星月與憨直的邱南顧，應該還不知道他們被擒在這裡，然而鍾壹柳雙二人在此以暗欺明，會不會使他們二人也同遭毒手呢？

只聽邱南顧嘻笑道：「論放屁你可以稱王，但論口才，則是我霸口邱南顧！……不過嘛，我放屁雖不如你，但卻能放屁放出狗的聲音來，這點你該認了罷？」

鐵星月怒道：「我承認你的確是屁放狗叫，但我也一樣可以呀！我不但可以放出狗叫，還有貓叫、豬叫、鱷魚叫、老鼠叫……你要不要聽聽？」

唐方只聽得啼笑皆非，怎麼這兩人如此窮煩。幸好下面邱南顧已怪叫道：

「別別別別……我最怕你放屁的了，真是臭得繞樑七日，這樣好，你對一半，呃，我對一半，一人一半，兩不喫虧，好吧？」

鐵星月不情願似地沈吟了一會兒，終於道：「好吧……」忽發現狗爬樹似的叫了起來，道：「咯，這樓原來是飯館，怎麼招牌是空白的？」

唐方一聽，心中一喜，知道鐵、邱二人，已經進入甲秀樓內了。

只聽邱南顧卻道：「空白招牌，不行，讓我上去摘下來看看……」只聽一陣衣袂之聲，又落到地上，落地十分沈重，但起落間足有四、五丈，居然如此迅捷，邱南顧輕功之快急亦可想而知，柳雙洞、鍾壹窟二人臉色又變了變。

只聽鐵星月直著嗓子念：「……力……什麼……歡……又不是歡……什麼力……什麼居……」

邱南顧怒道：「什麼『歡力居』，這個是『權』字！『權』字都不認得！」

鐵星月抗聲道：「豈有此理，誰叫他的楷書寫得那麼亂，不會寫字！」

邱南顧反問道：「誰說是楷書了？」

鐵星月怪叫道：「哈！不是楷書是什麼？四書啊？篆書啊？經書啊？」

邱南顧道：「放屁！是草書！」

鐵星月反問道：「誰說放屁是草書？屁是屁，書是書，你只能放屁，難道能放書？這次你放屁能放出一本四書五經來，我就服了你。」

這二人夾纏不清，強詞奪理，聽得柳有孔、鍾無離二人頭暈腦脹，蕭秋水等人若不是穴道被制，早已笑得滿地滾，但回心一想：自己來時，確也曾看見空白的招牌，卻不似鐵星月、邱南顧二人真的扯下來察看，若他們先看見招牌背面有字，而且是「權力居」，當然會有所戒備，不致遭了暗算。

能把甲秀樓買下來開茶樓食館的人，除了「權力幫」的錢多勢盛外，有誰能夠呢？蕭秋水等簡直痛恨自己的疏忽大意，然而聽來鐵星月、邱南顧兩個寶貝好像完全覺察不出什麼，還大搖大擺地上了樓。

說話如雷，放屁巨響，出手如電，輕功如鳥，這四件事，早已令鍾無離、柳有孔下了殺心。

蕭秋水等人是塞在桌底，上面壓滿了凳子、桌布，甚至還有掃帚與箕斗，但在底下的一個縫隙裡，依然可以望出去，看見鍾、柳二人的兩雙腳，以及那把樓梯踏得咯登作響，大步上來的兩個人。

首先出現的是頭。

唐方好奇地望過去，只見兩顆很奇怪的人頭。

一是彪形大漢，卻有一顆很小的頭，像瓜子一樣，貼在脖子上。

一是較瘦小卻精悍的漢子，牙齒卻突了出來，他卻力撮著唇，就像鳥啄一般。

彪形大漢是說話粗聲的，大頭人是尖聲的，兩人一面興高采烈地罵著架，一面大步踏了上來。

這只是短短一瞥，也是給唐方的第一印象，這兩人已經上了樓梯，從桌布箕斗的縫隙望過去，樓上遠處多了兩雙腳，兩雙鞋子又黑又臭的大腳。

有一隻鞋子，還破了一個洞，露出隻腳趾頭，腳趾也破了個洞，唐方哪有見過這樣的怪人，定睛看去，卻見那腳趾頭竟向著自己轉了轉，招了招，唐方哪裡見過此等怪事，真是給唬住了。

如鳥啄的彪形大漢是鐵星月。

頭大大的瘦小漢子是邱南顧。

這點唐方也記住了。

但她不知道自己爲什麼要牢牢記住蕭秋水結義兄弟們的名字。

她自己也沒有覺察到箇中因由。

只聽鐵星月沒好氣地道：「嗯？怎麼有樓沒人？有菜沒夥計的？」

邱南顧卻喜道：「哪哪哪，那兒不是有兩個人嗎？」

這時只見鍾、柳二人的腳步移上去，鍾壹窟笑道：「這兒客人通常來得不多，今天尤其少，客官要喫什麼？我是掌櫃的，夥計不在，我也可以代弄幾道好喫的。」

鐵星月道：「我是餓扁了，總之有好喫的，全部拿來！」

鍾無離恭卑地道：「是是是……」

邱南顧卻道：「喂，掌櫃的，旁邊是你的夥計嗎？」

鍾無離卻道：「不是不是，這是我弟弟……」

邱南顧道：「赫！怎麼他這麼兇神惡煞！」

鍾無離道：「唉呀客官有所不知，我弟弟他是個白癡……」

邱南顧道：「白癡？」

鍾無離歎道：「是呀。他小時也喜歡弄槍舞棍，有次遇到個武林高手，就把他打成了白癡，傻里巴巴的，簡直成了人頭豬腦，哎呀四肢發達，頭腦簡單啊，飯倒是喫不少哦。」

邱南顧奇道：「打成白癡？好高的武功！」

鐵星月不屑道：「那有什麼了不起，我有一次與人交手，把那人打成一口豬！」

邱南顧道：「一口豬！哪裡會把一個人打成一口豬！」

鐵星月洋洋得意道：「好簡單哦！打到他滿地爬，滿街叫，當場拉屎，不是豬是什麼？是邱鐵口麼!?」

邱南顧虎地吼了回去：「你真他媽的老子又沒惹你，你幹嗎罵人是豬！」

鐵星月勝了一著，倒是不理他，向鍾無離道：「打他的人是誰？」

鍾無離答道：「我也不知道。但那人是用指鑿，打在我弟弟的眼蓋上，他……他就這樣子了。」

鐵星月嘀咕道：「打在眼皮子上？那怎會這樣子的呢？」

蕭秋水聽到這裡，猛地想起一事，心中暗叫不妙，十分焦急，無奈又叫不出、動不得。

鍾無離會不會故意引鐵星月、邱南顧去檢查柳有孔的眼睛，而柳有孔的雙針——柳有孔的雙針！

眼睛！

蕭秋水急得額上佈滿了黃豆大的汗珠，唐方見了，也感覺出生死一髮；

徒呼奈何！

這時只聽鐵星月那莽夫果然道：

「怎麼會這樣子？讓我看看！」

只見那破鞋子走前兩步，貼另一雙鞋子而立，兩人相距之近，真是鼻可相觸，蕭秋水的一顆心，幾乎要跳出了口腔。

忽聽邱南顧道：「爲什麼要讓你看，你以爲你是大夫啊？讓我看……去！……來，眼皮子翻翻？……」

蕭秋水從縫隙望出去，只見原來那雙破鞋子蹌蹌踉踉退了五、六步，原先立足的地方又換了一雙破鞋子，敢情是邱南顧推開了鐵星月，他自己卻搶著上前去探看。

蠢材啊！蠢啊！蕭秋水心中又急又憤，心中忍不住大罵！

只聽鐵星月怒道：「你幹嘛推人!?你難道治得好他！」只見那雙破鞋已經踮高了腳，顯然正在翻柳有孔的眼皮，凝神注視。

這時忽聽「呼嚕」一聲，接著「嗤」之聲破空，便是鐵星月的狂吼與邱南顧的怪喝！

他們果然動上了手！

「呼嚕」，是鍾無離鐵杵的聲音。

「嗤」則是柳有孔雙針的聲音。

十五　鐵星月與邱南顧

地上的腳步迅速交錯起來，時急止時迅動，以及搏鬥聲與怒吼聲。

——他們怎麼了？他們怎麼了！

——鐵星月啊，邱南顧啊，你們究竟怎麼了!?

遇險了！

鍾無離先出的手！

十一尺長的鐵杵，趁鐵星月往後的時候，呼嚕地疾刺了出去，然而重要的是「嗤」地一聲！

這「嗤」地一聲，是鐵杵前端部分破空之聲，真正可怕的不是杵柄的力量，而是這辛辣、迅疾的一刺！

「呼嚕」是鍾無離長杵帶起的聲音，「嗤」才是杵端那一下急刺！

急刺鐵星月後頸！

鐵星月一聞聲，立時回頭，那一刺，等於是刺向他咽喉！

杵長，刺急，按理說鐵星月怎麼都避不開去。

可是鐵星月不避！

他只做了一件事：

他一拳打了出去！

「崩」！

血肉的拳頭擊在刺尖之上，竟發出金石之聲！

更令鍾無離大悚的是：鐵刺被擊斷了！

鐵星月似一點也不痛，另一隻拳頭已飛了過來！

因爲驚愕，鍾無離竟避不過這一拳，「蓬」地被打飛出來，天旋地轉，天烏地暗，天驚地動，向後倒飛，「砰」地撞飛一張桌子，兩張凳子，最後撞在那藏蕭秋水、唐方、左丘超然、鄧玉函的桌上！

「嘩啦啦」……一陣亂響，所有的東西都塌了下來，白桌布扯裂，露出了蕭秋水等……。

鍾無離一出手，柳有孔也出手了！

柳有孔出手更快，但他的雙針爲何沒發出聲音？

因爲發不出聲音。

邱南顧似也料不到一個彪形大漢會使的是兩口針，又因離得太近，難以相拒，竟做了一件事：

一把抱住柳有孔。

攔腰抱住柳有孔，柳有孔的雙手，也掙脫不出來。

兩人就這樣對瞪著，一時都呆住了。

邱南顧強笑著打招呼道：「嗨，你好。」

兩人臉本來貼得極近，而今簡直是鼻唇相接了，柳有孔青了臉色，怒叱：「你……」

邱南顧笑嘻地道：「沒辦法，我不能鬆手，一鬆手你一定會刺瞎我雙眼：啫啫，現在臉貼臉，兩個大男人，多難看啊！真是，我都叫你不要用這種招式勒！」

柳有孔又氣又怒，一時說不出話來。

邱南顧嘻皮笑臉道：「你很氣是不是？唉呀，想暗算我們啊，我們其實一過霽虹橋，便知不妙，怎麼河裡一個地方的魚全翻了肚子，一定有毒，這是當旺時分，茶樓上怎麼沒有人，只有你們兩個怪物？招牌上明明寫的是『權力居』，你當我們懵的呀？還想不到跟『權力幫』有關麼？我們心裡倒是早有防備啦！蠢材！」

柳有孔怒吼一聲，拚命力掙，兩人相距已無縫隙，柳有孔雙臂使針已至半途，性命交關，邱南顧也死命抱住，哪敢放鬆？

——聽到這裡，唐方才知道這兩個邋裡邋遢的莽漢，居然是粗中有細的豪傑。

——也明白了鐵星月、邱南顧二人，何以接得下柳雙洞、鍾壹窟二人的狙擊。

——南明河中的死魚，顯然是因爲南宮松篁的屍首：這百毒神魔之弟子，死在河中，還是可以毒死了河中無辜的魚群，令人不寒而慄。

桌椅翻倒，布裂人現，卻聽鐵星月大喜怪叫道：「哈！哇！媽媽喊哩喎呀！哈！呱呱！你們啊原來在這裡！嘻！你們好哇！」

然後一個勁兒地衝過來，抓住蕭秋水使勁地搖個不停道：「媽媽的！老大你好！好久不見了哇！」

然後又抓住左丘超然就是一拳，再給鄧玉函一腳，一面歡叫道：「死老二，鬼老三，哈哈！我們又見著了！」

就著又走向唐方。唐方差點沒給嚇暈過去了。鐵星月卻皺眉搖了搖頭道：「奇怪？這標緻的妞怎麼沒見過？」又抓住蕭秋水打了一拳哇哇叫道：「好哇！居然有個叮噹啦，也不告訴我老人家！」

這下可慘了。原來蕭秋水、唐方、左丘超然、鄧玉函的穴道被封，鐵星月興奮過度，居然沒有看出來，蕭秋水慘在不能言語，真是啞子喫黃連，有苦說不出。

鐵星月逕自興奮，大聲呼叫道：「喂！喂！死鐵口！老大他們來啦！哇哈哈！樂死我了——」

卻猛見一人搗著臉自破碗爛凳中站了起來，原來是鼻血長流的鍾壹窟。

鐵星月奮然叫道：「好哇！你還沒有死啊！來來來，我再補你兩拳——」

飛奔著過去，鍾無離大叫一聲，一杵打下去，鐵星月興奮過度，竟忘了閃避，鍾無離本已受傷，功力大減，卻聽「碰」的一聲，鐵杵打在鐵星月背上，鐵杵竟彎成半月形，鐵星月悶哼一聲，竟然沒事，還一把搶過鐵杵，一口咬了下去！

這一下大家都看呆了。

卻聽「崩」的一聲，鐵杵竟給他咬了一個缺口！

只聽鐵星月躁道：「媽媽的，居然咬不斷！」竟發狂地把鐵杵往身上、腰間、臂上、腿間，又拗又纏，那十一尺餘長的鐵杵立時變成了棉花糖一般，捲成一圈又一圈，拗成一段又一段。

這下不但蕭秋水他們看呆了，就連鍾無離也怔住了，鐵星月拗罷鐵杵，抬頭看見他，大吼一聲：

「哈！你還在呀，小老弟——」

鍾無離嚇得三魄去了五魂，怪叫一聲：「媽媽呀——」火燒屁股似的，沒命似地飛跑，鐵星月也一面叫：「喂喂喂別走——」一面沒命似地追！

一追一逃，兩人在甲秀樓上，頃刻間繞了幾十個圈。

左丘超然白了臉，鄧玉函青了臉。

鐵星月那一拳和那一腳，對無法運功抵禦的左丘超然與鄧玉函來說，實在不是好受的。

蕭秋水當然也不好受。

那邊的邱南顧與柳有孔，也分出了「勝」「負」。

柳有孔既掙不脫，邱南顧也騰不出手，

柳有孔掙得一臉通紅，忍不住罵道：「去你媽的！」

邱南顧卻光火了：「我媽媽又沒犯你，幹嗎罵我媽媽！」

一張口，就咬了過去！

這一下，柳有孔也沒料到，這一口，就咬個正著。

柳有孔的鼻尖，竟給邱南顧這一口噬了下來。

柳有孔慘嚎一聲，疼痛難當，也不知哪來的力氣，一頭就向邱南顧臉上頂了過去。

邱南顧也猝不及防，捱了一記，雙手一鬆，退了三四步，又要衝來！

柳有孔雖然痛不欲生，但他體格魁梧，又足智多謀臨危不亂，「嗤嗤」彈出雙針！

這雙針不是攻向邱南顧，因為他知道，以邱南顧武功身手，這雙針是威嚇不了他的。

這雙針是射向蕭秋水這邊的唐方與鄧玉函的。

攻其必救！

他已看出蕭秋水等人與邱南顧等之感情非同凡響，而蕭秋水等人穴道被封制，飛針射向他們，邱南顧必搶身去救，卻沒料到，邱南顧、鐵星月二人，是大事細心、小節粗心的莽漢。

這兩口飛針射向唐方與鄧玉函，邱南顧根本不顧。

有什麼好顧!?邱南顧心忖：蕭秋水他們才不會連兩根小小的飛針都躲避不了！這飛針飛起時他同時飛起，柳有孔捂住鼻子，斷未料到邱南顧又到了他面前，打出一記鶴鋤！

這一記「鶴咀鋤」雖沒真箇要了柳有孔的命，但也真的要了柳有孔一隻眼！

柳有孔慘叫一聲，翻身穿窗，飛墜落河，邱南顧也不窮追，但十分得意。

此番柳有孔雖未喪命，但在以後的「神州奇俠」故事中再出現時，他是名符其實的「柳有孔」，而且是活脫脫的「柳雙洞」，鼻子一個洞，眼睛一個洞！

飛針極快，雙雙掠過鐵星月前面。

鐵星月本可雙手接住，但他正忙著揍人。

原來他追鍾無離不到，追了十一、二個圈，興味索然，鞋子又破了大洞，腳板全伸了出來。他蹲下來要套好鞋子，卻正在穿時，「呼」地一個人一腳踩在他背上，鐵星月大怒，一挺身，倉惶間也摔了一個大跤，在地上打了一個照面：原來就是鍾無離！

原來鐵星月蹲下去穿紮鞋子時，鍾無離臉部痛極，以爲鐵星月還在追他，失心喪魄，亂跑一場，竟已跑了一個圈，看不清楚，恰好撞到鐵星月，跌了一大跤，猛見又是這天神般的壯漢，真是唬得傻了！

鐵星月一見，簡直是元寶天上掉，老實不客氣，一連七、八拳，擂在鍾無離肚子上，鍾無離開始還接了三、四拳，到了後幾拳，勁道之重，壓力之大，簡直接不住了，「蓬蓬蓬」打在腹間，真是痛得死去活來，也不知哪裡生出的力氣，竟一把推開鐵星月，亦翻窗出去，落入河中去了！

鐵星月揍得痛快，得意異常。

鍾無離此番雖得不死，但全身骨頭欲裂，待下回出現於「神州奇俠」中，鼻樑都凹了進去，正是鐵星月揍的，也恰合了他的外號：「鍾壹窟」。

兩枚飛針，就在鐵星月攬著鍾無離猛揍時掠過。

兩枚小小的飛針？鐵星月才不管呢！

然而這兩枚小小的飛針，卻是致命的飛針！

一枚飛向唐方的「人中穴」！

一枚飛向鄧玉函的「眉心穴」！

奪命飛針！

飛針眼看就要取去唐方、鄧玉函的性命，無人可救。

此時正是千鈞一髮，忽聽一聲暴喝，蕭秋水忽然飆了起來！

蕭秋水可不及同時救兩個人！

唐方在左，鄧玉函在右，兩人相隔恰好比人在中間而雙手展開更闊一點，蕭秋水救得了左，便救不得右；救得了右，卻救不了左。

蕭秋水立即躍起，把身一橫！

這一來，他形同橫擱在唐方與鄧玉函面前，頭右足左，手掌與腳脛，剛好截住了飛針！

他雙掌一拍，及時抓住了飛針，救了鄧玉函，但他的腳就沒有那末靈活了，加上他穴道剛剛才沖破，運勁不上，所以就硬喫了一針，雖救了唐方，人也摔跌下來。

針嵌在腿肉裡。

鄧玉函眼中流露出感激。

左丘超然目中透露出敬佩。

唐方眼眸中隱中有淚影。

蕭秋水的穴道當然也被封了，可是他怎樣能在一髮千鈞間躍了起來相救呢？

原來蕭秋水是自己衝破了被封的穴道。

唐方、鄧玉函、左丘超然與蕭秋水內力相仿，左丘超然練的是擒拿手，內功稍爲穩實一些，而蕭秋水練的是浣花劍法，浣花劍派向來主張以氣禦劍，所以蕭秋水的內息，又比左丘超然強一些。

這強一些兒，還不足以使蕭秋水有能力自己衝開穴道。

原來蕭秋水從開始到現在，就沒有放棄過運內功衝開所封穴道的努力，加上鐵星月那一拳，他硬受一擊，卻早有準備，把外力轉成內勁：鐵星月的剛勁何等犀利，蕭秋水轉移調息，自然一衝就破。

這種內息轉移法極是傷身，何況蕭秋水一旦得脫，即全力營救，所以更傷元氣，而今又中了一針，臉色蒼白，大口氣地喘息了幾下，即替左丘超然解開了穴道。

左丘超然一得以脫，指疾點，解開鄧玉函、唐方穴道，唐方、鄧玉函即扶住巍顫欲跌的蕭秋水，這時四人才真正鬆了一口氣，好像從閻羅殿前打了一轉回來，這時，鐵星月與邱南顧已打跑了柳有孔與鍾壹窟，也笑嘻嘻地走過來，左丘超然跟鄧玉函一肚子火，忍不住都要發在這兩個憨人的身上。

左丘超然、鄧玉函也裝作笑嘻嘻地走過去，唐方即扶住蕭秋水。

邱南顧還笑道：「嘿，月來不見，老大怎地得了哮喘病啦？」

鐵星月居然也笑道：「喂，剛才你們躺在那裡，喫灰塵呀？」

左丘超然笑著握鐵星月的雙手道：「不是喫灰塵，而是請你喫拳頭。」

鄧玉函也拍拍邱南顧肩頭笑道：「不止老大有病，你也有肚痛症哇。」

一說完，兩人同時猝然揮拳，「蓬蓬」痛毆，左丘、鄧二人與鐵、邱二人是好朋友，早已知道鐵、邱的要害破綻，兩拳下去，兩人猝不及防，痛彎了腰！

鐵星月嘶聲道：「媽的……打那麼大力，你想死咩!?……嚐……」

邱南顧嗄聲罵道：「死人頭！……你暗算本大爺……唷……王八蛋！」

鄧玉函也怒道：「媽的，剛才你揍我們那麼大力，現在得報大仇！」

邱南顧怪叫道：「我們見面禮向來是這樣的呀！什麼大不大力的!?」

左丘超然道：「我們是穴道皆被封鎖，命在砧上，你們走過來，居然不解穴，由我們生死！哼！」

鐵星月一副精明地叫道：「那老大又怎麼能動!?分明謊話！」

左丘超然怒道：「要不是老大藉你打的一拳，換勁沖穴，挺身捱針，咱們早都翹辮子咯，還等你們來救！」

鐵星月、邱南顧這才想了想，知事態嚴重，也不敢再辯了。

鄧玉函餘怒未消，恨恨地道：「媽的，今天差點給你們兩個糊塗蛋害死了！」

鐵星月哭喪著臉道：「我們……我們又怎麼知道……知道你們穴道被制嘛……」

鄧玉函恨聲道「還說！——」

那邊的蕭秋水強笑著道：「算了。老鐵和小邱今番來，畢竟是救了咱們的性命，咱們應感激多謝他們才是。」

邱南顧登時得意地道：「嘿嗨，對勒，無論如何，我總算對你們都有救命之恩——咦——！你們原本不是在成都浣花蕭家劍廬嗎？怎會來了這裡？又給封住了穴道？」

——鐵星月、邱南顧確是武林中、江湖上鐵錚錚的好漢，也是一等一俠義之士，但他們又憨又直，行事乖戾偏激，蕭秋水自是知情。

這兩人也因爲兄弟們這種情誼，以後在俠林中不知鬧了多少笑話，闖了多少龍潭虎穴，渡過了多少血腥風雨，這兩人，一直是一對活寶，在「神州奇俠」的故事裡，一直到陳劍鬼、秦瘋八等人出來後，就更加相映成趣了，這且按下不表。

蕭秋水雖臉色蒼白，但依然笑問道：「老鐵，小邱，看來你們的武功又有精進！」

其實蕭秋水並不是看來的，而是想來的。

——鐵星月銅皮鐵骨，肯喫苦，膽子大，勇氣過人，又不怕捱打，敢拚命，脾氣大！武功專走大開大殺一路，爲人也大氣大慨，不過亦因無知，所以也有點古古怪怪、神神經經就是了。

——邱南顧爲人刁鑽機智，唯恐天下不亂，一張鐵口鋼牙，最好管閒事，武功走奇門異道，待人潑辣爛纏，因爲血氣方剛，所以時亦瘋瘋癲癲，古靈精怪。

——邱南顧、鐵星月二人武功雖好，蕭秋水亦曾與他們交過手，邱、鐵二人武功略在左丘、鄧二人之上，卻仍在蕭之下，而遠不及唐。

——鍾無離、柳有孔的武功，縱不如左丘與鄧，亦相差不甚遠，而今鐵、邱二人能片刻把鍾、柳二人打跑，可見武功大有進境，只怕蕭秋水亦未必能及。

——故此蕭秋水料定在分手的這些日子裡，鐵星月、邱南顧二人武功必有奇遇精進。

——蕭秋水是猜對了。

蕭秋水這一句是沒有含責備意思的話，所以鐵星月、邱南顧等十分樂意回答。

原來自蕭秋水和他倆分手後，鐵星月、邱南顧順便到桂林浣花劍派分局去拜會蕭易人，這一方面是因爲言談間蕭秋水對他兄長的推崇，一方面是鐵星月、邱南顧二人對蕭易人的氣度雄風早就心儀已久，亦想藉此拜會。

蕭易人與他們亦一見如故，論及武藝，蕭易人便指點鐵星月，應發揮所長，既天生神力，剛勇無匹，何不苦練無堅不催的拳法，世所無匹的氣勢？又勸邱南顧，既然機警敏捷，何不練就以應變爲主，令人意料不到，刁鑽古怪的身法、絕技，可以出奇制勝？

鐵星月與邱南顧都大覺有理，於是痛下決心，三個月的苦練，武功便發揮所長，已遠遠越過從前。

蕭易人是武林間難得一見的奇材人傑，據說劍法已直追蕭西樓，而對其他武藝，亦能妙悟明理，普通人所參悟不出來的武功道理，只要向他說一遍，往往給他一點就點出來了，可說受用無窮。

蕭易人點授鐵星月與邱南顧，亦是因愛才之心，浣花劍派的家傳劍法，規定非浣花劍派子弟不能相授，鐵星月、邱南顧二人當然不是，蕭易人只好發揮他們的特性，加強他們原已有的武功：鐵星月本來可以一拳裂分磚，現今卻可一拳碎石！邱南顧本來擅長急拳快擊，而今連腿也一樣快了。所以這幾個月下來，鐵星月、邱南顧受鼓勵下的潛心苦練，進步自是不少。

鐵星月、邱南顧的武功，是自小苦練出來的，沒有得自什麼名家親傳。鐵星月的拳，曾經打在土牆上，曾經打在瓦片上，撞得骨頭迸裂，割得血肉淋漓，但他一天天的練下去，練到現在，一拳擂下去，地上一個大洞，小樹應聲而斷，這都是用血淚和汗，每天每夜苦練，累積而成的。

邱南顧打鬥，以應變、機警、出招迅急著稱，但是他五歲第一次和人打架時，一接觸就給對方摔倒了，而且額角血流不止，門牙崩了一缺。

從此起他打了一百四十一次的架，沒有一次不敗，輕的是落荒而逃，重的是手腳骨頭全折，鼻樑斷裂、眼角、唇角、額角腫得像核桃，胸腹間的顏色就跟頭髮顏色一樣，背部還有一道長尺半、深三分的刀傷。

但是在第一百四十二次架裡，他贏了。

他贏後，沒有歡笑，獨個兒走到一個陌生的鎮上，第一次買了一壺酒，一個人喝，喝了嚎啕大哭，哭到圍觀的人至少有四百二十一名，他才收住哭聲，爛醉如泥。

他贏了。因爲他輸時一樣沒有失去信心，失去勇氣，所以他終會贏的。

因此他贏得一點也不僥倖。

他的快拳、飛腿、急智、變化，都是從經驗中、磨練裡得來的，所以很踏實，而且很有效，更不會輕易忘得了，因爲他每一招每一式，一個動作或變化，都有它的血淚史。

一直在他們未認識蕭秋水前，鐵星月與邱南顧二人，不僅無師無派，而且連個引導的人也沒有，兩人也互不認識。

終於他們認識了蕭秋水。

爲一句好詩而間關萬里來回跋涉的，爲一句承諾而生死不計敢作敢爲的，爲一個朋友，可以上天入地捨死忘生的蕭秋水。

第一個影響他們的人，是蕭秋水。

鐵星月、邱南顧自創一套的武功，雖然有用，而且有勁、有神采，但是歷經幾千百年來去蕪存菁，淘汰歷練下流傳的武技，卻更是重要且有實效，蕭秋水就把這些一一指導他們。

故此，認識蕭秋水後，他們功力是一進；結識蕭易人後，武功又是一進。

蕭秋水等人便把他們這些日子以來，如何在秭歸鬥權力幫，長江殺溥天義，蕭家劍廬的惡鬥，辛虎丘、康出漁的狙擊，保護岳太夫人的張臨意如何身死，以及如何衝出重圍而散失，如何在桂湖遭圍攻後重聚，到如何在甲秀樓上格殺南宮松篁而後中毒……一一道出，只鐵星月、邱南顧兩人性急氣躁，每每聽到緊張處，都忍不住要打岔——但是蕭秋水、左丘超然、鄧玉函等人早已熟習其性，所以還是堅持講下去，唐方卻忍不住抿嘴笑。

鐵星月聽得忍不住突地跳起來，大罵道：「他媽的豬八戒王七十八加九千蛋！別人打殺我還可以忍！康劫生這小子也來出賣我們！我就憋不下這口氣！我就憋不下這口氣！」邱南顧也吼道：「是不是！我早就說不管一切衝過去了！是不是!?這麼大的熱鬧我們都錯過了，沒得玩啦！唉呀呀——要是我們在的話該多好！」

鄧玉函冷冷地道：「你放心，我們自桂林跟大夥兒回去的時候，還有得你玩的！」

鐵星月嚷道：「唉呀，還要等到去桂林請救兵回來呀，不行咧，萬一都死光了，可沒熱鬧——」

蕭秋水變了臉色，左丘超然狠狠地在鐵星月肚子擂了一拳，痛得他大叫起來，邱南顧想想也覺不妙，趕緊笑道：「騎，騎騎，老鐵小孩子不識世界，童言無忌，唉，童言無忌，老大不要介意。」

鐵星月才知道自己亂說話，說錯話，也不敢出聲。

唐方圓場道：「桂林是一定要去的，蕭老伯要我們在極需人手的時候冒死衝出來，一是為求要我們到桂林請援，並且也藉此示警，使浣花分局早有防備；另一方面也要把此事公諸於天下，讓武林同道作個警惕，團結起來共同驅敵；所以在情在理，浣花分局還是必定要走一趟的。只不知兩位兄長桂林來，可知桂林浣花的人手怎樣?」邱南顧卻失驚道：「呀——那妳就是……就是他們說的那個……那個方……方……方唐啊?」

鄧玉函奇道：「方唐?」

左丘超然忍俊不住：「荒唐?」

蕭秋水忙糾正道：「是唐方。」

邱南顧「哦」了一聲道：「唐方。」

鐵星月又忍不住忽然加了一句：「怎麼裙子這麼短。」

其實唐方裙子根本不短，直落垂踝，只是她自小足美，善舞蹈，長輕功，穿的鞋子是祖母唐老太太親繡的，所以羅裙也就略短一點。

她原本是穿勁裝衝出浣花溪的，但一路上趕來，女子勁裝未免太引人觸目，所以改穿紫衣羅裙，真是貌美不可方物。

只是鐵星月是鐵錚錚的魯男子，最看不慣人花枝招展，素來見女子都是裾掩及足，而今見褶近足踝，更是看不慣了；其實他只評這句，已經是對唐方很看得順眼的了。因爲他遇著女子，跟邱南顧一般，總是百般不順眼，一個老是搖著頭說：

「唉，女流之輩！女流之輩！」

一個老是擺著手說：

「嘿，娘娘腔的！娘娘腔！」

唐方怔了怔，一時答不出話來。鄧玉函沒好氣地問道：「那你們好端端的在桂林，怎麼又會到了此處？」

邱南顧怪眼一翻道：「嘿，我們不是約好清明節後在劍廬見面嗎？」

蕭秋水倒是鬆了一口氣道：「哦，那你們來的時候，桂林劍門並沒有發生事兒了？」

鐵星月道：「當然沒事囉。孟師叔、易人兒、開雁都在那兒，還有唐……唐小姐的兄長，好像也在，還有……玉函你哥哥，也來了，有他們在，怕什麼，有什麼人敢來惹事！何況……何況還有咱們兩個！」

鄧玉函喜道：「我哥哥來了？」

鐵星月點點頭道：「來是來了，不過一副好像責怨我們教壞了你的樣子……」

鄧玉函赧然道：「他就是那樣的……老是不放心我。」

唐方也喜道：「來的是剛哥還是朋弟？」

鐵星月道：「我不知道。」

唐方沈吟一會道：「很會說話的，還是兇神惡煞的？」

邱南顧倒是接道：「凶？倒是一點也不凶，人緣蠻好似的。」

唐方莞爾道：「那是唐朋。……他的人緣一向都很好。」

左丘超然倒是問道：「那你們幹嘛到了貴州，卻不去四川劍廬，溜到甲秀樓來幹嘛？」

鐵星月跳起來道：「嚇！你以爲我們想留在此地麼！根本衝不進去啊，一共衝了七次，最後一次衝到山中成都杜甫草堂了，卻遇見三名劍手，一個拿琴，一個拿笛，一個拿二胡，打了半天，鐵騎神魔又來了，我們又被擊殺得倒退八十里，回到貴州來了——根本殺不進去呀！」

蕭秋水變色道：「鐵騎神魔!?」

鐵星月叫道：「對呀！『鐵騎神魔』閻鬼鬼和他六個徒弟『飛騎六判官』呀！」

蕭秋水赫然道：「這次『權力幫』真是傾巢而出了，『鐵腕神魔』溥天義、『無名神魔』康出漁、『一洞神魔』左常生、『飛刀神魔』沙千燈、『三絕劍魔』孔揚秦、『百毒神魔』華孤墳、『滅絕神魔』辛虎丘，現在連『鐵騎神魔』閻鬼鬼也來了！」

邱南顧道：「見到閻鬼鬼也來了，我們就知道劍廬那兒一定不妙，所以拚死衝入，但閻鬼鬼這廝好厲害，我們兩人鬥他一個，也佔不到便宜，加上他六個徒弟，一個使馬鞭，一個使長槍，一個使長索，一個使長鏈，一個使長矛，還有一個，哼，哈，居然使馬鞍，實在難纏得很，所以每次都給他們打得落荒而逃，實在是憋氣，這幾天，倒是做了一件妙事……」

左丘超然笑問道：「什麼妙事？」

邱南顧小眼睛咕溜溜瞇起來一轉，然後道：「我們兩個人，他們七個人，我們打不過他們，便邊打邊逃，追得他們氣喘，歇息的時候，便猝然打回去，打他們一個措手不及，等他們定過神來時，我們已搶了他們的馬，走啦。」

唐方笑道：「搶馬？」

鐵星月得意地一拍大腿，道：「對！搶馬！既打不過他們，就搶！搶不到，就偷！偷不到，就劫！」

邱南顧也得意地道：「是勒！一次摸兩匹馬，三次抓了六匹，足足偷了六匹馬！哈！那六個王八，沒了馬匹就變成肚朝天的烏龜啦，提不起絲毫勁兒，大概是趕回去騎馬再來打過了。」

鐵星月也哈哈笑道：「他們再騎來，我們再盜一次。我們當不成大俠，先當盜馬賊也無妨。」

邱南顧道：「哪要!?我們現在多了四個人，還怕他幹屁!?」

鐵星月摸摸頭道：「是呀，是呀，我怎麼沒想到……」

蕭秋水道：「你們今日得以來此處，就是因爲那六個判官到別的地方調度馬匹去了?」

邱南顧道：「是啊，那六個死鬼的馬好偷，那個閻老鬼的馬就不容易扒了，幾次試過，都偷不到。」

鐵星月道：「所以他還在左近，我們打聽到今日甲秀樓來了四個形跡可疑的人，所以想來先下手爲強，沒料是你們……」

蕭秋水道：「幸好你們來，救了我們。……不過，馬呢?」

鐵星月忸怩地道：「哪裡的話，應該的，應該的……」說著得意無比。

邱南顧也喜不自勝：「馬給我們藏起來了，好馬嗳!」說著喜形於色。

唐方忽然問了一句：「你們出來的時候，桂林劍門真的一點特殊的狀況也沒有嗎?」

鐵星月想了半天，道：「沒有。」

邱南顧猛然想起道：「有!」

唐方問：「是什麼事兒？」

邱南顧道：「別的事都很正常，只是我們臨出來的那一天，桂林劍門的雞鴨，總共九百多隻，忽然間死了一半，也病了一半，這事似有些蹊蹺……」

蕭秋水臉色陡變，道：「這跟權力幫攻浣花劍廬的先兆，完全一樣，雞犬不留。」

左丘超然道：「在成都劍廬下此毒手的是『百毒神魔』華孤墳，那在桂林劍門的想必是『瘟疫人魔』余哭余了！」

鄧玉函道：「余哭余!?這人毒冠天下，下毒本領，尤在華孤墳之上。」

唐方道：「那也就是說，在你們出桂林而赴成都時，權力幫已大肆進攻劍門了！」

鐵星月變色道：「那還得了！」

邱南顧怪叫道：「我們快去！」

左丘超然疾道：「事不宜遲，我們快趕赴桂林把！」

唐方忽道：「慢著。」

鐵星月奇道：「怎地？」

唐方道：「你們搶得的馬呢？有馬才好趕路！」

邱南顧喜道：「是呀！我們恰好六個人，而又有六匹馬，這馬，我們可把牠們藏起來了！」

他們一行六人，沿著跨玉橋，經涵碧亭，在釣鰲磯附近找了藏著的六匹馬。

這六匹馬，高近丈，鬐至膝，尾委地，蹄如丹，日行千里，日中而汗血，正如「中荒經」所描寫的汗血寶馬一樣。

「鐵騎神魔」閻鬼鬼，原本就是西南大荒的異人，他養的馬種都來自錫爾河畔大宛國，精通騎術，百丈殺人，所向披靡，兵不刃血。鐵星月、邱南顧二人偷盜的馬，正是此種千中無一的良駒寶馬。

他六人上了馬，但覺風和日麗，心中豁達，有縱橫天下的大志。

蕭秋水笑道：「晉時王嘉形容周穆王八騎飛駿爲：八龍之駿——一名絕地，足不踐土；二名翻羽，行越飛禽；三名奔霄，夜行萬里；四名超影，逐日而行；五名踰暉，毛色炳耀；六名超光，一行十影；七名騰霧，乘雲而奔；八名挾翼，身生肉翅。這八駿齊馳，直奔西崑崙之巔，是何等雄姿。今日雖僅六騎，但亦有躍馬黃河的大志。」

鐵星月、邱南顧二人聽得齊齊發出一聲長嘯，甚是愉悅，意興霓生。

蕭秋水道：「事不宜遲，我們就策馬上婁山，翻白雲峰，渡黔江，經牂牁水，東北而上，直入廣西撲桂林吧！」

眾人一聲大喚：「好！」意氣頓生。唐方在旁嫣然一笑，風和日麗，藍天綠地，無限美意，盡在心頭。

十六　怒殺雙魔

婁山亦名大婁山，在遵義縣北，高峰插雲，爲白雲峰，形勢險峻，上有婁山關，爲川黔間要隘。

婁山之麓有懷白亭、會仙亭遺址，均所以紀念詩仙李白者。

牂牁水亦即濛江，源出貴州定番縣西北，南至羅斛縣，又名北盤江，再經雲南貴州廣西與南盤江合，總稱紅水江。

黔江亦名涪陵江，世稱烏江，源出貴州威遠縣之八仙海，東北流入四川境，經涪陵東入大江，由黔入川，烏江待舟最爲不易。

六騎飛駿，行馬甚速，入夜，已至婁山麓，過懷白亭，宿於會仙亭。

會仙亭在當時已破敗不堪，只有幾處遮蔽的地方，僅留殘垣碎瓦而已。

時已十七，月已有缺。

是夜風雲密佈，月時現時蔽，烏雲遊走，夜黑風急。

邱南顧有火熠子。

左丘超然有蠟燭。

鄧玉函找到了一隻燭台，於是就著殘牆遮掩，點著了一雙蠟燭。燭影搖曳，馬就繫在斷柱之後，各人倚危牆小息，奔馳了一天，他們都累了，按照行程來計，明日即可抵廣西。

到了廣西，可又是一番龍虎風雲了。

所以他們先求稍息片刻，他們的戰志就如月芒烏雲一般，時閃時滅。

蠟燭也是一閃一明，像在黑夜裡打著訊息，撐著一線微芒；而黑夜就似權力幫一般，龐大、威皇、可怖，而且無孔不入。

蕭秋水、唐方、左丘超然、鄧玉函、邱南顧、鐵星月等人心裡都想著事情，都沒有作聲。

突然，其中一匹馬長嗥一聲，引起其餘五匹馬一聲長嘶，六人都驚了一跳。

六人這一驚，彼此都有些不好意思起來。

馬又靜息下來，只有蟬聲的知了知了，叫個不停。

六人又進入調息的狀況，只有蕭秋水一直在想著事兒，一些毫不著邊際的事情。

蕭秋水就坐在蠟燭的前面，蠟燭的後面是叢林。

蕭秋水在想：爲什麼馬會嘶鳴？

在這時候想這些，好像並無意義。

可是蕭秋水老是在想：爲什麼馬會在這個時候叫？

這些馬都是優秀的良駒，不是受到驚嚇，不會亂叫的。

以剛才的馬嘶而言，又不似受到任何驚怖，倒似像遇到了熟人，發聲而招呼一樣。

遇到了熟人？

對馬而言，熟人就是舊主人！

舊主人就是「鐵騎神魔」閻鬼鬼！

蕭秋水忽然之間，那種奇異的、奇妙的、奇特的感覺，又昇起了。

就在這時，「颼」的一聲，一道竟比電還快的白光，迎臉飛來！

「咄」，白芒打滅了燭光，燭蕊爆出了幾縷黑煙，白芒卻猶未止，直射向蕭秋水面門！

發刀在先，來勢極快，要是平時，蕭秋水是絕躲不過去的。

蕭秋水在前一瞬間，幸好已有了準備！

他拔劍，「叮」，撞落飛刀！

就在這時，一條無聲無息，但威力驚人的黑鞭，已自黑暗中捲了出來！

鞭掃唐方頸項！

這一鞭威力奇猛，偏又無聲無息，而且迅快絕倫，又發鞭在先，唐方是絕躲不過去的。

鞭與刀，幾乎是同時出手的。

鞭比刀長何止十倍，但刀卻是飛刀。

飛刀比鞭更快！

飛刀打熄了燭火，鞭才遞了出去。

也因爲這樣，鞭就像鬼影一般，一點都看不見。

可是飛刀打滅了燭火時，唐方也立時警覺。

唐方是一個極端冰雪聰明的女孩子。

燭火一滅時，她也沒有看見鞭影，但她立時機警地做了一件事：

她立時移動她在燭火未熄間原來的位置。

她甫離開，便聽見她原來坐的石凳碎裂的聲音。

那鞭子也「颼」地收了回去：來時無聲，收的時候才有一記如裂帛的急風。

這一下，左丘、鄧、邱、鐵都知道了，叱喝、拔劍、互鬥、怒吼聲響起。

蕭秋水冷靜的聲音自黑暗中響起：「大家別亂，鎮靜應付，唐姑娘妳……」

只聽唐方之聲自另一角落悠悠傳來：「我沒事。來的人是沙千燈。」

唐方畢竟是唐門後人，在飛刀滅燭的剎那，她還是可以分辨得出飛刀的手法，乃發自何人之手。

只聽邱南顧道：「還有閻鬼鬼！」

這幾日來，邱南顧與鐵星月二人數度力戰閻鬼鬼，自然對他的鞭聲甚是熟悉。

在黑暗中，大家除了警醒戒備外，心中都更加沈重。

連「飛刀神魔」沙千燈也追來了，成都浣花蕭家劍廬究竟怎麼了？

月亮，月亮怎麼沒有出來？

烏雲，烏雲愈來愈濃烈。

良久，沒有任何動靜，更沒有任何攻擊。

顯然，沙千燈主力是以飛刀襲蕭秋水，是因爲蕭秋水隱然是六人中的領導者，殺了他可以亂大局。

唐方則是六人中最難應付的，閻鬼鬼的鞭想先毀了她，也是理所當然的。

黑暗中過了良久，還是沒有任何聲息。

一擊不中，再也沒有暴露行蹤。

鐵星月如怒豹一般，隨時噬出，鄧玉函手已按劍，左丘超然十指聳動，邱南顧也伏著，但隨時飛彈而起，可是再也沒有任何動靜。

蕭秋水沈聲道：「既然我們已給梢上，就星夜過貴州，入廣西吧！」

鐵星月一聲大吼，道：「好！擋我者死！滾開者生！」

他們在月黑風高之際翻上婁山，登白雲峰，連夜下鎮寧，到了黃果鎮黃果瀑附近。

連夜奔馳，在疾風中眾人又是酣暢，又是提心吊膽，敵人想必追蹤而至，而且只怕就在附近。

這時已近中夜，黃果鎮上空蕩無人，但水氣瀰漫，空濛一片，水聲如雷，在遠處響，蕭秋水一勒馬，道：「再過去就是犀牛潭了。」

唐方蹙眉揚聲道：「犀牛潭？」

蕭秋水道：「對，這是西南最大的瀑布，聽說就是這兒。」

鐵星月猛一勒馬，駿馬人立長嘶，鐵星月興致勃勃地道：「對！那兒就是黃果飛瀑！好大！一千隻犀牛在吼，一萬個銅鑼在同時敲打，十萬隻雞蛋同時滑落，好大好大！」

邱南顧氣咻咻地道：「好了，老鐵，你別形容了，你的形容是最離線的。」

蕭秋水笑道：「不過那真的是驚人，真是鬼斧神工，我們上次在白天掠過，陽光清照，氣氛絕勝，逼遭數十丈彩幻迷濛一片，你看，這鎮上還距離黃果飛瀑那麼遠，但已水氣瀰空了。」

唐方道：「那我們要不要去看看？去看看囉。」

蕭秋水道：「我們正要繞白水河直上，再走盤江岸路渡烏江，此番正要一併去見識黃果飛瀑！」

六人一舒轡，六馬齊鳴，破天衝去！

黃果飛瀑。

貴州本來就是著名的崇山峻嶺、怒瀑危灘之地。

白水河的河水自六十公尺懸崖直瀉而下，吼聲如雷，水花四濺，水珠霧氣時化作迷濛細雨，落在附近的黃果鎮上，故稱「雨夜灑金街」，前人有詩云：

銀河倒瀉下驚湍，萬壑雷轟珠落盤；

匹練長懸光似雪，輕飛細雨逼人寒。

六俠繞飛瀑疾馳，人馬盡濕，而心中對黃果飛瀑之驚險雄峻，更是非言語筆墨所能形容的。

水湍流急。

瀑布將瀉之河流，更是激起一個又一個的漩渦。

蕭秋水等人行在峻石危岸上，因徑道險窄所以與急流相隔極近，只見在月夜下，黃果飛瀑不但聲勢驚人，而且那急流像一隻魔鬼的手掌，不斷地在作扭曲、掙扎、輾轉，形狀駭人。慘青的月亮照在水流上，更似亙古以來一種無由的神祕力量，就潛蟄在水流之中。

就在這時，天來烏雲，月華頓滅。

亦在這月將隱未滅的剎那，蕭秋水猛然又閃過一絲不祥的念頭，猛瞥見急流之中，竟有一樣東西直伸了出來，在月亮下閃了一閃。

劍！

蕭秋水大叫一聲，反身一掌拍在唐方肩上。

這一下應變極快，唐方無及閃避，砰一聲跌落馬來。

只聽左丘超然怒喝道：「老大，你——」

這時唐方的馬背忽地冒出一件東西來：

劍！

帶血的劍尖！

這劍竟穿過疾奔中駿馬的下腹，而且刺穿了馬鞍，而直冒了上來，這劍簡直是一種神奇的力量。

那劍又立刻「颼」地收了回去。

那匹壯馬連奔了十二、三丈，才悲嘶一聲，萎倒於地，落在河中，剎那間被摔落水潭，轉眼不見。

要是唐方還在馬上……

一柄這樣霸道的劍，卻用這種暗算的手段，而且用那麼卑鄙的角度，向唐方這樣的一個女子刺出了這樣的一劍……

蕭秋水變了臉色，河水怒吼，無盡無止，猶如千軍萬馬，金兵齊鳴，但這柄劍威力再大，也阻止不了蕭秋水的決心：

「出來！」

五匹馬都已勒止。

五匹馬都是在憤怒中勒停的。

五匹馬上有六個憤怒的人。

唐方摔下去，左丘超然一手就扣住了她。

蕭秋水左手一抄，唐方就落在他背後馬上，驚魂未定，粉臉煞白。

在白水河的急流裡，黃果飛瀑上游的激流中，冒出一柄劍，然後冒出了一個人頭，然後冒出了整個身體，在水流暗夜下，猶如一個水怪一般，「呼」地飛上了岩，唐方唬得臉都白了。

而這人的劍雪亮一片。

這人能在激湍中穩住身形，出劍暗襲，劍穿馬腹，煞是驚人。

蕭秋水目光收縮，緩緩地道：「三絕劍魔？孔揚秦!?」

暗夜下，月亮隱在雲層裡，河水像一條怪異的白布，詭祕地扭曲抖動著，那人就站在岩邊，持著雪一樣亮的劍，澀笑了一笑，道：「我的劍是在水底練成的，叫做

『白練分水劍』，這是三絕中其中一絕。」

他說著，劍斜垂指河，湍流立即水花濺飛，劍尖指處空落了一片岩石。

蕭秋水道：「好劍。」

鄧玉函冷冷地道：「可惜。」

孔揚秦忍不住問道：「可惜什麼？」

左丘超然卻接道：「可惜人是極卑鄙的人。」

邱南顧冷然道：「憑一代劍術宗師還施這種鄙劣的暗算，失敬得很！」

鐵星月傲然道：「簡直不配使這柄劍。」

孔揚秦怔了一怔，全身激怒得抖動起來，過了一會，又仰天長笑道：「原來如此！」

左丘超然忍不住也問道：「什麼如此？」

孔揚秦笑道：「一個人有五張口，罵架是可以，喫飯也挺行，打起來嘛……除非是狗咬狗！」

六人臉色都變了，孔揚秦繼續揚笑道：「沒料到女孩子有兩張口……你們這幾個男孩子也有！」

這幾個初出江湖的少年人初時還不知道孔揚秦講的是什麼，好一會才知道是極下流的話，唐方怒叱道：「孔揚秦，虧你還是武林名宿，居然講出這種話，你……！」

孔揚秦笑道：「你什麼！反正你們已活不過今天晚上，我講的話，又有誰知道，哈哈哈哈……不過我對妳嘛，就可以溫柔體貼一些——」

他下面的話還沒有說下去，五個人一齊發出怒吼，一齊衝了過去！

蕭秋水拔劍，衝出，突然之間，在這暗夜之中，急流之畔，懸崖之下，又起了，那種不祥的，不祥的念頭。

可是問題出在哪裡呢？

蕭秋水一頓，就瞥見一道刀光！

刀光如電！

蕭秋水一掌推在鄧玉函背門，鄧玉函跌出七八步，但當他跌出第一步之際，刀光已沒入了他的背中。

鄧玉函大叫一聲，停住。

左丘超然一手扶住了他。

蕭秋水大喝道：「不要亂，還有強敵伺伏！」

可是鐵星月與邱南顧已衝了過去。

他們雖快，但有一樣東西更快！

唐方的暗器！

唐方恨孔揚秦輕薄，一出手就是三道梅花針。

孔揚秦挽起三道劍花，砸開三道梅花針，但這剎那間，鐵星月、邱南顧已衝到！

唐方沒有繼續對付孔揚秦，因爲她立時察覺鄧玉函已中刀。

唐方反手撒出一蓬金針，直射飛刀來處！

一個人影立時自一處岩石中躍出，唐方轉身，面向著他，蕭秋水的劍尖立時也向準著那人。

可是在黑夜中，湍流邊，那人影忽然不見了，幻作一團紅燈籠。

左丘超然赫然道：「小心那燈籠！他就是『紅燈魅影』、『飛刀神魔』沙千燈！」

燈籠一亮，人影就不見了。

只見燈籠。

黑黝中要是亮起一線火，那注意力必定都全神貫注在那火光中。

那紅燈籠既不亮烈，可是令人心血賁動。

心血賁動後面是致命的一刀。

飛刀神魔沙千燈的飛刀。蕭秋水與沙千燈的弟子決戰過，當然知道沙家飛刀的厲害。

左丘超然則曾目睹沙千燈與朱俠武之戰，要是朱俠武當時不立破紅燈籠，現在蕭家劍廬早已鎮守不住了。

鄧玉函臉色紙白，他背後胛骨處沒入了一柄飛刀。

要不是蕭秋水及時一推，他此刻早已沈屍白水河了。

背後孔揚秦、鐵星月、邱南顧三人喊殺如水聲衝天，這兒只有一盞紅燈籠，以及四個靜靜的人影。

他們沒有回頭。

因爲不能回頭。

沙千燈的飛刀不讓他們回頭。

飛刀神魔的紅燈籠更使他們別不過頭。

燈籠紅。

紅燈籠後是什麼？

人在燈後。

紅燈籠後是黑。

要殺沙千燈，先破紅燈籠。

可是他們沒有朱俠武的定力。

這燈籠，他們破不了。

只要他們破不了這紅燈籠，沙千燈隨時可以動手。

因爲他們看不見。

看不見的事情最可怖。

他們額上已沾上了汗珠，唐方尖秀的鼻尖也有水珠。

是汗珠？還是水珠？

水氣霧漫，水聲迴環，周遭愈來愈看不清楚，愈來愈黯淡。

忽然眼前一亮。

一亮更亮，原來月亮已出了雲層。

月亮的光華恰好籠罩了燈籠的光芒。

紅燈籠背後露了人影。

燈籠似震了一震，紅芒彷彿動了一動。

就在這刹那間，唐方立時出手。

擅使暗器的人永遠最懂得把握機會。

唐家的人尤其懂得把握時機。

唐家的唐方更是能掌握時機的女孩子。

她的暗器不打燈籠後的人，而是打紅燈籠。

毀滅了燈籠，才能與沙人魔決一死戰！

「破」，燈籠撕裂。

如血漿一般的液體濺出，同時長空飛起一輪刀光！

唐方飛起，刀光一閃而沒。

唐方在唐家還不算是精於暗器，而是長於輕功。

另外一道劍光飛起！

蕭秋水的劍！

沙千燈既已現了形，他就要把沙千燈刺殺於劍下。

他一定要，不為什麼，只為沙千燈殺傷了鄧玉函。

鄧玉函是他的兄弟，是他的朋友，他抄起了鄧玉函的劍，矢志要把沙千燈殺之於劍下。

可是血漿般的液體，帶著腐臭射來，他只有避開。

他一避開，沙千燈就退。

沙千燈挪動腳步，忽覺雙腳已被人扣住。

左丘超然的一雙手。

左丘超然不知何時已潛到他身下，雙手扣住了他的雙腳。

沙千燈急忙欲脫，但左丘超然飛快施擒拿法，從下抄起，抓住凹陷之骨縫，大指壓內側，中食二指運勁扣拿。

沙千燈忍痛欲踢，左丘超然閃電般抓住他腳脛前後兩面，大指扣拿主筋，中食二指在後助力，雙手一滑，已鉗住小腿脛骨與腓骨中間之空隙，據戳力按！再捏膝彎的伸屈筋，閃身而上，大指搭住沙千燈內轉股筋，中食二指，再搭拿搜其外轉股筋，雙手一分，再全力扣住沙千燈胯節內側麻筋，不過眨眼間的功夫，沙千燈下盤錯節麻筋，痛苦不堪，寸步不能移。

「擒拿第一手」項釋儒以及「鷹爪王」雷鋒的後人，畢竟不可輕侮的。

可是沙千燈還有一雙手。

他一雙手，發出了兩柄刀。

在這樣的短距離下，沙千燈照樣可以發刀，確有過人之能。

只是唐方也是暗器的第一流高手。

她發出了兩顆石子，碰開了兩把刀，飛落入瀑中。

沙千燈怪吼一聲，他現在才弄清楚了這幾個少年人的份量。

可是已經遲了。

蕭秋水的劍已經到了。

他一刀就飆了出去。

蕭秋水擋住了他，唐方的暗器射不到。

至少他要把蕭秋水殺之於刀下。

但是蕭秋水的劍變了，他一柄劍變成了千百把劍點。

「漫天花雨」。

浣花劍派三大絕招之一。

沙千燈只有一刀，同時也是致命的一刀。

眼看這一下就要同歸於盡，但同時間突然出現了一個人。

這人撲到蕭秋水身前，那飛刀就沒入了他的胸膛，這人卻拔出了原先嵌在他身體裡的刀，一刀掟出！

這一刀刺穿了沙千燈的咽喉！

同時間，蕭秋水的劍也到了，沙千燈的身體被刺了上百個血洞。

沙千燈慘叫，倒在那血漿一般的液體上，立即又彈跳慘嚎起來，全身發出腐臭的焦味，竄彈了幾下，便翻落入瀑布中，直掉落入黃果飛瀑中，粉身碎骨。

沙千燈慘叫之際，也就是蕭秋水發出一聲大叫的時候。

中了飛刀的人是鄧玉函。

左丘超然放開了沙千燈，扶住了鄧玉函。

鄧玉函臉如白紙，又忽泛紅潮，在水霧中咳嗽起來。

左丘超然扶住鄧玉函，放在他胸前及背後的手都濕黏黏的，都是血。

左丘超然是觸及，蕭秋水是看到，他們的心都在抽痛著，唐方掠至，忍不住驚呼了一聲。

鄧玉函煞白著臉色，沒有說出任何一句話，深深地看著蕭秋水、左丘超然、唐方，一直掙扎著，噏動著嘴唇，卻說不出一句話來。

終於緩緩地閉上了眼。

永遠地閉上了眼。

左丘超然扶著逐漸冷卻的鄧玉函屍體，一句話也說不出來。

蕭秋水別過臉，面對黃果飛瀑，天也雨濛，地也雨濛，天地雲雨涼如冰，逝者如斯夫，老三，老三，你就這樣走了麼？

——玉函，我要替你報仇。

——唐柔，我不會忘了為你報仇的，你知不知道？

鐵星月什麼都不知道，他的一雙拳頭，在瀑布巨響中依然虎虎可聞。

他已中了三劍，可是孔揚秦不敢捱他一拳！

有一拳自他額頂飛過，打在堅石上，石為之凹；鐵星月的拳頭馬上又「呼」地轉了過來，朝著他的胸膛猛擂！

孔揚秦從來沒有見過這樣的敵手。

更令他心魄俱悸的是邱南顧的「蛇拳」，他出劍，邱南顧便攻他腋下「攢心穴」，他一收劍，邱南顧居然偷步踩他的腳趾！

孔揚秦可以在水中運劍，這是一絕，更可以心分二用，這是二絕！

他的劍如雪，忽裂為二，左右兩片雪光，還是迫住了邱南顧與鐵星月的攻勢！

鐵星月打得急了，忽然把上衣一脫，露出精壯的身軀，在瀑布飛濺中，愈打愈神勇，居然雙手抓住孔揚秦的劍，用力一拗！

要是別的凡鐵，早給鐵星月一指捏斷了，但這是「白練分水劍」。

劍依然不折，但是彎了。

孔揚秦臉色也變了。

忽然一道水光飛來，在水氣漫霧中，孔揚秦看不清楚，也不在意，但這一道水打在他臉上，臉上熱辣辣的一陣痛，兩隻眼睛幾乎睜不開來。

那一道水是唾液，邱南顧的口水。

邱南顧在這剎那間，趁機遊身而上，一招「蛇竄一竅」，啄打在孔揚秦腳背上！

孔揚秦狂吼一聲，退了五六步，邱南顧一招得手，再要進攻，忽然劍光一閃，大叫一聲，急中生智，一跤跌下去，饒是跌得快，肩上還是被劃中了一劍！

只見孔揚秦閉著雙眼，手上兩道白練，上下遊走，迅若遊龍，招招都是要害，原來這正是孔揚秦的「三絕神劍」絕招之三：「冥瞑劍法」，目不必視，但毫不影響劍法的發揮。

這兩道劍光，一道迫住了邱南顧，但對鐵星月那一道，因已被鐵星月拗曲了，所以發揮較不自如，反給鐵星月的勇悍迫住了。

三人打得難分難解，瀑布怒吼，飛雨濺血。

忽然之間，邱南顧覺得壓力一輕。

一柄扁平而輕利的劍，封住了孔揚秦的劍勢。

孔揚秦哼了一聲，道：「浣花劍!?」

來的人沒有出聲，但出手愈來愈急，似勢必要把孔揚秦攻殺於劍下。

來人是蕭秋水。

他是在憤怒中出劍。

他的劍運舞起來，所有的水珠都變成了他的劍花，浣花劍把水珠串成點點飛劍，在月色下，如神龍吐珠，遊龍吸水一般，煞是好看。

不單好看，而且招招俱是殺著。

孔揚秦奮力抵擋著浣花劍勢，但是邱南顧卻趁隙攻了過去：只要孔揚秦稍分心、微分神，他就即時予他最猛烈的傷害。

孔揚秦又是驚恐，又是憤怒。

驚恐的是沒料到這幾個年輕人，有如許卓越的武功，以及勇悍的膽色，憤怒的是料不到沙千燈竟沒有擋住他們。

他一招暗算不成，便亮出來說話，有意激怒對方，吸引對方的注意力，好讓沙千燈一刀得手；他們本來以爲以他們兩大高手之力，合力對付幾個小輩，實在是綽綽有餘了。

他不知道沙千燈已經死了。

蕭秋水一加入戰團，浣花劍法便控制住他的三絕劍法，邱南顧乘機便攻了進來，鐵星月也加強了攻勢。

不能再打下去了：孔揚秦全身都濕了，也不知是雨還是汗！

他大喝一聲，雙劍飛出！

鐵星月一拳砸開飛劍，慢了一慢；邱南顧矮身避開飛劍，頓了一頓；孔揚秦長空而起！

打不過，便要逃！

水霧迷漫，他衝入霧中！

忽然感覺雙腿一緊，一名青年已抓住他足踝，如鐵鎖一般緊實！

他一扯不脫，正待出力，但忽然全身熱辣辣地陣痛：難道、難道霧雨也有刺？

他才想起唐方——這兒有一位唐家的小姑娘。

聽說唐門還有一種著名的暗器：就叫做「雨霧」。

他猛想起，意氣一萎，正在這時，厲芒一閃，長空劃起半道弧形，直閃入他的腹中，飛貫而出！

蕭秋水的劍。

「長虹貫日」。

浣花劍招三大絕招之一。

「鐵腕神魔」溥天義是死在蕭秋水這一劍招下的。

「三絕劍魔」孔揚秦也是。

孔揚秦連人帶劍飛落黃果飛瀑中。

這一代劍手死時還身懷兩柄絕世的寶劍陪葬。

白練分水劍與扁諸神劍。

十七 鐵騎神魔六判官

過雞足山，掠祝聖寺，到了南盤江，亦即古牂牁水，就是濛江之所在。

——玉函，你死得慘。

——唐柔，我要替你報仇。

風和日麗，蕭秋水一行五人，到了盤江。

貴州居中國西南的中心，地勢高峻，海拔一千公尺上下，大部是由石灰岩構成的高原。境內山峽崎嶇，峰巒重疊，是一個典型的山地。

由於褶曲、斷層和侵蝕的影響，形成了所謂「地無三里平」的現象。

境內河水湍急，大部分橫切山脈，形成一系列縱深五百到一千公尺的大峽谷。河床高低不平，落差極大，所以出現許多激流與瀑布。

河水流經的地帶，有時由溶洞流出地表，成爲明流，有時又流進溶洞潛入地底。因此，這些天然的因素，也造成了貴州的山嶺、河谷、丘陵、盆地間的峻奇美景。

在紅水河南盤江地帶尤然。

儘管山色奇勝，但是——

蕭秋水心中很難過。

藍天白雲，水暖風寒，到處都像有鄧玉函的影子。

鄧玉函一路上跟他們一起來，可是到了此地，卻失去了他。

在長江之役，劍魔之戰，鄧玉函也是在一起的，可是在黃果飛瀑畔，卻失去了鄧玉函。

鄧玉函啊鄧玉函！

唐方的眼睛紅腫，在風中，那浮漾如波的眼，更添幾番媚人。

她認識鄧玉函只不過些許時候，可是對這一群熱切可愛的朋友，已經有了深切的感情。

左丘超然、鐵星月、邱南顧更是悲傷無限；想起鄧玉函生前傲氣又愛熱鬧，從不讓他自己有沈寂寥落的時候。

鄧玉函從不希望朋友兄弟沈落悲悒。

所以他們要強撐歡樂。

可是歡樂是強撐就可以獲得的嗎？

天下那麼大，世界那麼遼闊，可是缺少了鄧玉函。

鄧玉函，他不再活著了。

鐵星月強笑道：「溥天義、沙千燈、孔揚秦，都是死在咱們手中，權力幫也該醒醒，知道咱們的存在了。」

邱南顧道：「豈止要知道咱們的存在，還要知道，有一天，要權力幫瓦解在咱們手裡。」

——他們都是年輕，而藝高膽大，而且胸懷大志，這幾句話下來，已無視權力幫的權威。

蕭秋水心中一動。

若然劍廬有難，天下英雄來救，還怕甚麼權力幫？

然而急人之難，助人於危，舉世非之而不加沮的人，實在太少太少了。

在任何一個需要救援的地方，得到的往往不是雪中送炭，而是雪上加霜，往往不是仗義援手，而是落井下石。

需要救援的時候，往往自顧門前雪，而不顧他人瓦上霜，也因爲如此，惡者強取豪奪愈多，權力幫等反而成了光明正大，黑道成了正派。

蕭秋水年少而有大志，又激於友人兄弟唐柔、鄧玉函之死，忽然意興霓生，說了一句：「好。我們爲什麼不組織一個爲俠而聚、爲義而立、爲道而戰、爲理而存、文武合一的社呢？凡是有難而存義之道，明知不可爲，我們仍要捨身去奮鬥、去爭取，去坐言起行，維護正義，打抱不平！」

「好！」左丘超然也意興頓生，這些日子以來，以他們數人「後生小輩」，居然可以屢挫「權力幫」，心中也大有豪氣：「只是，只是就我們幾個人——」

「喝！」鐵星月呼吼一聲，豪氣方起，「有我們就夠了！有志於此的人自然會跟我們在一起，無志無膽的人，再多也是濫竽充數！」

蕭秋水也豪興大發，「我們不但要組織起來，而且還要擴大，而今宋遼交兵，有志於復國退敵，還我河山的，就在一起，要苟且偷安，貪圖逸樂的，且由他去！」

「正合我意！」邱南顧一拍馬屁股，駿馬人立長嘶，邱南顧興沖沖道：「我們只要把正義的大旗一插，一定愈多人來，只是……只是我們叫什麼名目？叫什麼幫，什麼派，什麼門，總是不好。」

蕭秋水笑道：「咱們義結金蘭，就叫『義結金蘭』好了，生死同心，憂戚相共，誓滅外寇！」

唐方笑道：「好名字！但神州北望，國破山河，應以國為本，家為先，不如就叫『神州結義』，把『金蘭』二字去掉！」

蕭秋水撫掌歎道：「如此甚好。」此時鶯飛草長，白雲天遠，但見盤江水滾滾東流，無盡無憂，蕭秋水歎道：「此番一結義，不知日後江湖上如何說咱們？年少結義，不懼危難？少有大志，狂妄自大？一旦功成，是不是就讓萬人膜拜，崇為英雄蓋世？如果失敗，會不會就讓人譏笑詒罵，藐視唾棄!?哈哈哈哈！」

鐵星月仰天大笑道：「我家如何我家事，好漢自有英雄膽，管他怎麼來說著？青燈丹心，自有丹心青燈照！」

邱南顧也大笑道：「狂就狂！妄就妄！有什麼了不起的！要成大事、立大業，誤會、攻擊，怎免得了！」

唐方笑靨如花：「還不一定哩。說不定你們是幸運的人，不但力挽狂瀾，定有一日主掌江湖，豎起正義的狂旗呢。」

左丘超然舒然道：「那我們就在盤江結義吧。」

蕭秋水翻身下馬：「要是玉函、唐柔也在就好了。」

蕭秋水忍不住下意識說了這話，大家的心也都沈下去。

——唐柔，唐柔，你仍在麼？

——鄧玉函，你活著該多好，武林中正需要你主掌正義的劍芒。

他們翻身下馬，撮土爲證，歃血爲盟，皇天后土，他們立下了「神州結義」的篇章。

除開唐方，是女孩子，不在結義兄弟之內，但也列入了「神州結義」的組織裡。

——直道而行，仗義而戰，鋤強而扶弱，救國而抗敵，是他們顛撲不破的真理。

——神州結義！

亂石崢嶸，風景如畫。

盤江是個怪石峭峻，但也如石濤的畫一般，自具蒼勁雄魄。

風吹過，蕭秋水心情美好，卻看見岸邊有一處，遼闊的天地，鵝卵般的石子，生長著幾棵小叢樹。

綠油油的葉子，深的綠，淺的綠，一葉小小的葉子，就像小小的手指頭，就像唐方小巧的可珍可惜的手指頭。

好清秀的小指頭。

風吹來時，所有深的淺的綠意的小手指頭都在招手，所有的小手，手手都在招手。

蕭秋水走過去，小樹只及蕭秋水腰身。

蕭秋水珍惜地看著那無名的樹，清綠的葉子，卻意外地發現那小樹結著一串串，有熟了變橘紅色的果子，青澀時像葉子一般青綠的果子。

好美麗的果子：人生除了壯大的志向，朋友兄弟，定有如此美好的小小生機。

蕭秋水向來不喜採摘：採摘雖然隨心喜歡，但也形同於扼殺了生機。

當風吹來的時候，他的心思像小溪一樣更加清晰見底，不會如絮似雲，亂成了一團，整理不清楚。

這次他禁不住採了一把小小的果果，「江南可採蓮」，他採的雖不是蓮，但滿心滿意，都是江南。

他把那盈盈的小果子，有鮮亮的橘紅，有清新的油綠，交給了唐方那白生生如玉的小手，他說：「妳看。」

唐方就垂下頭來看了；那小小挺挺的鼻樑一抹，很是秀麗。

蕭秋水又說：「給妳。」

唐方就收下了。唐方沒有說話。

風自然的吹來，唐方的眼睫毛很長，一眨一眨的，很美。

蕭秋水也沒有說話。

奇怪是那班兄弟在此時此候，都躲到遠遠那邊去，小聲說大聲笑，不知在幹什麼。

烏江。

這裡的烏江雖不是安徽霸王自刎時的所在地，但一樣有截斷霸王前路的氣勢。此處烏江源出貴州咸寧縣西之八仙海，東北流入四川境，又名涪陵江，經涪陵東入大江。烏江兩岸峻嶺，河雖不寬，亦不甚深，卻爲著名的天險。

貴州最著名的一樓一寺一江一洞，樓就是甲秀樓，寺就是鴻福寺，江就是烏江，洞就是仙人洞。

蕭秋水五人要赴廣西，更得渡烏江。

烏江待渡，最是困難，於是鐵星月找了一處河漢淺顯的，決定烏江躍馬！

躍馬烏江！

躍馬是年輕的日子，年輕人豪壯的事。

他們涉水渡江，方才一半，水花飛濺中，鐵星月卻鐵青了臉色。

對岸有七匹馬迎了上來。

高大的馬，高大的人。

六個壯碩的人策馬分水，走在前面。

六個人六種不同的武器，長槍、飛索、銅矛、皮鞍、皮鞭、鐵鏈，在手上不住的揮舞著，聲勢十分驚人。

六個人後面有一統更高大的黑馬，其黑如鐵，緩緩地涉水而來，既沒有鞭策，也沒有轡勒。

馬上有一個極其高大的人，他坐在馬背上的身段，就像站在馬背上一般高昂。

他拿了一條鞭子，前段是鐵鍊，繫在腕上，中段是長索，套著幾個活動的圈圈，末端是皮鞭，像毒蛇一般靈活與捷敏。

邱南顧勒止了馬，向蕭秋水道：「前面是『鐵騎六判官』，後面是『鐵騎神魔』，我們該怎樣？」

左丘超然道：「烏江果不易渡。」

鐵星月大聲道：「是衝過去！還有怎樣!?」

大家望向蕭秋水，蕭秋水點點頭，道：「是衝過去，但得要有計劃地衝過去！」

唐方忽然問道：「上次你們二人戰對方六人，勝負如何？」

邱南顧沈吟了一下，道：「雖無勝機，亦無敗理。」

唐方點點頭，問道：「那是二戰六，和局了？」

邱南顧道：「是和局。但若閻鬼鬼一至，就不易應付了，我們二人戰他一個，亦無超過四成把握。」

鐵星月忍不住嚷道：「怕什麼!?我們可以去拚——！」

蕭秋水見七騎已漸漸逼近，道：「當然不怕，但要避免無謂犧牲，我們剛才結義，立志爲天下事，怎可如此唐突冒失，不成大器！」

這一聲叱喝，鐵星月垂下了頭。唐方道：「那『鐵騎六判官』由你們四人應付，閻鬼鬼暫時交給我。」

左丘超然皺眉道：「這萬萬不可。唐姑娘暗器雖勝我等一籌，但以個人力敵閻鐵騎，卻尚未足，未免過於冒險。」

唐方道：「這是逐個擊破，先以強大的兵力，壓服對方次要力量，再集中全力，撲殺對方主力。」

蕭秋水忽然道：「我明白。」

唐方轉目，一雙妙目望住了他。蕭秋水道：「悉聞四川唐門人多勢大，而且豪傑蟄伏，暗器無雙，更且熟悉兵法，人才輩出，今日才得一見。」

唐方嫣然一笑道：「你真會說話。」

蕭秋水向眾人道：「唐姑娘是想要先以她個人冒險纏戰閻鬼鬼片刻，而我們要在這片刻間毀滅『鐵騎六判官』，再全力以助唐姑娘。這計雖有百利，對唐姑娘來說卻是百害，但這是唯一可行的善策，也唯有此法可出奇制勝，減少無謂的犧牲，爭戰中應純以大局著想，我們雖不願意唐姑娘冒險犯難，但亦不可意氣用事，匹夫之勇，反累大局。」

鐵星月道：「那我們四人，對方六人，有兩個人，還得以一戰二。我——」

蕭秋水截道：「我與南顧以一戰二，你與左丘超然迅速殲敵，即助唐姑娘。」

鐵星月怪眼一翻，心中一想，這也爽快，一聲斷喝道：「好！就這麼辦！」

這時六騎飛駿，挾帶六種呼厲的兵器，相距已不及五丈，蕭秋水豪氣頓生，嗆然拔劍，大喝道：「殺！」策馬衝殺了過去！

五人一齊呼喝，衝了過去：這片刻間所議定的兵法大計，生死大事，都要在這風和日麗下，付諸於行動，決之於存亡。

「鐵騎六判官」衝近時，見五騎沒有反應，以為對方是嚇呆了。這一下子輕敵，五俠忽策馬飛躍急進時，著實給唬了一下。

馬蹄激濺，水花四射，五騎當中，鐵星月是第一個衝到的。

「鐵騎神魔」閻鬼鬼與「鐵騎六判官」本來也有計劃：由六判官纏住鐵星月與邱南顧，閻鐵騎一人先誅其餘兩男一女。

他們與鐵星月、邱南顧早有交戰，知道厲害，卻沒把那兩男一女——蕭秋水、左丘超然、唐方——放在眼裡，所以閻鬼鬼想以一人之力，先摧之毀之，再合力殲滅鐵星月、邱南顧二人。

卻不料「你有張良計，我有過牆梯」，蕭秋水等也打算先破弱者，再集全力攻殺強者。

六判官就是弱者。

五馬一起，六判一驚，五俠就奪得了先手。

鐵星月似箭一般地衝過去！

箭快，但是知道是箭，鐵星月連人帶馬衝過去，快接近之際人離馬疾飛，快得不似人形！

他的對手拿的是馬鞭，及時一鞭抽了過去！

他的馬鞭打在岩石上，可以叫石頭對半而裂。

他的外號就叫「一鞭裂石」，名字就叫做石判官。

他那一鞭鐵星月一定得避，就算鐵星月避得過，也保持了一個長距離，在那樣的距離下，以他的騎術與鞭法，絕不懼畏鐵星月。

可是鐵星月根本不避。

石判官一鞭就抽在他背上。

鐵星月狂吼一聲，躍上了石判官的馬，在石判官鞭未及之前，已扭斷石判官的脖子，躍下了馬，石判官猛力抽回的鞭子「啪」地打回自己的面上，打得一臉鮮血。

鐵星月飛到另一匹馬上時，石判官才轟然倒了下來，掉在烏江水裡。

鐵星月飛上自己的馬——因爲他要立即去協助唐方。

他的背後皮破肉綻了一大塊，可是他毫不在乎。

好個鐵星月！

一匹馬躍過六匹馬的頭頂，一下子變了前鋒，這就是原來進行最緩的：閻鬼鬼的坐騎！

這馬躍到半空，唐方的手就在風中，一揚，三枚金錢鏢旋打了出去！

三枚金錢在日光下綻放出三點金毫，馬蹄濺水，在半空中紛紛灑落，唐方原要在閻鬼鬼坐騎未落定前即把他殺傷，因以閻鬼鬼的騎術論，一旦落定，就絕不易應付了。

但在半空中的閻鬼鬼，也一樣難以應付。

「啪」、「啪」、「啪」長空揚起三鞭，三枚金錢鏢立時被粉碎，水花激起，閻鬼鬼人馬落地。

唐方身子一傾，身子竟像一隻輕燕一般，稍掛在馬頭上，一仰身，一揚手，「嗤嗤」又發出兩顆銀丸。

閻鬼鬼落定時，水花正遮住了他的視線，水聲也掩蓋了暗器的聲響，閻鬼鬼心中亦正在驚疑，自己不該輕敵，飛馬躍空，而這一名年輕女子，暗器手法竟如此之高。

這兩顆銀丸，一打在馬身上，一打在閻鬼鬼胸膛上，兩顆銀丸都被激彈出去，唐方心中一喜，卻見閻鬼鬼只震了震，那高大的黑馬只長嘶一聲，居然若無其事。

唐方臉色煞白，閻鬼鬼與他坐騎的實力，遠超乎她的想像；她立即左手扣了五支飛劍，右手抓了一把毒砂，準備一把毒砂遮天，五枚飛劍絕命，全力施殺手。

只是機會稍縱即逝，閻鬼鬼和鐵馬各喫了一顆銀丸，卻知道了唐方的利害，兩騎之間相距雖有四丈之遙，唐方暗器快，閻鬼鬼雖長於遠距離的搏擊，但亦不及暗器廣遠，所以他立時做了一件事！

一連十七、八鞭，擊打在水面上，水氣激濺，射向唐方臉上、身上！

唐方橫手一遮，手下一慢，加上水氣甚寒，唐方頓覺奇冷，就在這刹那間，閻鬼鬼已策馬衝進，回手一掣，竟亮出一柄大關刀，迎頭劈下！

近五十六斤重的大刀，一刀劈下來的力道，也有五十六斤，總共一百一十二斤的大力，要把唐方連人帶馬，劈成兩半！

唐方要發出暗器，已然遲了。

閻鬼鬼決志要一刀劈唐方於馬下，他已看出，唐方的暗器，正好是他長刀遠鞭的剋星。

天高雲開，風大如狂，左丘超然的敵手在三丈外就拋出了長索！

這長索看似易避，但在空中倏然變成了三個圈套，無論你往哪一個方面閃躲，還是要被套個正中，一旦套中，便會索緊。

這人就叫做「一繩上吊」索判官。

他最高的紀錄是一條繩子同時圈出九個套子，一索同時勒死九個人。

九個不會武功的平民。

左丘超然不是平民。

而且武功甚高。

左丘超然沒有閃避。

那三個套子，同時圈中了他，他在圈套未索緊的瞬間，已解開了三個套子的活結，而且迅急地，把繩索纏在他手間臂上腰間，一下子，已逼近到了索判官的馬上，那時索判官手上的繩子，只剩下不到半尺長的一截。

索判官瞪大了眼，無限驚訝，左丘超然在他未定過神來之前，已一手箍住他的脖子，道：「『擒拿第一手』，授徒前，弟子未入門前先得學打一年的繩結，學拆一年的繩結；『鷹爪王』的第一課，便是以徒手裂索：我就是他們的弟子。」

一說完，就像平時索判官勒死那些殘弱的人一般，一手捏死了他。

左丘超然就是左丘超然。

閻鬼鬼一刀斫下去，勢可開山裂石！

他這一招也就叫做「開山裂石」！

他自信這一刀無人可擋，不料眼看唐方就要濺血馬上之際，忽然一個人閃來，雙手抓住了他的刀匕，不給他砍下去！

居然抓得住他的刀！

閻鬼鬼不相信！

所以閻鬼鬼死力斫下去！

可是對方也死力撐著，不給他斫下去！

閻鬼鬼就真的砍不下去！

閻鬼鬼忽然心中一凜，這樣鬥下去也不是辦法，還有唐方在旁邊，以及她那要命的暗器！

他想到了這一點時，唐方也發出了暗器。

因為有人擋在閻鬼鬼的前面，唐方既不能打出雨霧，也不能撒出毒砂，所以她射出兩柄柳葉飛刀！

閻鬼鬼急退，兩柄柳葉飛刀也向他疾追！

閻鬼鬼一旦把距離拉遠，一揚鞭，連排兩道鞭花，激飛了柳葉刀！

閻鬼鬼一排飛雙刀，即望向來人，他要看看，究竟一手抓住他力鈞一百一十二斤的大關刀是何方神聖！

他看到的是一個又黑又壯、大嘴巴、白牙齒的青年，就用一對肉手，抓住他的關刀，掌中有血淌下，可是這人照樣是笑嘻嘻的，一點也不在乎一般的樣子。

這不在乎的鐵漢當然就是鐵星月。

蕭秋水選他第一個來援唐方，是選對了，他的確是第一個騰得出手趕來救援的人。

蕭秋水本身卻單劍鬥雙騎，廝殺得好不燦爛！

蕭秋水的對手一個拿槍，一個拿鞍。

也就是說，一個是長兵器，一個是短兵器。

蕭秋水在風急水濺中，已與對方策馬來回交手五個回合了，都沒有分出勝負。

五次的交鋒，主要的都是槍劍相交，使槍的槍長勢猛，五次交鋒，蕭秋水都險險以「浣花劍派」的「落」、「飄」、「迴」「掃」的劍訣，勉強圈開，勉力帶過。

這使槍的外號叫「一槍奪命」，人家就叫他做向判官，他五搶奪不到蕭秋水的命，已經非常震愕了。

蕭秋水耽心的還不是他，而是那使馬鞍的。

這使馬鞍的就當作藤牌用，兵家所謂「一寸短、一寸險」，若沒有幾分真功夫，是絕對不敢使用這種短兵器。

何況「鐵騎六判官」中，只有這一人用短兵器，可見他武功之特殊。

這人雖一直沒有出手，但在一旁，牽制住蕭秋水的死角，對蕭秋水牽制很大。

因爲蕭秋水知道，一旦讓此人欺近身來，定必凶險異常；而拉遠距離，卻又有向判官的長兵器，一長一短，搭配得正好，蕭秋水很覺左絀右支。

這使短兵器的外號就叫「一擊落馬」安判官。

蕭秋水雖不知道他叫什麼名家外號，但卻絕對相信他有一擊落馬的本領。

蕭秋水沒有和他們交手的經驗，又苦於遠攻受制於向判官，近攻受制於安判官，蕭秋水可以立於不敗之境，卻無法制勝！

就在這時刻，左丘超然來了。

左丘超然要救的是唐方，而不是蕭秋水，這是原先就安排好了的。

可是左丘超然要趕到唐方那兒，首先要經過蕭秋水、向、安二判官。

左丘超然策馬濺水，安判官卻以爲左丘超然來襲，馬鞍「呼」地撞了出去！

這一下，形勢立變！

左丘超然冷不防受襲，而對方一出手，勢無可避，眼看就要喫虧，但左丘超然最擅長的就是近身搏鬥，這一下子遇上安判官，正是棋逢敵手！

左丘超然左手一招「小扣擒拿」，已按住馬鞍，只覺來勢極烈，單手無法應付，右手再一招「蠑螃擒拿」，刁住了馬鞍。

馬鞍一被箍住，左丘超然立時欲施「豹虎擒拿」，套下對方這怪異的武器，就在這時，左丘超然只覺雙手一痛，然後又是一麻。

左丘超然立知不妙，只見馬鞍上原來長滿了尖鉤與倒刺，刺尖與鉤嘴，全嵌入了左丘超然的掌心裡。

左丘超然大驚，欲抽手，安判官馬鞍一壓，已鉤住了左丘超然雙手，只要左丘超然欲全力拔回，只怕連掌骨都會被扯斷。

左丘超然出道使擒拿手以來，向未遇如此困境危機，這一下子，幾乎馬上就會遭致殺身之禍。

那邊的蕭秋水，情勢卻大爲逆轉。

幾乎是在左丘超然接過安判官的同時，蕭秋水便全力出襲！

這時他的氣勢，可謂與前面的受制肘完全不一樣，蕭秋水策馬飛馳，水花自兩邊散開，直衝向判官！

向判官抖擻精神，一槍刺過，蕭秋水人馬合一，俯首揮劍斬！

兩馬交錯而過，各衝出七八丈，蕭秋水猛然勒馬，回韁，只見向判官沒有回過馬首，卻綽槍豎立不動，半晌，身子搖晃不已，蕭秋水劍眉一聳，催馬馳至，右手一抄，接過長槍，向判官終於「撲通」一聲，掉下水去。

血染烏江。

雙馬交錯時，蕭秋水險險閃過向判官一槍，向判官卻閃不過蕭秋水劍以刀使的攔腰一斬！

蕭秋水一抄住槍，回手一擲，人馬不停，直奔向唐方的戰場中！

邢兒唐方與鐵星月，也正面臨危機。

閻鬼鬼一旦拉遠了距離，他的奇形馬鞭就成了他的菩薩千手，唐方一共躲開他十一鞭，鐵星月也閃開了八鞭！

閻鬼鬼的鞭，多打唐方，是因爲他還是比較憚忌唐方的暗器。

鐵星月雖勇悍，但是他不敢硬捱閻鬼鬼的鞭子。

閻鬼鬼的鞭子不似石判官的鞭子，石判官的鞭子雖可以裂石，但在鐵星月來說，還可以硬挺，閻鬼鬼的鞭子就不一樣了。

鞭子他們是躲過了，但鞭抽在水上，激起的水花射到二人身上，那種痛楚幾與捱上棍子沒什麼兩樣。

所幸閻鬼鬼也不能出太多的鞭子，因爲唐方的暗器，比他的鞭子更要命，鐵星月奪得的大關刀，也是長距離武器，閻鬼鬼多少有些忌畏。

就在這時，蕭秋水來了！

蕭秋水本來向閻鬼鬼後面衝來的，但他不願意暗算，所以發出了一聲大叫：「看劍！」

他的劍未到，閻鬼鬼未回身一鞭已捲住了他的劍！

閻鬼鬼用力一抽，眼看蕭秋水的劍就要脫手飛去，卻不料蕭秋水連人帶劍一齊藉勢飛了過來。

閻鬼鬼反身捲劍，用力一抽，正大喝道：「起！」一回過身，以爲劍到手來，卻不料連人也飛撞過來，這一下，避已來不及，蕭秋水座下坐騎，也來勢不止，「砰」地撞在閻鬼鬼馬上，這兩下連撞，居然把閻鬼鬼撞落馬下，蕭秋水有備在先，雖勉力抓住馬鬃，但撞在閻鬼鬼龐然的身上，也撞得金星直冒，昏眩欲跌！

鐵星月大喜呼道：「好！」

這一聲「好」字，正是閻鬼鬼「嘩」地掉下去的同時。

鐵星月雖勇於拚命，蕭秋水也是大勇的人，只是看拚命拚得值不值得而已，這一下連人帶馬，全力衝撞，因爲情知「鐵騎神魔」，大半功夫，全在馬上，不先撞他落馬，只怕難操先機，所以冒險犯難，硬來這一下！

蕭秋水手中已無劍，劍被閻鬼鬼的長鞭捲去，一齊落入水裡；蕭秋水的扁諸神劍，早已在殺孔揚秦時落到「犀牛潭」裡，現在他手中本來所持的，是原來蕭東廣佩帶的古松殘闕，乃是半截斷劍，但是世間難覓的利器。

這劍外表看去，又鈍又舊，而且是半截斷劍，閻鬼鬼摔落水裡，正是情急，撲得一臉是水，連忙一抖長鞭，那柄「古松殘闕」便呼地一聲，劃空而出，飛落不知何處去。

十八　神州結義

閻鬼鬼落水的時候，卻亦正是左丘超然扭轉局勢的契機！

蕭秋水先前那百忙中的一槍，原是向安判官擲來。

安判官馬鞍雖然厲害，但覺左丘然的雙手重若千斤，也須以雙手力扳，才能制住。

安判官把心一橫，欲借倒刺回鉤之力，扭住左丘超然的手反方向一扭，先把左丘超然一雙手廢掉再說。

要知道這種牽制法則，實力最爲主要，但左丘超然受制於雙手被鉤刺釘住，只得往相反方向力拔，安判官欲往另一方力拔，左丘超然極可能因疼痛而力弛，雙手便要廢了，左丘超然竭力相抗，拚死忍痛，豈不知情勢嚴重？

正在這千鈞一髮間，蕭秋水的長槍擲至！

安判官換作平時，要格這一槍十分容易，但此刻正全力與左丘超然爭持之際，無法兼顧，而長槍來勢凶險又不能不接！

安判官急中生智，雖騰不出手來，卻借力一拗，連同左丘超然雙腕，力蕩一攔，「乒」一聲響，馬鞍格飛長槍！

但在這刹那間，左丘超然的雙手突然掙脫了出來。

安判官一怔，左丘超然的手在安判官未及任何變化之前，已扣住了他的雙腕。

「擒拿第一手」項釋儒不但是第一流擒拿高手，而且同時也是第一級反手擒拿或「反擒拿擒拿」的好手。

左丘超然自小在他調教下，可以在水中抓住游魚，亦可以如游魚一般，脫出八條大漢的扣拿。

因爲馬鞍鉤刺所制，左丘超然一直無法掙脫，而今就在安判官一分神間，雙手得脫，知安判官的厲害，隨機即上，即刻以「蟋蟀擒拿」扣住安判官雙腕！

安判官雙腕被扣，頓覺一麻，馬鞍落地。

跟著下來他便聽到自己雙腕折斷的聲音。

他想大嚷，但覺左丘超然又閃電般制住他雙臂關節。

這時手腕關節的痛才傳達至腦神經來，安判官怪叫一聲，但他立時又聽見自己雙臂折臼的聲音。

安判官恐懼至極，怪叫一聲：「不！」

左丘超然雙手已搭上他的雙肩，在搭上的同時，安判官只覺左右琵琶骨：「格勒」一聲，雙手便全無力量地垂了下來。

左丘超然連挫安判官幾處筋骨，即飄然身退，喘息道：「你武功很好，馬鞍上雖出詐，但我贏得不公平。」

安判官忍著痛，豆大的汗珠不斷地淌下。

左丘超然笑道：「你去吧。我不殺你。」

安判官狠狠地盯了左丘超然一眼，兩人相搏，乃左丘超然躍近安判官而戰，而今安判官仍在馬上，他雙腿一挾，勒馬長嘶，涉江而去。

安判官一去，左丘超然便搖搖欲墜，手扶身邊的駿馬，喘息不已。

原來那馬鞍的鉤刺上都有淬毒，而今左丘超然雙手上有數十小孔，都有黑血淌出，若換作旁人，早已毒發不支了。

唯左丘超然得「鷹爪王」雷鋒的調教，「鷹爪王」到了最後一階段，擒拿的對象都是五毒，要擒蛇而不傷手，拿蠍而不受損為訓練，所以左丘超然的一雙手，對安判官馬鞍上的毒，還勉強可以逼住不發。

過往在武林中，除開「鷹爪王」雷鋒之外，真能把雙手練得無堅不摧，百毒不侵的，僅有「四大名捕」中的鐵手三幾人而已。

閻鬼鬼一落水中，大吼，出鞭！

閻鬼鬼畢竟是「權力幫」中的「九天十地，十九人魔」之一，雖落敗象，但臨危不亂！

唐方、鐵星月在此時也發動了攻擊！

唐方一出手就是三枚鐵蒺藜，迫得閻鬼鬼掃勢易迴勢，挑開三枚暗器！

鐵星月趁機衝近，一刀砍了下來！

這一刀原有五十六斤重，鐵星月這一刀之力，卻有一百一十二斤重，合起來竟有一百六十八斤的大刀，直劈而下！

閻鬼鬼的三節鞭，以麻索、鐵鍊、皮鞭交織而成，故可以抽掃敵手，即可挑落唐方的暗器，但若要硬接這一刀，還是斷不可能的。

就在這時，只聽大聲「登」地一響，刀花四濺，不知何時，閻鬼鬼已抽出一柄鬼頭銅環大刀，硬接了鐵星月一刀！

這一下互擊，鐵星月雙腿在水中連退七八步，閻鬼鬼則一跤坐倒在水裡；兩人都是膂力奇大，平時若在馬上，閻鬼鬼左手長鞭右手大刀，所向披靡，也不知斬殺了多少敵手。

這一下相互震退，鐵星月神志未復，唐方未料及閻鬼鬼有這一刀，一時未及施發暗器，緩得一緩，閻鬼鬼重新回氣而立，以長鞭大刀，呼呼狂捲斫殺，蕭秋水挺劍急攻，兩人一時殺得難分難解。

那邊的邱南顧，局勢一直最是均衡。

他的對手有兩人，他打從開始就找上了他們，他們也一開戰就找上了他。

「鐵騎六判官」本來的責任就是要纏住鐵星月、邱南顧。

這兩個「判官」，一個使鐵鍊，一個使長矛，都是長兵器。

使鐵鍊的叫「陰曹使者」鐵判官，使長矛叫「一矛穿心」茅判官。

這兩人鬥邱南顧，邱南顧以身法矯捷，招式刁鑽著稱，兩人也奈他不何，走了十餘招，仍分不出勝負。

這時正好是鐵星月殺石判官、急援唐方時。

鐵判官長鍊虎虎，邱南顧騰挪閃躲，尚可應付，茅判官則可怕了。

茅判官的長矛，不止一支，他的長矛每次擲出，邱南顧就幾乎是在閻羅殿前打了一個轉，差點活不回來。

茅判官擲到第三矛，邱南顧便因竭力閃躲，不小心給鐵判官在屁股上抽了一鞭，痛得哇啦亂叫。

這時正好是左丘超然殺索判官，解蕭秋水之危時。

這樣打下去，不是辦法！邱南顧心忖。

這刻茅判官正要擲出第四矛！

邱南顧翻了一個斛斗，怪叫道：「嗨，住手，你們知道我是誰麼？」

這一下使鐵判官都呆了一呆，互覷了一眼，不知所以然。

邱南顧揚揚下頷，得意地道：「我就是慕容家的人，要是立意殺你們，你們早已不知死過幾次了。」

鐵、茅二判官臉色都變了變；要知在當時武林的四大世家，正是「慕容、墨、南宮、唐」四家。

本故事裡，唐家的後輩弟子已出來三個，他們的武功、學識，都是非常不凡的；

南宮世家僅出來了一個不肖子弟：南宮松篁，但武功也非常了得。

墨家者，是直系自墨翟。墨翟乃我國第一位大俠，急人之難，勇人之事，雖殺身成仁，而足不旋踵。至於慕容世家，排名猶在其先，素以易容、水袖、劍法著稱，更可怕的是，慕容世家那一種「以其人之道，還其人之身」的神祕絕學，更世所無匹。

所謂「以彼之道，還彼之身」，乃不管對方用什麼兵器、招式、絕學、武技，慕容世家的人同樣可以用其兵器招式，擊殺對方，江湖中人一聞慕容世家，任何祕密武器，不傳絕招，都成了自己的致命喪生死門，是故無不退避三舍。

而今邱南顧自稱慕容世家後人，鐵、茅二判官本自以為手中鐵鍊、長矛，乃世間奇技，如遇上慕容世家的人，豈不自討苦喫?所以都不免一時住手。

邱南顧是圖以語言亂二人之心，卻不知此番胡言亂語，惹上日後一場大禍，這且按下不表。

這邊鐵、茅二判官又對視一眼，怔了怔，茅判官沒好氣地道：「放屁！你要是慕容世家的人，為何不懂得『以其之道，還其之身』!?」

邱南顧一聽，便知二人心中實信了幾分，當下道：「那是我手下留情！好！現在我不留情了！出你們的絕招吧！好讓你們知道，什麼是『以彼之矛攻彼之盾』！」

邱南顧這一下，尤其衝著茅判官說的，茅判官、鐵判官互打一個眼神，又發動攻擊，邱南顧以一敵二，勉力周旋。不過鐵、茅二人心中都有了節制：寧可信其有，不可信其無，以免被人奇招制絕招，枉送了性命，當下出手不敢太絕。

這一下，鐵鍊不及原先猛烈，長矛良久只擲出了一根，邱南顧便遊刃有餘了。

這時候，正是左丘超然力挫安判官，蕭秋水撞倒閻鐵騎之際。

正好茅判官又擲出了一矛！

這一矛，因爲扔時心虛，邱南顧一滾一挑，竟接個正中。

邱南顧接矛，橫矛一格，架住一鏈，以矛柄點地，翻飛過茅判官頭頂，落到馬後。

茅判官一共有九枝長矛，已擲出的有四根，手中持一根，馬背左右還夾有四根，茅判官都是抽矛擲矛，因方位早已熟透，所以根本不必回身的。

現在邱南顧一落到他馬後，他就必要回馬了。

他回馬的剎那間，邱南顧做了一件事。

迅如急雷地把手中之矛，倒插入茅判官馬股旁的皮鞘中。

茅判官正好回馬，看不到這一動作。

鐵判官大惑不解，卻以爲是邱南顧襲擊失準，反而失矛，當下劈頭一鐵鍊打至！

茅判官一回馬頭，又發出了一矛！

邱南顧幾經艱苦，用話來套住鐵、茅二判官，得以潛身過去，卻只把奪得之一矛插入對方皮鞘之中，卻是何用意呢？難道真是急亂中失卻準頭？

這時正好是閻鬼鬼奮起以長鞭大刀，力戰蕭秋水、唐方、鐵星月三人之際。

這邊的邱南顧間不容髮抓住鐵鍊，打結一扣，竟扣住長矛！

電光火石間他雙手抓住鐵鍊，正欲解下長矛，這是敵人搶攻的最好時機！

茅判官立即發現了這點，即刻拔矛，發矛！

在拔矛的一剎，他不禁一怔，因爲他清楚記得，自己僅剩四矛，怎麼還有第五根矛？

但時機稍縱即逝，他已不及細想，拔矛就擲！

在拔矛未擲的前一瞬，他已感覺到矛雖是矛，但不稱手，卻已無暇細辨，一矛擲了出去！

就在一連兩次稍頓，邱南顧已一手抓住鐵鍊，一手把奪得的長矛，反投出去！

這一下變化極快，邱南顧奪矛擲矛，茅判官拔矛發矛，幾乎是同時發出，在這種短距離下，也幾乎無從閃躲，所以也幾乎是同時中矛的。

但是兩人中矛的情形，卻完全不一樣了。

茅判官被一矛貫胸，血灑烏江。

邱南顧被矛柄擲中，口中一甜，吐了一口鮮血。

鐵判官見狀大驚，發力一抽，欲奪回鐵鍊。

這一抽，鐵鍊是扯了回來了，但邱南顧輕如落葉，捎住鍊梢，一齊蕩了回來！

鐵判官見狀大驚，撒手棄鞭，邱南顧半空出鞭，卻不打鐵判官，而打在他坐騎上，坐騎驚嘶一聲，負痛馳奔，載著七魄去了三魄的鐵判官，上岸而去，轉眼不見。

在鐵判官馬傷人之際，邱南顧勉強笑道：「是不是？我都說我是慕容弟子邱南顧了；是不是？現在我不是以子之道，還子之身了麼？」

鐵判官在馬傷而奔時，本尚有回身決戰之念，但見現場閻鬼鬼已落馬苦戰，石判官、茅判官、索判官、向判官已死，安判官落荒而逃，自己豈有挽狂瀾之力，哪敢再作逗留？唬得夾馬急奔，一面暗付：

邱南顧確以矛殺茅判官，以鍊擊退自己，難道真是慕容世家的人不成？

鐵判官心想：這次栽在慕容家的人手裡，慕容家在武林中是響噹噹的，總算不冤，所以他就認定是慕容世家下的手，以致日後江湖上掀起了另一場翻天巨浪。

這邊的邱南顧搖搖晃晃，扶在馬上，苦笑了一下：鐵判官在臂部的一鞭，茅判官在胸前的矛擊，畢竟是有十足的份量的。

幸好邱南顧畢竟是邱南顧，他挺得住。

閻鬼鬼知道自己快要見鬼了。

他的大刀全遭鐵星月所壓制，長鞭無法罩得住唐方的輕功與蕭秋水的「仙人指」與「飛絮掌」──！

「錦江四兄弟」曾以蕭秋水、左丘超然、鄧玉函三人之力，行險搏殺「鐵腕神魔」溥天義。

何況現在的鐵星月，武功只在鄧玉函之上，絕不在鄧玉函之下，至於唐方的輕功、暗器，也比左丘超然更上一層樓。

然而閻鬼鬼的武功卻不見得比溥天義高。

再加上他已失座騎，而且兵敗卒逃，手下「鐵騎六判官」有四個真的去了地府見判官去了，另兩個也落荒而逃。

這些對他作戰的心情，都大有影響。

偏在這時候，又發生了一件事。

他本來也想趁機逃命，但這件事，終於使他活不了命。

他的鞭子斷了。

他的鞭子當然不容易斷的，但他剛才捲住蕭秋水的劍，發力一拖。

蕭秋水的劍是丟了。

但是蕭秋水那把毫不起眼的劍就是「古松殘闕」。

那一拖之下，長鞭已有了極大的缺口，閻鬼鬼並沒有察覺到，大力揮舞下，鞭子終於「呼」地斷成一節，半節「噓」地飛上了半天。

就在這刹那間，鐵星月、蕭秋水、唐方，都已全力發動。

鐵星月大關刀壓制他的大刀。

蕭秋水的指掌牽制住他的斷鞭。

唐方就猛下殺手。

她原來扣著的毒砂與五把飛劍，就在這一刻間，全都打了出去！

閻鬼鬼什麼都看不到，因爲毒砂迷住了他的眼睛。

唐方撒出毒砂時是戴上輕薄的手套的，這毒砂雖只有輕微的毒量，但也是唐方身上暗器毒性最重的一種。

唐方本身就痛恨淬毒的暗器。

她打出的五枚飛劍，方才是致命的。

閻鬼鬼倒下去的時候，鮮血自烏江水中冒了出來。

大家都噓了一口氣，唐方輕吁道：「幸虧他倒了，因爲我的暗器也快發完了，不然……」

不然真不堪設想。

蕭秋水、鐵星月、邱南顧、左丘超然、唐方翻身上馬，眾人的衣衫都濕了，且在江中，經大風一吹，無限清爽，大家忽然都冒起了豪情壯志。

鐵星月豪笑道：「名震天下的『權力幫』，橫行武林的『九天十地，十九人魔』中的『鐵騎神魔』閻鬼鬼，『三絕劍魔』孔揚秦，『飛刀神魔』沙千燈，以及他們的手下弟子『三才劍客』、『雙洞二鬼』、『鐵騎六判官』都或死或敗在我們手裡，我看『權力幫』雖名震天下，李沉舟雖冠絕江湖，也沒什麼惹不得的。」

蕭秋水笑道：「只要我們這些人存在，就算剩下一小撮，也要蕩除他們。……只是我們也要充實自己，武功要練好，學識要夠，才能成廓清天下之志。」

左丘超然道：「那麼這連番的搏鬥只是日後平天下大志的一個前提罷了。而今躍馬烏江，好不痛快！」

蕭秋水大笑道：「此烏江雖非昔日萬人敵之的楚王自刎地，但天險地絕，今天我們在此涉江而過，就要替江湖開創出一個局面來！此際飲馬烏江，他日澄清天下，揚威中原，再來攜手同進，躍馬黃河！」

邱南顧哈哈大笑道：「昔漢高祖開道斬蛇，我們是飛瀑除妖，烏江殲霸……這是我們『神州結義』的第一戰首功！」

蕭秋水仰天大笑道：「過癮過癮！痛快痛快！前途崎嶇，但『神州結義』的旌旗高揚卻要回首叫雲飛風起！」

唐方見大家在馬上，其時風大，日下江中，意興飛躍，抿嘴笑道：「劍廬緊急，我們還是催馬赴桂林，再圖大計。」

蕭秋水聞言一省，向唐方笑道：「是。我們正要渡烏江去。」

唐方一笑，燦若花開，芳心可可，溫柔無限。

稿於一九七八年十月十七日台北辦神州社八部六組時期

校於一九八三年五月香港北角

新加坡南洋商報開始刊載「骷髏畫」

重修於一九九三年六月八日台灣大蘋

果版權代理公司安小姐傳真洽談我書版權事／新民晚報曹兄約寫武俠連載

四校於一九九七年十二月中旬

因調查「WAH」事件，使華、禮、銘、何、梁等社友團結，更刺激、更改進、更融洽，推理、好玩，耐人尋味極了。離間不成反得益。其中余最見知省自惕。一流

《劍氣長江》完

請續看《兩廣豪傑》

溫瑞安

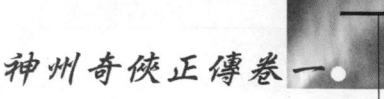

【武俠經典新版】

神州奇俠（卷一）劍氣長江

作者：溫瑞安
發行人：陳曉林
出版所：風雲時代出版股份有限公司
地址：10576台北市民生東路五段178號7樓之3
電話：(02) 2756-0949
傳真：(02) 2765-3799
執行主編：劉宇青
美術設計：許惠芳
業務總監：張瑋鳳
初版日期：2024年2月新版一刷
版權授權：溫瑞安
ISBN：978-626-7369-50-0
風雲書網：http://www.eastbooks.com.tw
官方部落格：http://eastbooks.pixnet.net/blog
Facebook：http://www.facebook.com/h7560949
E-mail：h7560949@ms15.hinet.net
劃撥帳號：12043291
戶名：風雲時代出版股份有限公司
風雲發行所：33373桃園市龜山區公西村2鄰復興街304巷96號
電話：(03) 318-1378
傳真：(03) 318-1378
法律顧問：永然法律事務所 李永然律師
北辰著作權事務所 蕭雄淋律師
行政院新聞局局版台業字第3595號 營利事業統一編號22759935

國家圖書館出版品預行編目資料

神州奇俠／溫瑞安 著. -- 臺北市：風雲時代出版股份有限公司,，2024.01- 冊；公分
武俠經典新版
ISBN 978-626-7369-50-0（第1冊：平裝）
1.武俠小說
857.9　　112019839